Sandra Cugier

# My Hidden Boss

## The Billionaire's Secret Love
## Band 1

Shine Romance –

Liebesromane von Herzen fürs Herz

von Sandra Cugier

# MY *hidden* BOSS

*Texas Whispers*

Sandra Cugier

Bibliografische Information der Deutschen Nationalbibliothek: Die Deutsche Nationalbibliothek verzeichnet diese Publikation in der Deutschen Nationalbibliografie; detaillierte bibliografische Daten sind im Internet über http://dnb.dnb.de abrufbar.

Die automatisierte Analyse des Werkes, um daraus Informationen insbesondere über Muster, Trends und Korrelationen gemäß §44b UrhG („Text und Data Mining") zu gewinnen, ist untersagt.

© 2024 Sandra Cugier

Impressum:
Cover/Design: A. & S. Cugier, Fotos, Vektoren: depositphoto, canva
Romantikromane-sc@posteo.de

Verlag: BoD · Books on Demand GmbH, In de Tarpen 42, 22848 Norderstedt, bod@bod.de

Druck: Libi Plureos GmbH, Friedensallee 273, 22763 Hamburg

ISBN: 978-3-7693-2647-5

**Für die Liebe,**

*die uns trägt, auch wenn die Wege steinig sind,
die uns Hoffnung schenkt, wenn die Tage
dunkel scheinen, die uns lehrt, loszulassen und
dennoch festzuhalten.*

*Möge sie immer in unseren Herzen wohnen und
uns daran erinnern,
dass selbst die kleinsten Gesten die größten
Wunder bewirken können.*

*Für die Liebe, die in all ihren Facetten das
schönste Geschenk ist.* 🖤

S.C. 2024

**Zum Buch:**

**Avery Cunningham** tritt gerade ihre neue Position bei der *Bennett's Luxe Travel-Group* an, als sie spontan, als Tourguide einspringen muss, um eine luxuriöse Reise von *Dallas nach Memphis* zu retten.

Dabei trifft sie auf **Nolan Morrison** – umwerfend attraktiv, verboten gut duftend und unglaublich arrogant. Obwohl Avery ihm anfangs mit Abneigung begegnet, kann sie die knisternde Spannung zwischen ihnen nicht ignorieren.

In ihren hitzigen Wortgefechten entdeckt Avery hinter Nolans versnobter Fassade einen Kerl zum Verlieben. Doch als sie erfährt, wer er wirklich ist, fühlt sie sich verraten und zieht sich zurück.

Nolan hingegen ist fasziniert von Avery und lässt sich von ihren Abweisungen nicht abschrecken. Mit ihrer offenen Art bringt sie seine Gefühle völlig durcheinander – doch wie überzeugt er eine Frau wie sie, dass er es ernst meint?

Als dramatische Ereignisse ihren Weg kreuzen, bleibt die Frage: *Ist ihre Liebe stark genug, um alle Hindernisse zu überwinden?*

**Eine spritzige Liebesgeschichte voller Humor, knisternder Spannung und überraschender Wendungen.**

# Texas-Liebe

*Wild klopfende Herzen, so schnell und laut wie*
*Pferdehufe im Galopp,*
*Umarmungen so warm wie samtige, schnaubende*
*Pferdenasen.*

*Liebe so tief und unendlich wie der Vortex Creek in*
*Texas,*
*leuchtend und einzigartig wie der Lone Star am*
*Himmel.*

*In deiner Umarmung finde ich mein Zuhause,*
*in deinen Augen verliere ich mich, um mich selbst zu*
*finden.*

*Unser Abenteuer kennt keine Grenzen,*
*wie ein endloser Ritt durch die Prärie.*

*Hand in Hand, Seite an Seite,*
*gehen wir durch das Feuer der Leidenschaft und der*
*Zeit.*

*So möge unsere Liebe ewig brennen,*
*wie der flammende Sonnenuntergang am Horizont.*

*In jedem Atemzug, in jedem Kuss,*
*leben wir die Magie der Liebe aus.*

*(Sandra Cugier 2023)*

# 1. Avery

**M**ein Wecker klingelt ... Mit knurrenden Tönen drehe ich mich auf die andere Seite und greife nach meinem Handy, um den nervtötenden Ton abzustellen.

Seit zwei Wochen arbeite ich bei *Bennett's Luxe Travel-Group*, dem größten Reiseunternehmen in den Staaten. Meinen neuen Job als Director of Tourism Operations bei *Bennett's* macht mir wirklich Spaß. Dem Boss bin ich bisher noch nicht begegnet, weil er sich auf einem großen Kongress in New York aufhält und danach einen Kurzurlaub genommen hat. Nur mit dem Senior-Chef hatte ich ein kurzes Gespräch. Man hat mir ziemlich eigenverantwortlich meinen anspruchsvollen Posten übergeben, aber ich habe Kollegen und Kolleginnen, die mich großartig unterstützen.

Mit einem tiefen Seufzer stehe ich auf und gehe direkt unter die Dusche.

Eine Stunde später bin ich in meiner Küche und bereite einen großen Milchkaffee zu, den ich in einen To-Go-Becher gebe, um ihn auf dem Weg zur Arbeit zu trinken. Ein paar Meter vor meiner Haustür schnappe ich mir einen Leih-Scooter, um von Uptown nach Downtown in Dallas zu kommen, wo sich der Hauptsitz von *Bennett's Luxe Travel-Group* befindet. Die zwei Meilen ins Office könnte ich auch zu Fuß nehmen, aber ich bin ein wenig knapp in der Zeit heute Morgen, sodass ich den Scooter bevorzuge. Außerdem liebe ich es, darauf durch die Stadt zu düsen. In meinem engen Rock und den High Heels mutet es eventuell ein wenig komisch an, aber das Businessoutfit gehört zu meinem Job.

Den Roller stelle ich vor dem imposanten Glastower von Bennett's Office ab, vor dem sich eine der Leihstationen befindet. Meinen Coffee-To-Go-Becher hole ich aus der Tasche hervor und genehmige mir einen Schluck, bevor ich in den großen, hellen Empfangsbereich des Unternehmens trete.

»Guten Morgen, Ms. Cunningham«, werde ich von der Empfangsdame Ivy fröhlich begrüßt.

»Guten Morgen, Ivy!«, rufe ich zurück. »So förmlich heute?«

Sie zwinkert mir zu. »Tja, mir wurde vom Senior gestern gesagt, dass ich die Förmlichkeiten nicht außer Acht lassen soll, auch nicht, wenn wir uns privat gut verstehen.«

»Im Ernst?!«, rufe ich erstaunt aus. »Leben wir im vorvorigen Jahrhundert?«

Daraufhin lacht Ivy. »Ein wenig schon, oder?«

»Okay, Ms. Johnson, dann werden wir uns das mal merken. Wann kommt der Junior-Chef eigentlich zurück? Ist der auch so verschroben?«

»Nein, ist er nicht. Dafür ist er verboten gutaussehend und sexy.«

»Wahrscheinlich ist er ein eitler Fatzke, der immer nur von Daddys Geld gelebt hat«, mutmaße ich ein wenig voreingenommen und wende mich ab.

»Bis später in der Mittagspause!«, ruft sie mir hinterher. »Bis später …«, gebe ich zurück und winke.

In meinem Büro angekommen fahre ich zunächst den PC hoch und sichte die Termine für den heutigen Tag. Zu meinem Zuständigkeitsbereich der luxuriösen Busreisen gehören auch das Management und die Koordination des Busfahrer- und Tourguides-Teams. Darum prüfe ich, ob die Fahrer sich bereits eingecheckt haben und den Bus vorbereiten. Außerdem schaue ich, ob die Hostessen schon vor Ort sind. Da sich jeder digital eincheckt, bevor er anfängt zu arbeiten, ist das alles schnell im System zu erkennen. Für die Tour nach Memphis fehlt allerdings die Reisebegleitung. Wie heißt sie noch gleich? Ah ja, Rose Smith.

»Mrs. Hanson?«, rufe ich meine Assistentin, die zwischenzeitlich ihren Platz eingenommen und mich zuvor mit einem Lächeln begrüßt hat.

»Ms. Cunningham?«

»Rufen Sie bitte Rose Smith an, sie müsste schon längst am Bus sein.«

»Okay, wird sofort erledigt!«, antwortet sie.

Augenblicklich vertiefe ich mich in die Mails, die zahlreich bei mir eingegangen sind. Mein Handy vibriert, es ist meine Vorgängerin, die mich noch aus dem Homeoffice begleitet, bis ich endgültig eingearbeitet bin.

»Hey, Mrs. Velton«, begrüße ich sie erfreut.

»Guten Morgen.« Ich höre ihr zu und nicke. »Ach ja, wo finde ich die Liste mit den Reisebegleiterinnen für den Notfalleinsatz?«

Wieder höre ich ihr zu und klicke mich auf ihre Anweisungen hin durch die Dateien. »Ah, danke, hier habe ich sie. Ja … Mhm … Okay, ich melde mich, falls ich hier nicht vorankomme. Danke, Mrs. Velton.«

Kaum habe ich das Telefonat beendet, betritt meine Assistentin das Büro. Sie ist ungefähr in meinem Alter Ende zwanzig, verheiratet und strahlt den ganzen Tag Zufriedenheit aus. Es ist sehr angenehm, mit ihr zusammenzuarbeiten.

»Ms. Cunningham? Unsere Reisebegleitung ist heute früh ins Krankenhaus gekommen und wird die nächsten zwei bis vier Wochen ausfallen. Genaues erfährt sie erst im Laufe des Tages. Soll ich für Ersatz sorgen?«

»Ja, danke, das wäre lieb. Ich setze den Busfahrer gleich mal in Kenntnis.«

John Brown ist ein Mann der wenigen Worte, wie mir scheint, denn er brummelt nur ein *Mhm* und *Okay* in den Hörer, um sofort aufzulegen. In meinen Zeiten als Tourguide, während der Semesterferien, habe ich ausschließlich äußerst redselige Reisebusfahrer kennengelernt. Mr. Brown scheint die rühmliche Ausnahme zu sein. Nun ja, mir solls egal sein.

In der Zwischenzeit höre ich, wie Mrs. Hanson telefoniert und telefoniert. Etwas ungeduldig, weil es so lange dauert, erhebe ich mich und gehe zu ihr.

Mit einer bedauernden Miene sieht sie mich an. »Sorry, dass es so lange dauert, aber ich bekomme absolut keinen Ersatz.«

»Das kann nicht sein!«, entfährt es mir. »Wie kommt's?«

»Die drei Notfall-Hostessen sind selbst verhindert. Eine ist im Urlaub und definitiv nicht erreichbar, die andere hat erst gestern ihre Krankmeldung eingereicht und die Dritte ist nicht ans Telefon zu bekommen.«

»Verdammt«, rutscht es mir heraus. »Dann schaue ich mal, ob es möglich ist, die Dienstpläne so zu ändern, dass ich heute jemand anderen einsetzen kann.«

Ehrlich, ich schiebe die Tourleader hin und her, mit dem Ergebnis, dass immer irgendwo einer fehlen wird, wir haben leider zu wenige Ersatzkräfte. Ich frage mich, wie das sein kann, schließlich ist *Bennett's Luxe Travel-Group (BLT-Group)* keine Hinterhofklitsche. Irgendetwas ist da gründlich schief gelaufen und ich muss dem auf den Grund gehen. Außerdem brauchen wir in Zukunft mehr Tourguides, die Touren auch kurzfristig übernehmen können.

»Mrs. Hanson!?«

»Ja, Ms. Cunningham?«

»Bitte kommen Sie in mein Büro«, fordere ich sie auf, woraufhin sie augenblicklich erscheint.

»Wir haben ein echtes Problem, es fehlt eine Reisebegleitung für diese Tour. Schauen Sie bitte einmal mit mir, ob ich etwas in der Planung übersehen habe.«

Zusammen studieren wir den Plan und kommen zum selben Ergebnis.

»Was nun?« Etwas hilflos sehen wir uns an. »Mh, ich bin in den Semesterferien regelmäßig als Tourguide unterwegs gewesen, unter anderem auch als Busreisebegleitung. Nicht ganz so exklusiv wie hier bei *Bennett's*, aber ich weiß, wie es geht. Ich werde einspringen.«

»Aber Ms. Cunningham, Sie können doch nicht zwei Wochen hier fehlen!«

»Meine Vorgängerin wird mich sicherlich vertreten, offiziell arbeitet sie ja noch hier.«

»Müssen Sie das nicht erst mit dem Boss besprechen?«

»Dem Boss, der gerade im Urlaub ist?«, frage ich und lächle.

»Ja, also …«

»Eigentlich müsste ich das. Geben Sie mir bitte die Telefonnummer des Senior-Chefs. Mit ihm werde ich reden.«

Sie nickt und klickt mit der Maus auf dem Bildschirm herum, bis sie die Nummer gefunden hat. »Hier, das ist sie. Soll ich für Sie die Verbindung herstellen?«

»Danke, nein, ich mach das mal eben klar.«

Sofort wähle ich seine Nummer und habe Glück, dass er dran geht.

Ich erkläre ihm die Situation und den Gedanken, selbst einzuspringen.

»Ich weiß nicht, Ms. Cunningham, Sie sind noch sehr jung und unsere Tourguides sind alle deutlich älter als sie. Wir legen höchsten Wert auf sehr erfahrene Reisebegleitungen.«

»Das glaube ich Ihnen, Sir, aber das ist wahrscheinlich auch der Grund, warum zu wenige Reisebegleitungen in diesem Bereich für das Unternehmen arbeiten, nicht wahr?«

»Da gebe ich Ihnen leider recht«, stimmt er zu. »Okay, ich glaube, für diese Busreise haben wir keine andere Wahl. An Bord sind die Mitglieder eines exklusiven Golfclubs aus Dallas. Da muss alles passen. Die Reisegäste sind Luxus gewöhnt und …«

»Sorry, wenn ich Sie unterbreche. Das ist mir alles klar und Sie dürfen gewiss sein, dass alles zu Ihrer und derer vollsten Zufriedenheit ablaufen wird. Ich habe noch vier Stunden bis zur Abreise. Dafür würde ich gern nach Hause fahren, meinen Koffer packen und mir von meiner Assistentin die Reiseroute, Hotels und Highlights der Tour zusammenstellen lassen.«

»Ms. Cunningham, ich bin mir nicht sicher, ob das eine gute Idee ist. Sie kennen die Route nicht und …«

»Wie Sie wünschen, dann wird eben kein Tourguide die Herrschaften begleiten. Das ist Ihre Entscheidung.« Genervt gehe ich im Büro auf und ab. Mein Gott, wie kann man nur so stur sein!

»Das geht natürlich nicht«, wirft mein Senior-Boss nun ein. »Also gut, übernehmen Sie die Reise, Ms. Cunningham.«

»Okay, ich werde dazu alles Nötige veranlassen. Guten Tag, Mr Bennett.« Schnell lege ich auf, bevor er es sich noch einmal anders überlegt und mir kostbare Zeit stiehlt.

»Mrs. Hanson? Von wem bekomme ich die Dienstbekleidung für die Hostessen?«

»Oh, es geht also tatsächlich los?« Lächelnd setzt sie sich mir gegenüber an den Schreibtisch, an dem ich wieder Platz genommen habe. »Mr. Wellington sorgt dafür, dass unsere Mitarbeiterinnen und Mitarbeiter im Außendienst alle perfekt gekleidet sind.« Sie sieht mich aufmerksam an. »Sie sind ziemlich klein und zierlich, ich befürchte, in ihrer Kleidergröße haben wir nichts parat.«

»Wir werden sehen … Gibt es eine Näherin im Haus?«

»Ja.«

»Gut, dann rufen Sie schon einmal an und ich suche Mr. Wellington auf. Wo finde ich ihn?«

Mrs. Hanson nennt mir die Etage und ich beauftrage sie für den Rest.

Kurz darauf finde ich mich in Mr. Wellingtons Reich ein. Alles dort ist penibel aufgereiht, sortiert, aufeinandergestapelt und katalogisiert sowie beschriftet worden. Er selbst trägt auch eine bordeauxfarbene Uniform mit dem Logo des Unternehmens. Über einen goldfarbenen stilisierten Globus wurden die Anfangsbuchstaben BLTG gesetzt. Es sieht sehr edel aus.

Schnell trage ich ihm mein Anliegen vor. Sofort schüttelt er den Kopf. »Leider haben wir in ihrer Größe nichts auf Lager. Tut mir leid«, weist er mich zurück.

»Mr. Wellington, ich musste während des Studiums und meiner Praktika lernen, dass es ein *Nein*, ein *Es-geht-nicht*, nicht gibt. Alles ist möglich. Also suchen Sie mir die kleinste Größe heraus, die Sie finden können und rufen die Näherin her«, ich sehe auf die Uhr, »in dreieinhalb Stunden muss ich am Bus stehen und die Gäste begrüßen. Wir haben keine Zeit zu verlieren.«

Seinem Gesicht ist deutlich anzusehen, dass ihm meine Forderung nicht gefällt. Doch er macht sich auf den Weg zu den Regalen und Kleiderstangen. Wenige

Minuten später erscheint er mit den Bekleidungsstücken.

»Danke, das ist super. Bitte rufen Sie jetzt die Näherin an, damit sie Maß nimmt.«

In einem Umkleideraum mit riesigem Spiegel probiere ich zwei Blazer, eine Hose und einen Rock an. Seufzend stelle ich fest, dass ich zu schmal für die Klamotten bin.

Es klopft. »Ms. Cunningham?«

»Ja bitte?«

»Ich bin die Näherin, Mrs. Summer.«

»Kommen Sie bitte herein«, fordere ich sie lächelnd auf.

Eine gepflegte Frau mittleren Alters betritt die Umkleide. Sie ist sehr attraktiv mit ihren silbergrauen Haaren und den großen dunklen Augen.

»Mr. Wellington hat mir bereits erzählt, worum es geht. Wir schaffen das, Ms. Cunningham, auch wenn es recht sportlich ist, alles in der kurzen Zeit auf Ihre Figur anzupassen.«

In den folgenden fünfzehn Minuten steckt sie die Uniformteile an mir ab. Mehrfach tritt sie einen Schritt zurück, um ihr Werk zu begutachten. Am linken Armgelenk trägt sie einen Armreif, auf dem ein Nadelkissen befestigt ist. Davon nimmt sie immer wieder Stecknadeln und heftet sie an das Kleidungsstück, welches ich gerade anhabe.

»Wunderbar«, meint sie, als ich den zu weiten und zu langen Rock vorsichtig ausziehe, um nicht an den

Nadeln hängenzubleiben. »Dann legen meine Gehilfin und ich sofort los.«

»Vielen lieben Dank, Mrs. Summer.«

»Ich werde Ihnen Bescheid geben, sobald wir fertig sind und es an Ihnen begutachten.«

»Okay, dann fahre ich mal nach Hause, um meinen Koffer zu packen.«

Sie nickt und eilt, mit den Kleidungsstücken über ihren Arm gelegt, davon.

In meinem Appartement angekommen, streife ich zunächst die High Heels von den Füßen. Dann angle ich den Koffer vom Kleiderschrank und überlege, was ich alles einpacken muss. Die Fenster habe ich zum Lüften geöffnet, sodass die Geräusche Uptowns zu mir herauf dringen. Ich mag das bunte Treiben hier in dem Stadtviertel von Dallas. Es ist modern und bietet mir die Möglichkeit, mittendrin zu sein. Trotzdem habe ich einen großzügigen Balkon zu einem ruhigen und begrünten Hinterhof. Dieser ist ziemlich groß und bietet den Anwohnern genügend Platz zum Entspannen. Parkbänke stehen dort, Blumenbeete wurden angepflanzt und Buschbäume bieten im Sommer Schatten. Seit drei Monaten lebe ich jetzt hier und genieße jeden Tag.

Nachdem ich meinen Koffer gepackt habe, gehe ich ins Badezimmer, um das Kosmetikköfferchen zusammenzustellen, was ich mit wenigen Handgriffen erledigt habe. Zum Schluss checke ich mein

Spiegelbild und überlege, wie ich meine langen dunklen Haare frisieren soll. Da ich es unkompliziert mag, zwirble ich sie am Hinterkopf auf und stecke sie mit einer großen schwarzen Haarklemme fest. Mit den Zeigefingern ziehe ich ein paar Strähnen wieder heraus, die dann mein Gesicht und den Hals umspielen. Ich bin mir nicht sicher, ob dies mit den strikten Kleidervorschriften zusammenpasst, werde es aber dennoch vorläufig so lassen.

# 2. Chandler

Ich bin hier auf diesem Empfang und will im Grunde einfach nur weg. Es langweilt mich zu Tode, dem Smalltalk und den ach so wichtigen Menschen zu begegnen. Ja, ich weiß, ich gehöre auch zu ihnen, was die Sache nicht besser macht. Aber hier hat eines der luxuriösesten Hotels in Autumn Field eröffnet und wir wollen nicht nur eine gute Zusammenarbeit mit ihnen, sondern auch erstklassige Verträge aushandeln. Also halte ich es aus.

Die Inhaberin, eine Dame im mittleren Alter, kommt mir mit einem Lächeln entgegen. »Mr. Bennett, endlich treffe ich Sie persönlich«, begrüßt sie mich freundlich.

»Madam, ich bin erfreut«, entgegne ich und deute höflich eine Verbeugung an. In den folgenden Minuten führt sie mich umher und zeigt mir stolz die Hotelanlage, reicht mir ein Glas mit Champagner und legt immer wieder ihre Hand auf meinen Arm. Ich hoffe, sie macht das nur unbewusst und flirtet nicht mit mir. Auf solche Komplikationen stehe ich gar nicht. Es liegt nicht daran, dass ich mit meinen dreiunddreißig Jahren eine Lady in ihrem Alter nicht attraktiv finden würde, aber sie ist verheiratet und ich möchte eine wirklich gute geschäftliche Basis mit ihrem Mann vertraglich festhalten. Ich proste ihr nun stumm zu und nehme einen großen Schluck des prickelnden Getränks.

»Mr. Bennett, und hier, bitte folgen Sie mir, gehen wir direkt in den Spa-Bereich.« Sie legt wieder ihre Hand auf meinen Unterarm und lässt sie dort liegen. Ein paar Gäste betreten den Wellnessbereich ebenfalls, woraufhin sie ihren Arm zur Seite nimmt, was mich sehr erleichtert. Noch bin ich mir nicht im Klaren, wie ich sie auf Abstand halten soll. Ein Journalist, der in Begleitung einer jungen Fotografin ist, bittet mich um ein Interview, welches ich ihm nur zu gerne gebe. Schließlich arbeitet er für die Zeitung *Luxury Travel Report*, das in Fachkreisen zu den wichtigsten gehört. Zudem möchten sie mich für eine Hochglanzdoppelseite platzieren, was eine hervorragende PR bedeutet. Kaum ist das Interview auf diesem Empfang beendet, vibriert mein Smartphone. Ich greife es aus der Sakkoinnentasche und sehe nach. Dad. Verwundert nehme ich das Telefonat an. Es ist nicht seine Art, mich während eines Termins anzurufen.

»Dad, geht es dir gut?«, frage ich darum besorgt zur Begrüßung.

»Hey, Chandler, mir geht es gut. Es geht um etwas anderes«, antwortet er und erzählt mir von der neuen Director of Tourism Operations, die ich noch nicht persönlich kennengelernt habe. »Und diese, wie heißt sie noch gleich? – Avery Cunningham fährt jetzt als Reisebegleitung die Tour nach Memphis?«

»Ja, es war tatsächlich die einzige Lösung. Wieso haben wir nur noch so wenige Tourguides, die fähig sind, im Notfall einzuspringen?«, will Dad berechtigterweise wissen.

»Ich habe das nicht bemerkt, um ehrlich zu sein. Schließlich hat die Vorgängerin von Ms Cunningham dafür die Verantwortung getragen«, gebe ich zu und fühle mich äußerst unwohl. Wir beratschlagen noch ein paar Minuten die Lage und kommen zu einem Entschluss, mit dem wir beide zufrieden sind. Seufzend lege ich auf. Meine Gastgeberin kommt wieder auf mich zu, um mich erneut in Beschlag zu nehmen.

»Ma'am, verzeihen Sie bitte, ich habe eben ein wichtiges Telefonat erhalten und muss leider umgehend abreisen. Ich werde mit Ihrem Mann einen Termin ausmachen, um mit ihm über die Verträge zu reden.«

»Mr. Bennett, das können Sie mir nicht antun!«, ruft sie ein wenig theatralisch aus.

»Entschuldigen Sie bitte, Ma'am. Ich wünsche Ihnen einen zauberhaften Abend und einen weiterhin unterhaltsamen sowie erfolgreichen Empfang. Herzlichen Dank für die Einladung. Ich verabschiede mich nun und wünsche Ihnen noch eine angenehme Zeit.« Daraufhin nehme ich ihre Hand, verbeuge mich und hauche einen Handkuss über ihre Finger, heilfroh jetzt verschwinden zu können.

Mit einem Taxi fahre ich zu einem Privatflughafen, wo die *Chesna Caravan* der Bennett's auf mich wartet. Dem Piloten habe ich auf dem Weg hierher schon Bescheid gegeben. Als ich auf das Flugzeug zugehe, checkt er gerade die Tragflügel, die Seilzüge und den Tank ab.

»Hey, Ben«, begrüße ich ihn, »alles klar?«

»Oh, hey, du bist schon da«, antwortet er und taucht gerade aus seiner gebückten Haltung hervor. Wir begrüßen uns mit einem kräftigen Handschlag. »Yep, alles klar. Ich hätte ja nicht gedacht, dass wir heute schon wieder zurückfliegen.«

»Es hat sich so ergeben. Hoffentlich habe ich dich nicht von einem heißen Date abgehalten?«

Ben grinst breit. »Nein, hast du nicht, zurzeit date ich niemanden.«

Ich hieve meinen Koffer in die Chesna und schwinge mich auf den Sitz. Ben und ich kennen uns schon ewig. Wir sind Bestbuddies, um es auf den Punkt zu bringen. Für ihn stand bereits seit unserer Jugend fest, dass er Pilot werden wird. Es überraschte mich, als er sich von meinem Dad für *Bennett's Luxe Travel* einstellen ließ. Ich sah ihn irgendwie immer als Buschpilot, der jedes Abenteuer auf sich nehmen wird, um seine Aufträge auszuführen.

Kurz darauf nimmt er seinen Platz ein und setzt sich seine Kopfhörer auf. Ich beobachte ihn, wie er den Start vorbereitet und mit dem Tower spricht, bis er die Freigabe für unseren Start bekommt.

Entspannt sehe ich auf die Wolkengebilde aus dem Fenster unter uns hinaus. Ich bin müde von dem Empfang und den vielen nichtssagenden Smalltalks.

»Hey, Chan, du bist ungewöhnlich still. Alles okay mit dir?«, fragt Ben mich nach einigen Minuten.

»Sorry, Ben, ich fühle mich gerade etwas leer. Dieser Empfang vorhin war nicht mein Ding.«

»Woran lag es?«

Ich seufze. »Hauptsächlich an der Gastgeberin, um ehrlich zu sein.«

Er lacht. »Ach komm, seit wann sind die Frauen dein Problem?«

Grinsend sehe ich ihn von der Seite an. »Nun ja, die Lady ist verheiratet mit meinem zukünftigen Geschäftspartner …«

»Oh!«, stößt Ben aus und lacht erneut. »Verstehe.«

»Der Punkt ist, ich darf nicht unhöflich sein, obwohl ich sie auf ihre Weise sehr aufdringlich fand. Mein Glück war der Anruf von Dad.«

»Du sagst es, Glück muss man haben, wo wir schon beim Thema wären, was ist eigentlich mit Liza und dir?«, hakt Ben jetzt nach.

»Ich habe mich von ihr getrennt.«

»Das weiß ich doch«, entgegnet er. »Aber warum hast du dich getrennt? Ich hab's nicht verstanden. Sie ist wirklich total verliebt in dich.«

»Ja, ich weiß, ich war es anfänglich ja auch.«

»Anfänglich?«

»Mhm …«, antworte ich nicht besonders redselig.

»Komm schon, lass dir nicht alles aus der Nase ziehen!«

»Sie wollte zu viel auf einmal. Ich bin noch nicht bereit fürs Heiraten, Familie und Kinder. Das volle Programm halt.«

»Mit dreiunddreißig bist du jetzt eigentlich genau im richtigen Alter«, gibt Ben zu bedenken.

»Kann sein. Und du, wann heiratest du?«

»Noch habe ich nicht die passende Frau gefunden, aber es gibt da eine, nur … Ich finde nicht den Anfang.«

»Erzähl«, fordere ich ihn auf.

»Nein, nein, lass nur«, wimmelt er mich ab und blickt weiter geradeaus.

»Kenne ich sie«, hake ich neugierig geworden nach.

»Sie ist umwerfend, warmherzig, anschmiegsam, eigensinnig, wunderschön und intelligent.«

»Das beantwortet zwar nicht meine Frage, aber ich wünsche dir viel Glück, Kumpel. Wann lerne ich sie persönlich kennen?«

»Später«, murmelt er unbestimmt und ich grinse. Da ist aber jemand richtig verliebt. Bei losen Bekanntschaften gibt er sich deutlich redseliger.

Eine Stunde später sitze ich im Office und gehe die Dienstpläne der Busfahrer und Tourguides durch.

Verdammt, ich habe mich zu sehr auf meine Assistentin verlassen und mich um andere Dinge gekümmert. Delegieren ist gut, aber die Kontrolle behalten ist besser. Mein Fehler! Darum kümmere ich mich, sobald Ms. Cunningham wieder zurück ist. Doch vorher werde ich sie einmal gründlich unter die Lupe nehmen.

# 3. Avery

In der Bushalle von Bennett's begrüße ich den Busfahrer Mr. Brown. Er ist mittelgroß, etwas untersetzt und blickt mich mit freundlichen braunen Augen an.

»Sie sind also unsere neue Chefin«, begrüßt er mich lächelnd. »Willkommen an Bord, ich freue mich auf unsere Zusammenarbeit.«

»Vielen Dank, Mr. Brown, das kam jetzt auch für mich sehr überraschend, aber nun …«, ebenfalls lächelnd reiche ich ihm meine Hand zur Begrüßung. »Dann zeigen Sie mir bitte den Bus, die Galley, die Vorräte und so weiter.«

»Gerne, kommen Sie, Ms. Cunningham, viel Zeit bleibt uns nicht, bis die ersten Gäste hier eintreffen.«

Wir steigen in den Bus und sofort umfängt mich das typische Gefühl, das ich immer hatte, wenn ich als Reisebegleitung unterwegs war. Eine Mischung von Vorfreude, ein bisschen Lampen- und auch Reisefieber.

Wenige Minuten später hat John mich eingewiesen und füllt mit mir die Bordküche auf, damit es schneller geht. Kaum sind wir fertig, fahren zwei

Zubringertaxis vor. Eilig kontrolliere ich in einem Taschenspiegel mein Make-up, frische den Lippenstift auf und steige aus, um die ersten Paare zu begrüßen. Die Herrschaften sind guter Laune, scherzen untereinander, bis ich sie mit einem strahlenden Lächeln im Namen von *Bennet's Luxe Travel-Group* empfange und mich vorstelle.

John bringt das Gepäck in den Laderaum des Busses, während ich die Gäste zu ihren Plätzen bringe. So geht das die nächste halbe Stunde, bis ein wenig Ruhe eingekehrt ist.

Ich setze mir mein Headset mit dem Mikrofon auf, stelle noch einmal den Busfahrer und mich vor, bevor ich den Teilnehmern die Ausstattung des Busses erkläre, die große Annehmlichkeiten für die Reise bedeuten.

In der Zwischenzeit hat uns John schon routiniert vom Busparkplatz gefahren und in den fließenden Verkehr eingefädelt. Wir werden heute nur 204 Meilen fahren, um nach Tyler in Texas zu gelangen. Dort werden die Gäste in einem noblen Hotel untergebracht. Die Rosenstadt bietet viele Möglichkeiten für Touristen.

Nach zwei Stunden Fahrt legen wir eine Pause ein, damit die Gäste sich die Beine vertreten und einige in Ruhe eine Zigarette rauchen können.

Ein Anruf aus meinem Büro trudelt bei mir ein.

»Avery Cunningham?«, melde ich mich.

»Ms. Cunningham, Sie werden morgen noch einen weiteren Gast aufnehmen. Ich maile Ihnen gleich die Daten zu«, erklärt mir meine Sekretärin.

»Wir haben noch zwei Plätze frei. Reist der Gast alleine?«

»Ja, allein. Es ist Mr. Nolan Morrison. Ich habe bereits seine Zimmer gebucht, es wird also keine Probleme geben.«

»Okay, danke.«

Sofort öffne ich die Mailbox und lese die Daten des Gastes. Ich bin gespannt, was für ein Mensch sich hinter dem Namen verbirgt. Der Name hat was – Nolan Morrison …

In Tyler angekommen, steige ich als Erste aus, um die Gäste im Hotel einzuchecken und die Formalitäten zu erledigen. Als sich alle im Foyer versammelt haben, gebe ich ihnen ihre Keycards, nebenbei bekommen sie ein Glas Champagner als Willkommensgruß des Hotels gereicht. Mir wird auch einer angeboten, doch ich bin im Dienst und lehne dankend ab.

Nach einer halben Stunde sind zunächst alle auf ihren Zimmern, um sich einzurichten und auszuruhen. Erst jetzt suche ich auch mein Zimmer auf. Seufzend streife ich die Pumps von den Füßen und gehe durch den Raum und das angrenzende Badezimmer. Dort lege ich meine Kleidung ab und dusche ausgiebig. Danach ziehe ich ein luftiges Kleid an, keine Uniform, denn die Gäste bekommen zwar Anregungen von mir, werden aber auf eigene Faust die wunderschöne Stadt der Rosen erkunden.

In flachen Sandaletten nehme ich die Treppe hinunter ins Foyer, um noch Einzelheiten für den morgigen Tag und die Abreise zu besprechen. Kaum angekommen, werde ich von einem attraktiven Mann Anfang/Mitte dreißig angesprochen.

»Ms. Cunningham?«

»Ja, bitte?«, antworte ich und sehe ihn fragend an.

»Sie sind die Reisebegleitung von *Bennett's Luxe Travel*, nicht wahr?«, fragt er und scannt mich von oben bis unten ab, was ich etwas unverschämt finde.

»Wer will das wissen?«, frage ich ein wenig schnippisch, denn ich ärgere mich über seine Art, mich abzuchecken.

»Oh, sorry«, er reicht mir seine Hand, in die ich zögernd einschlage. »Ich bin Nolan Morrison.«

»Mr. Morrison, Sie wurden mir für morgen angekündigt«, wundere ich mich.

»Ja, das ist richtig, mein Terminplan ließ es zu, ein wenig früher hier zu erscheinen. Aber ich will Ihnen keine Umstände machen.«

»Nein, nein, ich regle das eben mit Ihrem Zimmer zur Übernachtung.« Sofort drehe ich mich von ihm weg.

»Miss?«, ruft er mir hinterher, und ich wende mich wieder ihm zu. »Ja, bitte?«

»Mir wurde eben schon gesagt, dass hier alles ausgebucht ist.«

Innerlich zucke ich zusammen. »Danke für die Information, ich werde trotzdem eben mit dem Rezeptionisten reden, in der Hoffnung, dass wir eine Lösung für das Problem finden.« Mit einem Lächeln nicke ich ihm zu und gehe zielstrebig an den Empfangstresen.

Nach einigem Hin und Her bekomme ich ein Personalzimmer, während Mr. Morrison mein mir zugewiesenes Hotelzimmer beziehen kann.

Das fängt ja super an! Trotzdem setze ich ein freundliches Gesicht auf und wende mich wieder dem Gast zu. »Mr. Morrison, Sie bekommen gleich Ihr Zimmer. Die Dame hat gerade erst ausgecheckt und darum müssen Sie sich noch ein wenig gedulden, bis es bezugsfertig ist. So lange nehmen Sie bitte hier Platz.« Ich winke einen Kellner heran, der gerade auf dem Weg ins dazugehörige Café ist. »Sir?«

Sofort sieht er in meine Richtung.

»Würden Sie dem Herrn hier bitte ein Glas Champagner bringen?«

»Lieber einen Kaffee«, kommt es von Mr. Morrison.

»Ach, bitte lieber einen Kaffee«, gebe ich seinen Wunsch weiter.

Der Kellner nickt und verschwindet geschäftig.

Mr. Morrison setzt sich und ich platziere mich ihm gegenüber. »Es tut mir leid, dass Sie noch ein wenig warten müssen, aber sobald das Zimmer fertig ist, gebe ich Ihnen Bescheid.« Sofort erhebe ich mich, nicke ihm zu und nehme die Treppen wieder hinauf, um mein Zimmer zu räumen.

»Ms. Cunningham?!«, ruft er mir hinterher.

»Mr. Morrison?«

»Vielen Dank.«

»Sehr gern. Es ist leider nur ein kleines Zimmer.«

»Das sollte kein Problem sein«, antwortet er und lächelt mich an.

Gut sieht er aus … sportlich, dunkelblonde Haare, kantiges Kinn, über das sich ein leichter Bartschatten zieht, was ich ziemlich sexy finde. Und groß ist er, mindestens einen Meter neunzig.

»Prima, dann wünsche ich Ihnen einen guten Aufenthalt, Mr. Morrison.«

»Danke, wir sehen uns …«, verabschiedet er mich und ich spüre förmlich seinen Blick in meinem Rücken.

Keine halbe Stunde später beziehe ich ein Personalzimmer. Es ist klein, sauber und schlicht eingerichtet. Was soll's, wichtig ist nur, dass der Gast gut untergekommen ist. Ich stelle nur meinen Koffer ab und begebe mich wieder zu den Gästen, um ihnen viel Spaß für den Abend zu wünschen.

Einige von ihnen sind elegant gekleidet, weil sie ein exklusives Dinner einnehmen und danach das Nachtleben genießen werden. Andere Reisende haben sich leger angezogen, um spazieren zu gehen, die

Stadt auf unkomplizierte Weise zu erleben. Ich selbst habe ebenfalls vor, bummeln zu gehen und irgendwo eine Kleinigkeit zu essen.

Während der Fahrt zu unserem ersten Zwischenaufenthalt habe ich mich über diese hübsche Stadt informiert und bin so in der Lage, Tipps für den Abend mitzugeben.

Mr. Morrison gesellt sich zu den letzten drei Paaren, die noch um mich herumstehen. Ich bemerke, wie er mich betrachtet. »Guten Abend, Sir, ich hoffe, Sie sind zufrieden mit dem Zimmer?«

Er nickt bedächtig. »Doch, es ist soweit okay.«

Seine versnobte Antwort ärgert mich ehrlich gesagt. Er meldet sich für diese Reise an, obwohl alle Zimmer längst gebucht waren, und nun … Ich zwinge mir ein Lächeln ab, straffe meine Haltung und hebe mein Kinn. »Wunderbar, dass Ihnen das Zimmer zusagt«, entgegne ich vielleicht ein wenig zu schnippisch.

Sein Blick verändert sich, lässig schiebt er seine Hände in die Hosentaschen. »Ms. Cunningham, nicht wahr?«, fragt er und ich nicke. »Von *Bennett's Luxe Travel* bin ich es gewöhnt, gut ausgebildete Travelguides mit viel Berufserfahrung in Begleitung zu wissen.« Jetzt wird sein Blick abschätzend. »Sie erscheinen mir ein wenig - wie sag ich es jetzt am besten ... zu jung für diesen Job.«

Ich atme ein und wieder aus … Ich atme ein und wieder aus! Der Kunde ist König.

»Mr. Morrison, ich wäre nicht bei *Bennett's Luxe Travel,* wenn meine Referenzen nicht ausreichen würden.« Mein erzwungenes Lächeln erreicht meine Augen nicht, und ehrlich gesagt, habe ich nicht einmal die Absicht, es authentisch wirken zu lassen. Ein arroganter Typ. Ein verdammt attraktiver, arroganter Typ, um genau zu sein.

»Ms. Cunningham!«, ruft jemand nach mir.

Erleichtert drehe ich mich um. Mrs. und Ms. McDermott kommen auf mich zu. Die ältere Lady ist heute Abend besonders elegant gekleidet, sie reist in Begleitung ihrer Enkeltochter, die ungefähr in meinem Alter ist.

»Mrs. McDermott«, begrüße ich die Dame herzlich. »Was kann ich für Sie und Ihre Enkelin tun?«

»Gar nichts, Miss, ich möchte Ihnen nur einen schönen Abend wünschen«, antwortet sie freundlich.

»Herzlichen Dank, das wünsche ich Ihnen auch«, erwidere ich höflich.

Sie wendet sich nun an Mr. Morrison. »Es wäre meiner Enkelin und mir eine große Freude, wenn Sie uns begleiten würden.«

Überrascht blickt er die Damen an. »Oh, das ist sehr freundlich, aber ich habe bereits eine Verabredung, Ma'am«, lehnt er höflich ab.

Ich erkenne die Enttäuschung in den Augen von Ms. McDermott und kann mir ein Grinsen nicht verkneifen. Es scheint, als würde sich die Enkelin für den attraktiven Nolan Morrison interessieren. Doch auch sie selbst strahlt eine bemerkenswerte Schönheit aus, muss ich mit einem Hauch von Neid zugeben. Groß, schmale Hüften, hellblonde Haare und leuchtend blaue Augen. Innerlich seufze ich. Jetzt deutet Mr. Morrison eine Verbeugung an und legt dabei eine Hand auf Brusthöhe. »Ich wünsche Ihnen einen bezaubernden Abend«, sagt er und sieht zunächst der Enkeltochter in die Augen, über deren Wangen sich augenblicklich eine sanfte Röte zieht, bevor er ihrer Großmutter ein Lächeln schenkt.

Das Duo begibt sich nach draußen, sodass ich mit Mr. Arrogant alleine zurückbleibe. Noch bevor ich mir überlegt habe, wie ich mich aus seiner unangenehmen Gesellschaft entziehen kann, fragt er mich: »Dieses Hotel bietet eine ausgezeichnete Bar in einem sehr ansprechenden Ambiente im Hinterhof. Darf ich Sie zum Dank auf einen Drink einladen?«

Irritiert sehe ich ihn an. »Zum Dank? Wofür?«

»Soeben habe ich erfahren, dass Sie Ihr Zimmer für mich geräumt haben und jetzt in einem Personalzimmer übernachten.«

»Ach, das ist nichts«, gebe ich mich entspannt, als wäre das völlig normal.

Sein Blick bleibt aufmerksam. »Es ist sicherlich nicht alltäglich. Und ich bin der Letzte, der solche Gefälligkeiten nicht zu schätzen weiß.«

Irgendwie knistert es plötzlich zwischen uns, keine Ahnung warum. Er hält zwar Abstand, aber da ist trotzdem etwas. Ich bleibe cool und halte die Unterhaltung professionell: »Nun, es ist Teil meines Jobs, für das Wohl unserer Gäste zu sorgen.«

Er nickt. »Das mag sein, aber ich schätze aufrichtige Höflichkeit und außergewöhnliche Hilfsbereitschaft.«

»Und das, obwohl ich so jung und unerfahren aussehe«, entwischt es mir, bevor ich überhaupt nachgedacht habe. Manchmal redet mein Mund leider schneller, als es meinem Hirn möglich ist zu denken.

Das amüsierte Aufblitzen in seinen Augen entgeht mir nicht, und obwohl er sein Grinsen zu unterdrücken versucht, bemerke ich das Zucken in seinen Mundwinkeln. Und wenn ich schon dabei bin, ihm auf die attraktiven Lippen zu sehen … wie sie wohl küssen würden? In diesem Moment verziehen sie sich zu einem breiten Lächeln. Ertappt zucke ich zusammen und blicke ihm direkt in die hellen Iriden, während mein Herz schneller schlägt.

»Können wir das als einen Moment der Ehrlichkeit verbuchen?«, raunt er und hält meinen Blick gefangen.

»Ich weiß nicht, was Sie meinen, Sir«, erwidere ich mit heißen Wangen und wende mich ab, um meine aufkommende Verlegenheit zu verbergen.

Sein leises Lachen hinter mir verstärkt das Gefühl, auf verlorenem Posten zu stehen. Bevor ich jedoch gehen kann, bittet er mich: »Warten Sie, Ms. Cunningham, bitte nehme Sie meine Einladung an.«

Eigentlich möchte ich jetzt gerne davonlaufen, aber das wäre albern. Also atme ich tief durch und bleibe stehen. Mit wenigen Schritten nähert er sich mir. »Kommen Sie, Miss«, fordert er mich auf und bietet mir seinen Arm an. Zögerlich lege ich meine Hand auf seinen Unterarm und lasse mich von ihm zur Außenbar führen.

Wir nehmen am Tresen Platz und ich bestelle mir einen alkoholfreien Cocktail, was mir in seiner Gegenwart sicherer erscheint. Ich muss vorsichtig sein. Da ist etwas an ihm, das eine undefinierbare Gefahr ausstrahlt, auf eine Art, die ich nicht ganz einschätzen kann.

Mr. Arrogant wird ein Whiskey vorgeschoben. Er greift sein Glas und hebt es an. »Auf diesen Trip und auf einen kurzfristigen Frieden zwischen uns.«

# 4. Chandler

*A*müsiert nehme ich Avery Cunninghams innere Abwehr wahr. Zunächst war ich überrascht davon, was für eine kleine zierliche Person sich hinter ihrem Namen und ihren Qualifikationen verbirgt.

Seit ich die Verantwortung für das Unternehmen meines Vaters übernommen habe, fühle ich mich wie in einem Labyrinth, von dem ich nur die Grundrisse kenne. Als neuer Leiter des Unternehmens fehlt mir noch der umfassende Überblick über sämtliche Abläufe und verborgene Details. Bisher war ich der Chief Financial Officer, dadurch hatte ich zwar weitreichende Befugnisse, aber alles andere blieb mir verborgen. Nachdem mein Vater nach einem Herzinfarkt die Führung ohne langen Vorlauf und Einarbeitungszeit an mich übertragen hat, war ich zunächst der Ansicht, dass dies nur vorübergehend sein würde. Doch überraschenderweise entschied er sich, im Hintergrund zu bleiben. Die Tatsache, dass seine Sekretärin nun für mich arbeitet, ist ein wahrer Segen und erleichtert mir die Einarbeitung enorm. Der einzige Haken an der Sache ist, dass sie meine Ex-Verlobte ist. Für mich ist es endgültig vorbei, für sie noch nicht. Immer wieder versucht sie, sich mir anzunähern, nimmt sich Vertraulichkeiten heraus und zeigt sich beleidigt, wenn ich nicht auf sie eingehe. Es sind meist kleine Gesten - das Streifen meiner Hand oder meines Unterarms, plötzliches Zurechtrücken meiner Krawatte. Meine deutlichen Blicke, die mein Unbehagen signalisieren, scheint sie geflissentlich zu ignorieren. Da ich jedoch nicht möchte, dass es zu einem öffentlichen Konflikt kommt, halte ich mich zurück, weise sie sanft ab und suche Abstand. Seit der Trennung von Liza bin ich solo.

Avery hebt ihr Glas ebenfalls. »Cheers«, prostet sie mir zu, »warum nur kurzfristiger Frieden?«

Zunächst genehmige ich mir einen kräftigen Schluck Whiskey, bevor ich antworte: »Langfristig wäre doch langweilig, oder stehen Sie nicht auf Herausforderungen?«

Jetzt lächelt sie das erste Mal in meiner Gegenwart ehrlich und nicht geschäftsmäßig. »Mr. Morrison, wenn ich nicht auf Herausforderungen stehen würde, wäre ich sicherlich lieber Bibliothekarin geworden.«

Daraufhin lache ich amüsiert. Sie hat also doch Humor. »Aber mit mir haben Sie nicht gerechnet, oder?«

»Sicherlich nicht, Sir«, antwortet sie und nimmt die zwei Strohhalme ihres Cocktails zwischen ihre Lippen, um davon zu trinken. »Aber Sie stellen keine große Herausforderung für mich dar«, behauptet sie frech und trinkt erneut einen Schluck.

Mir ein Lachen unterdrückend, beobachte ich sie amüsiert. »Dann ist es ja gut …«

Jetzt sieht sie mich an. »Was hat Sie dazu bewogen, noch so kurzfristig an dieser Tour teilzunehmen?«

»Ich teste diese Fahrt, um zu sehen, ob sie für meine Großmutter geeignet wäre«, erkläre ich ihr.

»Ist sie nicht mehr so gut zu Fuß?«

»Doch, aber sie ist recht kapriziös.«

»Bei *Bennett's Luxe Travel* werden alle anspruchsvollen Gäste einen entspannten Urlaub erleben«, meint sie und lächelt.

»Sie klingen wie aus dem Reiseprospekt.«

»Tja, Sie erwarten sicherlich nicht von mir, dass ich über meinen Arbeitgeber etwas anderes erzähle?«

»Nein, natürlich nicht, Miss.« Ich kann es mir nicht verkneifen sie ein wenig zu sticheln. »Wie kommt Ihr Boss eigentlich darauf, eine so junge Reisebegleitung …«

»Mr. Morrison«, unterbricht sie mich, »das Alter sagt nichts über meine Erfahrungen und Qualifikationen aus.« Ärgerlich schiebt sie ihren Drink von sich und rutscht vom Barhocker. »Ich wünsche Ihnen noch einen schönen Abend, Sir.« Sie nickt mir verabschiedend zu und geht davon.

Ich sehe ihr hinterher, wie sie im Hotel verschwindet. Das war ein sehr kurzzeitiger Frieden, denke ich amüsiert und trinke meinen Whiskey genüsslich aus. Danach begebe ich mich aufs Zimmer, um noch am Laptop zu arbeiten. Schließlich habe ich keinen Urlaub, auch wenn ich hier offiziell als Gast reise.

Am nächsten Morgen begegnen wir uns im Frühstücksraum wieder. Während ich an einem Tisch Platz nehme, beobachte ich, wie Avery die Reisenden der Gruppe nacheinander begrüßt und einen kurzen Plausch mit ihnen hält. Sie ist nach unseren strengen Kleidervorschriften angezogen, die Haare sind perfekt hochgesteckt und ihr Schmuck ist äußerst dezent. Obwohl sie eine zierliche Person ist, strahlt sie eine erstaunliche Präsenz aus. Sobald sie einen Raum betritt, lenkt sie sofort alle Aufmerksamkeit auf sich – sie ist eine jener Menschen, die unmittelbar die Blicke auf sich ziehen. Außerdem bemerke ich, dass die Gäste ihr sehr zugetan sind. Aber wir sind erst am Anfang unserer Reise und ich bin gespannt, ob sie sich auf diesem Niveau halten wird.

Später im Bus ergreift sie das Mikrofon und begrüßt uns auf ihre eigene Art und Weise. Fröhlich und unkompliziert, mit einem lockeren Spruch auf den Lippen, der uns alle zum Schmunzeln bringt. Sobald der Bus seine Fahrt fortsetzt, geht sie von Reihe zu Reihe, erkundigt sich nach unserem Befinden und ob wir Lust auf einen Kaffee oder ein Kaltgetränk haben. Zum Schluss erst bin ich an der Reihe, obwohl ich ganz vorne, direkt hinter ihrem Platz sitze.

»Mr. Morrison, guten Morgen. Ich freue mich, Sie so gutgelaunt zu sehen. Darf ich Ihnen etwas zu trinken bringen?«

»Guten Morgen, Ms. Cunningham. Danke, ich habe auch wirklich sehr gut geschlafen. Ich hätte gern einen Espresso Doppio«, bestelle ich bei ihr.

»Sehr gerne, Sir«, erwidert sie, während sie sich abwendet.

»Ach, Miss?«

»Ja, bitte?« Ihre Aufmerksamkeit richtet sich wieder auf mich.

»Frieden?«

Ein feines Lächeln umspielt ihre kirschroten Lippen, die sehr verlockend leuchten. Ich bin mir sicher, dass sie keine Ahnung hat, wie verführerisch sie damit aussieht.

»Natürlich«, antwortet sie. »Soll es wieder ein kurzer Frieden sein, oder darf er auch etwas länger andauern?«

Schmunzelnd fahre ich mit zwei Fingern über mein Kinn. »Wie hätten Sie es denn gern?«

»Sir, das muss ich mir noch überlegen. Wenn ich Ihnen den Espresso Doppio reiche, lasse ich es Sie wissen.« Mit einem Zwinkern wendet sie sich ab und geht in Richtung Bordküche, um uns unsere Getränke zuzubereiten.

Schmunzelnd lehne ich mich in meinen gemütlichen Sitz zurück und betrachte gedankenverloren die vorbeiziehende Landschaft, ohne sie wirklich wahrzunehmen. Meine Gedanken kreisen um Liza, die mir heute eine Sprachnachricht hinterlassen hat, in der sie beteuerte, dass sie trotz der aufgelösten Verlobung nicht aufgeben wird. Nun überlege ich, wie ich elegant aus dieser Situation herauskommen kann.

»Mr. Morrison«, werde ich plötzlich angesprochen.

Ich blicke auf und treffe auf den freundlichen Blick von Lady McDermott, die mit ihrer reizenden Enkeltochter unterwegs ist. Sofort richte ich mich auf. »Wie kann ich Ihnen helfen, Madam?«

»Es wäre mir eine Freude, wenn Sie meine Enkelin und mich heute Abend zu einem Konzert begleiten würden.«

Ich ahne, dass die Lady darauf aus ist, mich ihrer Enkeltochter näher zu bringen. Doch mein Interesse daran ist eher gering. »Um welches Konzert handelt es sich?«, frage ich, um Zeit zu gewinnen.

»Es ist ein klassisches Konzert mit den New Yorker Philharmonikern«, antwortet sie, sich mir nähernd, während ihr schweres Parfüm mich umgibt. Ich bin versucht, die Luft anzuhalten. »Entschuldigen Sie bitte, Lady McDermott, aber ich hatte eigentlich vor, zum Country Festival zu gehen, für das ich auch bereits Karten habe. Vielleicht klappt es ja beim nächsten Mal.« Freundlich lächle ich sie an.

Trotz meiner Höflichkeit zeigt sie ihre Enttäuschung über meine Absage deutlich. Dennoch setzt sie ein nettes Lächeln auf und verabschiedet sich.

Ich befürchte, dass sie sich noch weitere Möglichkeiten einfallen lassen wird, um mich mit ihrer Enkeltochter zusammenzubringen. In den Kreisen der McDermott's ist es immer noch üblich, Adel und Geldadel zu verbinden. Dabei kennt sie mich nicht einmal, sie handelt nur aus der Annahme heraus, dass es sich lohnen könnte, ihre Enkelin mit mir zu verkuppeln. Ich seufze leise.

»Mr. Morrison, hier ist Ihr Espresso Doppio«, erklingt die Stimme unserer bezaubernden Reisebegleitung.

»Vielen Dank, Miss, Sie sind ein Engel«, erwidere ich galant.

»Da sollten Sie sich nicht zu sicher sein, Sir.«

Amüsiert nehme ich das Tablett entgegen, welches sie mir reicht. »Es wäre interessant, das herauszufinden«, murmle ich halblaut.

»Sir, ich möchte Sie dezent, aber direkt darauf hinweisen, dass das Personal und die Reisenden nicht ...«

»Und was, wenn doch?«, unterbreche ich sie.

»Es wird nicht passieren, Mr. Morrison. Sie wollten vorhin eine Antwort auf Ihre Frage: Ich wäre für einen längeren Frieden. Was denken Sie?«

»Ich weiß nicht, Miss. Ich glaube, ich wäre für einen kürzeren Frieden«, erwidere ich.

»Warum?«, fragt sie erstaunt.

»Kleine Auseinandersetzungen verringern die Distanz zwischen Personal und Reisenden«, erkläre ich ihr und muss mich beherrschen, nicht zu grinsen.

»Sir!«, ruft sie leise aus, um unsere kleine Plauderei nicht für die anderen Gäste hörbar zu machen. Leider wird sie von Lady McDermott gerufen, und unsere Unterhaltung wird gestört.

# 5. Avery

Gott sei Dank werde ich von Lady McDermott gerufen, und somit wird dieses Geplänkel unterbrochen. Mr. Arrogant grinst nur, und mein Herz klopft mir bis zum Hals. Dieser Mann ist eine echte Herausforderung – als Gast, versteht sich.

Die Lady bittet noch um einen weiteren Kaffee für ihre Enkeltochter. Als ich diesen kurz darauf serviere, spricht sie mich erneut an. »Ms. Cunningham, werden Sie heute Abend auch beim klassischen Konzert sein? Es wäre mir eine Freude, wenn Sie uns begleiten würden.«

Ich setze eine bedauernde Miene auf. »Das ist wirklich schade, Ma'am, denn ich freue mich bereits seit Beginn der Reise auf das Country Festival.«

»Ach!«, entfährt es ihr, »dann werden Sie von Mr. Morrison begleitet?«

»Nein, nicht, dass ich wüsste, Ma'am. Darf es noch etwas für Sie sein?«, lenke ich das Gespräch auf neutralen Boden. Mrs. McDermott schüttelt den Kopf verneinend, und ich wende mich von ihr ab.

Dann gehe ich wieder auf meinen Platz nach ganz vorn. Dabei muss ich natürlich an Mr. Arrogant vorbei, da er direkt hinter mir sitzt.

»Ah«, höre ich ihn auch schon. »Da kommt der Wirbelwind …«

Sofort drehe ich mich um und bin kurz davor, verärgert hochzufahren, da sehe ich ein amüsiertes Aufblitzen in seinen Augen und, wie er das Grinsen mühsam unterdrückt.

»Wir hatten uns doch auf Frieden geeinigt, Mr. Arrogant«, zische ich. O nein, das ist peinlich! Habe ich das tatsächlich gerade gesagt?

Er bricht in lautes Gelächter aus, woraufhin alle Gäste neugierig zu uns blicken. Meine Wangen werden heiß, sogar meine Ohren glühen. Um Selbstbewusstsein bemüht, straffe ich meine Schultern, drehe mich um und nehme auf meinem Sitz Platz.

»Sorry, Miss, ich konnte einfach nicht widerstehen«, raunt er direkt hinter mir.

Ich atme tief durch und drehe mich zu ihm um. Sein Gesicht ist meinem sehr nahe, weil er sich weit vorgebeugt hat. »Ach, Mr. Arrogant, Sie hatten ja nur kurzen Frieden angekündigt.« Ich lächle zuckersüß und betrachte wieder den Highway vor uns. Den Blick von unserem Busfahrer allerdings bemerke ich trotzdem, auch, wie er dem Kerl hinter mir zuzwinkert. *Männer!*, denke ich nur verächtlich.

Unsere nächste Station ist Maplewood Springs. Dort steht die Musik im Mittelpunkt, speziell die Countrymusik. Ein großes Festival findet heute Abend statt. Für diejenigen mit anderem Musikgeschmack gibt es die Möglichkeit, im Opernhaus auf ihre Kosten zu kommen. Wie die zwei McDermott-Damen es vorhaben.

Nach fünf Stunden Busfahrt müssen wir nur noch wenige Meilen bis zu unserem nächsten Zielort fahren. Darum greife ich mein Headset, setze es auf, stelle mich zwischen die ersten Sitzreihen und beginne den Gästen etwas über diese wundervolle Stadt zu erzählen. Ein wenig Geschichtliches, Kulturelles und ein paar humorvolle Einlagen, womit ich sie zum Lachen bringe. Obwohl Mr. Morrison mich die ganze Zeit betrachtet, schaffe ich es, ihn auszublenden und Spaß an meinem Job zu haben. Den hatte ich auch schon während meiner Studentenzeit, wo ich in den Semesterferien als Tourguide oder Activity Coordinator Geld verdient habe.

Der Bus rollt langsam auf den Parkplatz vor das Hotel. Wie immer steige ich als erste aus, um die Gäste anzumelden und die Keycards für sie in Empfang zu nehmen.

Kaum betrete ich den Platz, schlägt mir die Hitze entgegen. Das ist im Hochsommer normal, aber im klimatisierten Bus habe ich es direkt vergessen. Sofort verfluche ich die Nylons, die ich pflichtbewusst anhabe und die zum Dresscode dazugehören. Auf diese Idee ist sicherlich ein Mann gekommen. Keine Frau würde freiwillig, bei 35 Grad im Schatten, Nylons tragen. Innerlich fluchend betrete ich das Foyer und strebe auf den Empfang zu. Der Concierge begrüßt mich freundlich und nach wenigen Minuten stehe ich schon wieder im Bus und gebe den Gästen die Keycards zu ihren exklusiven Zimmern. Unser Busfahrer hievt derweil die Koffer heraus, damit die Reisenden ohne Verzögerung ihr Gepäck in Empfang nehmen können, beziehungsweise die Pagen das Gepäck auf die Zimmer bringen.

Ich begleite die Herrschaften noch ins Foyer und gehe erst wieder zum Bus zurück, als alle auf dem Weg zu ihren Zimmern sind. Dann nehme ich mir einen Müllbeutel und sammle den Abfall ein, räume die Küche auf und bereite alles für die Weiterfahrt am nächsten Morgen vor. Erst dann greife ich mir meinen Koffer. Mittlerweile bin ich verschwitzt und müde, sehne mich nach einer Dusche sowie einem kühlen, klimatisierten Zimmer, wo ich wenige Minuten später erleichtert aufs Bett sinke und kurz die Augen schließe. Es fühlt sich noch an, als würde ich Bus fahren. Das sanfte Vibrieren und leichte Schwanken klingt in mir nach. Ich habe nicht viel Zeit, weil ich in einer Stunde unten sein muss, um die Reisenden zu bespaßen.

Nach dem Duschen entscheide ich mich dazu, meine Uniform, ohne Nylons zu tragen. Der Rock reicht genau bis über die Knie, also eine angemessene Länge. Den Blazer hänge ich sorgfältig auf einen Bügel. Ich denke nicht, dass es irgendjemandem auffallen wird.

Doch ich habe nicht mit Mr. Arrogant gerechnet. Kaum habe ich die gut gelaunten Reisenden in den Abend entlassen, spricht er mich an.

»Guten Abend, Miss Cunningham.«

Ich drehe mich zu ihm um. »Oh, guten Abend, Mr. Morrison. Wie kann ich Ihnen helfen?«

Sein Blick gleitet streng über meine Dienstkleidung bis hin zu den Pumps. »Es scheint, als würden Sie sich nicht an die Kleidervorschriften Ihres Arbeitgebers halten.«

Verblüfft hole ich tief Luft. »Es ist wirklich zu heiß, um Nylons zu tragen, Sir.«

»Zu heiß?« Seine Stimme klingt herausfordernd, während er seinen Blick wieder auf meine Augen richtet. »Regeln sind Regeln, Miss Cunningham. Sie sollten sie kennen und befolgen.«

Ein amüsiertes Lächeln huscht über meine Lippen, und ich beuge mich leicht vor. »Vielleicht brauchen die Regeln manchmal eine kleine Erneuerung, Sir.«

Seine Augen funkeln kurz auf. »Eine Erneuerung?« Er hebt eine Augenbraue und tritt einen Schritt näher. »Ich befürchte, das fällt nicht in Ihren Aufgabenbereich.«

Herausfordernd sehe ich ihn an. »Vielleicht nicht offiziell, aber es ist erstaunlich, was man mit der richtigen Überzeugungskraft erreichen kann, Mr. Morrison.«

Ein leichtes Schmunzeln zeigt sich auf seinem Gesicht. »Das wage ich zu bezweifeln, Miss Cunningham.«

Dieses Knistern zwischen uns macht mich nervös, aber ich liebe mittlerweile diese kleinen Wortgefechte, das Aufblitzen in seinen Augen – obwohl er eigentlich einfach nur ziemlich arrogant und selbstgefällig ist. Er spielt sich mir gegenüber auf, als wäre er mein Boss.

»Allerdings muss ich zugeben, Ihre Beine sind perfekt, auch ohne Nylons.«

»Danke!«, stoße ich überrascht aus.

»Mr. Morrison!«, werden wir von Lady McDermott mit ihrer schrecklich lauten und etwas überkandidelten Stimme unterbrochen.

Mr. Arrogant seufzt, zwinkert mir zu und wendet sich dann ab. »Guten Abend, die Damen«, begrüßt er die beiden Frauen galant und deutet eine Verbeugung an.

»Sir, wir würden uns sehr freuen, wenn Sie uns heute doch noch in die Oper begleiten würden. Schließlich bekommt man nicht jeden Abend *Aida* mit der großartigen Sopranistin Chiara Montebello und dem außergewöhnlichen Tenor Marco Fiorelli zu hören.«

»Ma'am, ich fühle mich sehr geehrt, aber erstens hätte ich keine Karte für diese Aufführung und zweitens ziehe ich heute das Country Festival vor.«

Die Enkelin scheint regelrecht von Mr. Arrogant während des Gesprächs eingenommen zu sein.

»Sir, ich hätte mich wirklich sehr gefreut«, erklärt sie mit leicht geröteten Wangen.

»Miss, gern hätte ich zwei so bezaubernde Damen begleitet, aber es soll nicht sein«, antwortet er so galant, dass es mich zum Schmunzeln bringt. *Er hat es wirklich drauf,* denke ich.

»Lady McDermott, Miss McDermott, Ihr Taxi fährt gerade vor«, informiere ich die beiden. Überschwänglich verabschieden sie sich daraufhin von Mr. Morrison. Als sie in ihren großartigen Abendroben majestätisch an mir vorbeischreiten – anders kann man es nicht beschreiben – wirft mir die Ältere einen giftigen Blick zu. »Viel Spaß mit Mr. Morrison, Ms. Cunningham«, wünscht sie mir noch.

»Ich wünsche Ihnen auch einen schönen Abend«, erwidere ich und lächle besonders freundlich. Kaum sind die McDermotts mit dem Taxi verschwunden, atme ich erleichtert aus. Die Dame ist anstrengend.

»Perfekt«, raunt Mr. Morrison, was einen sanften Schauer über meinen Rücken jagt, da er direkt hinter mir steht und ich seinen Atem an meinem Hals spüre. Langsam drehe ich mich zu ihm um. »Was ist perfekt?«

»Ihr Umgang mit der aufdringlichen Dame«, erklärt er.

»Ich weiß nicht, was Sie meinen, Sir«, antworte ich entspannt, obwohl mein Herz bis zum Hals schlägt, da er immer noch sehr nah bei mir steht und mich nicht aus den Augen lässt.

Jetzt grinst er. »Obwohl Sie nicht dem klassischen Bild der Tourguides von *Bennett's Luxe Travel* entsprechen, machen Sie einen großartigen Job.«

»Danke für das Kompliment. Aber ich verstehe nicht, warum ausgerechnet Ihnen das auffällt und so wichtig ist.«

»Schließlich soll meine anspruchsvolle Großmutter bestmöglich betreut werden, wenn sie eine Reise mit Ihrem Unternehmen bucht.«

»Reist Ihre Großmutter allein oder in Begleitung?«

»In Begleitung«, antwortet er knapp. »In einer Stunde wird mein Taxi da sein, um mich zum Country Festival zu bringen.« Jetzt tritt er einen Schritt zurück und fährt sich durch seine dichten Haare. »Es wäre mir eine Freude, wenn Sie mich begleiten würden, Miss«, sagt er völlig überraschend.

»Ähm«, mache ich ungeschickt, »ich will nicht stören, schließlich …«, stammele ich überrumpelt.

»Wenn dem so wäre, hätte ich Sie nicht gefragt, oder?«

»Sir, ich schätze Ihr Angebot, aber ich bin nicht in angemessener Garderobe«, antworte ich verlegen, während ich auf meine Dienstuniform deute.

Er betrachtet mich mit einem leichten Lächeln. »Sie sind wunderbar, so, wie Sie sind, Miss Cunningham. Es handelt sich nicht um einen

54

offiziellen Empfang. Abgesehen davon, haben Sie eine Stunde Zeit, sich umzuziehen.«

Mein Herz pocht schneller. Sein unerwartetes Angebot bringt mich aus dem Konzept. »Ich bin mir nicht sicher, ob das passend wäre …«, beginne ich, doch er unterbricht mich erneut.

»Miss Cunningham, ich bin mir sicher, dass Ihre Anwesenheit meinem Abend eine angenehme Wendung geben würde.« Sein Blick macht dem Golden Retriever meiner Mom echt Konkurrenz.

Ich zögere einen Moment, bevor ich antworte: »Ich würde mich freuen, Sie zu begleiten, Sir.«

Ein zufriedenes Lächeln huscht über sein Gesicht. »Perfekt. Ich warte nachher hier im Foyer auf Sie, Miss.«

»Bis später«, wispere ich und eile davon, damit er mir meine Aufregung nicht anmerkt. Ich bin überzeugt, dass er mir ansieht, wie ich auf ihn reagiere, obwohl ich das nicht will und auch nicht sollte.

# 6. Chandler

Ein paar Minuten vor der vereinbarten Zeit warte ich im herrlich klimatisierten Foyer des Hotels. Angesichts des Country Festivals, das wir besuchen werden, habe ich mich entsprechend leger gekleidet: Bluejeans, weißes T-Shirt, lederne Westernstiefel und natürlich meinen altvertrauten Stetson. Dieser begleitet mich schon seit Jahren und ist dementsprechend abgenutzt.

Kurz darauf kommt Miss Cunningham die Treppe hinunter. Trotz ihrer zierlichen Statur hat sie eine Ausstrahlung, die ihre geringe Größe vergessen lässt. Ihr Selbstbewusstsein strahlt so stark, dass es mir sofort auffällt – eine Besonderheit, die ich selten bei Frauen sehe. Kein Wunder, dass sie in unserem Unternehmen an der richtigen Stelle sitzt. Ich glaube, sie hat das Zeug zu einer wahren Führungspersönlichkeit. Sie fegt wie ein kleiner Wirbelwind nicht nur über mich hinweg, sondern direkt in mein Herz. Dabei kenne ich sie noch gar nicht, aber da ist etwas an ihr …

»Hey, Mr. Morrison, ich bin gespannt auf das Festival«, begrüßt sie mich mit einem Lächeln, das heller strahlt als die gleißende Sonne des vorangegangenen Sommertags. Sie sieht umwerfend aus in einem kurzen karierten Hemdblusenkleid, das ihre perfekten Beine betont. Ihre Füße stecken in knöchelhohen, ledernen Westernstiefeln. Ein breiter Gürtel umschließt ihre schmale Taille und unterbricht das ansonsten schlichte Outfit.

»Guten Abend, Miss Cunningham«, erwidere ich, während es sich falsch anfühlt, so förmlich zu bleiben.

»Sir, Sie sehen aus wie ein waschechter Cowboy«, lobt sie mich unerwartet.

»Dankeschön«, grinse ich, »sobald meine Geschäfte mir ein wenig Freizeit lassen, bin ich auf unserer Familienranch«, gebe ich preis.

»Wow, also sehen Sie nicht nur so aus. Aber erzählen Sie mir nicht, dass Sie auch noch Rodeo reiten«, fordert sie mit einem Augenzwinkern.

Amüsiert lache ich. »Doch, in meiner Sturm- und Drangzeit habe ich das tatsächlich ein paar Mal gemacht.«

Das Taxi fährt vor, und wir steigen ein.

»Wahrscheinlich waren Sie darin großartig, oder?«, setzt sie das Gespräch fort.

»Rodeokönig bin ich jedenfalls nicht geworden«, antworte ich trocken, was sie zu einem hellen Lachen veranlasst.

»Vielleicht sollten Sie mich mal mit auf die Ranch nehmen, damit ich Ihnen ein paar Tipps geben kann«, schlägt Miss Cunningham mit einem schelmischen Funkeln in den Augen vor.

»Oh, das klingt nach einer Herausforderung. Aber ich befürchte, ich kann nicht garantieren, dass ich Ihr zierliches Wesen vor all den wilden Bullen beschützen könnte«, erwidere ich mit einem Augenzwinkern.

»Ach, Mr. Morrison, ich bin mir ziemlich sicher, dass ich mich ganz gut selbst verteidigen kann. Aber wer weiß, vielleicht werde ich ja eine Rodeokönigin auf Ihrer Ranch?«, kontert sie mit einem frechen Grinsen.

»Das wäre allerdings eine beeindruckende Verwandlung vom Wirbelwind zur Rodeokönigin«, gebe ich scherzhaft zurück.

Das Taxi hält an einer Ampel, und ich lehne mich näher zu ihr. »Ich bin gespannt, wie Ihre Fähigkeiten beim Bullenreiten sind.« Sofort wird mir die Doppeldeutigkeit bewusst, darum füge ich hinzu: »Also auf dem Rücken eines wilden Stiers. Vielleicht müssen wir das bei Gelegenheit mal ausprobieren.«

Sie lacht und beugt sich ebenfalls etwas vor, sodass ich ihren verführerischen Parfümduft aufnehme. »Mr. Morrison, ich glaube, das könnte interessant werden. Aber bis dahin sollten wir uns wohl erstmal auf das Festival konzentrieren, oder?«

»Natürlich, aber vergessen Sie nicht, dass Sie mich herausgefordert haben. Ich werde Sie daran erinnern«, necke ich sie mit einem breiten Grinsen.

Die Ampel wechselt auf Grün, und das Taxi setzt seine Fahrt fort. Miss Cunningham hält sich wirklich gut. Sie hat Feuer unterm Hintern, was ich sehr anziehend finde.

Vor dem Festivalgelände hält das Taxi an, und ich helfe ihr beim Aussteigen, indem ich ihr meine Hand anbiete, die sie ergreift, während ich sie behutsam zu mir heranziehe. Wir stehen nah beieinander, und ihr Duft bringt nicht nur meine Sinne durcheinander, sondern versetzt auch mein Herz in Aufregung.

Sie schaut lächelnd zu mir hoch. »Sie können mich jetzt wieder loslassen, danke, Mr. Morrison.«

»Chan …«, ich räuspere mich, »Nolan … vielleicht sollten wir die Formalitäten fallen lassen.«

Ich sehe, wie sie zögert. »Aber wenn die anderen Gäste dabei sind, ist das nicht passend …«, wirft sie ein.

»Ja, das stimmt. Dann können wir uns wieder ordentlich benehmen«, schlage ich vor.

»Sie werden mir eh keine Ruhe lassen, oder?«, fragt sie, während sie mit einer Hand durch ihre Haare streicht.

»Nein, definitiv nicht«, antworte ich bestimmt und blicke gespannt auf sie.

»Okay«, stimmt sie zu. »Aber könnten Sie mich bitte jetzt loslassen, Nolan?«

»Nur ungern, kleiner Wirbelwind, oder wie ist dein Vorname?«

»Oh, entschuldige, ich bin Avery.«

»Ein schöner Name, Avery«, kommentiere ich und lasse sie los, ohne meinen Blick von ihr zu nehmen.

»Danke, Nolan. Es scheint, als hätten wir einen kleinen Waffenstillstand erreicht«, erwidert sie mit einem verschmitzten Lächeln.

»Ein vorübergehender Waffenstillstand würde ich sagen. Ich bin mir sicher, es gibt noch reichlich Gelegenheiten für gegenseitige Neckereien«, erwidere ich mit einem Augenzwinkern.

»Wahrscheinlich. Aber bis dahin sollten wir das Festival genießen und uns anständig benehmen«, schlägt sie vor, während wir uns langsam dem Eingang nähern.

»Natürlich, Miss Avery. Aber ich warne Sie, ich habe einen Hang dazu, Dinge ein wenig aufzumischen«, necke ich sie und halte das Tor zum Festivalgelände für sie auf.

»Oh, ich bin gespannt, Mr. Nolan. Aber ich bin sicher, ich kann mit Ihren Eskapaden umgehen«, kontert sie lachend, während wir das Festivalgelände betreten. Zuerst geben wir einem der Sicherheitskräfte unsere Eintrittskarten und begeben uns dann gemeinsam ins Getümmel. Ein vielversprechender Abend liegt vor mir, voller Musik, Tanz und mit der bezaubernden Avery an meiner Seite. Ich bin ein Glückspilz.

Von der Hauptbühne dringt der Bass zu uns herüber, während nur wenige Meter entfernt Banjo und Fiddle von einer kleinen Bühne erklingen, begleitet von einer Countrysängerin. Das Publikum feuert die Musiker enthusiastisch an. In diesem Moment überkommt mich die Erinnerung an die unbeschwerten Wochen im Sommer, die wir auf unserer Ranch verbracht haben. Sofort fühle ich mich hier wie zu Hause. Ein Schild verkündet, dass neben dem Festivalgelände tatsächlich ein Viehmarkt und Rodeo stattfinden.

»Avery, du könntest gleich zeigen, was du auf dem Rodeo zu bieten hast«, schlage ich vor und deute auf das große Schild etwas rechts von uns.

»Wow!«, ruft sie begeistert aus. »Wollen wir zuerst dorthin und dann die Musik, den Tanz und das Barbecue genießen?« Ihre großen dunklen Augen strahlen vor Begeisterung und Energie.

»Gute Idee, komm, lass uns rübergehen«, ermuntere ich sie, umfasse ihr Handgelenk und navigiere sie durch die Menschenmengen, vorbei an Menschenansammlungen, die der Band auf einer großen Tribüne lauschen, und an den verführerischen Düften von Gegrilltem, Crêpes und anderen Köstlichkeiten.

»Warte mal«, unterbricht Avery mich plötzlich, und ich bleibe stehen. »Du kannst mich doch nicht einfach an all diesen Leckereien vorbeiziehen lassen! Ein Crêpe mit Zucker und Zimt wäre jetzt genau das Richtige für mich«, verkündet sie und entzieht mir ihre Hand.

»Dann warte ich hier auf dich«.

»Du willst keinen?«, fragt sie leicht erstaunt.

»Nicht wirklich«.

»Und inoffiziell?«, bohrt sie nach.

»Okay, vielleicht doch, aber nur mit Erdbeermarmelade«, lasse ich mich überzeugen, greife erneut nach ihrer Hand und führe sie zu einem der Stände.

»Glaubst du, ich kann nicht alleine gehen?«, fragt sie, als sie sich mir erneut entzieht.

»Natürlich, aber hier ist so viel los, und du bist recht zierlich. Ich möchte sicherstellen, dass ich dich nicht verliere«, erwidere ich und grinse sie an, während wir uns in die Schlange vor dem Stand einreihen.

»Bis jetzt habe ich immer gut auf mich aufgepasst und bin nie verloren gegangen«, sagt sie und schaut zu mir auf.

»Natürlich«, entgegne ich grinsend. »So eine selbstbewusste Frau braucht keinen Beschützer.«

Wir lachen, und ich bestelle zwei Crêpes, reiche ihr dann einen mit Zucker und Zimt. Während ich meinen genieße, beobachte ich sie, wie sie das Gebäck vorsichtig in die Hand nimmt und abbeißt. Feingliedrige Finger mit glänzenden Fingernägeln. Mir fällt auf, wie sie mit wenig Aufwand umwerfend schön ist. Im Gegensatz zu Liza, die alles nutzt, was die Schönheitsindustrie zu bieten hat, benötigt Avery das ganz offensichtlich nicht.

Eine Gruppe Jugendlicher drängelt sich an uns vorbei, unachtsam bahnen sie sich ihren Weg. Einer von ihnen stößt versehentlich gegen Avery, die ins Wanken gerät. Mit einem schnellen Griff um ihre Taille fange ich sie auf. »Hoppla!«, rufe ich aus. »Alles in Ordnung bei dir?«

»Ja, alles gut«, murmelt sie. »Nur mein Crêpe ist jetzt im Dreck gelandet.«

»Hier, nimm meinen«, biete ich ihr an.

»Nein danke, es ist nicht so schlimm«, lehnt sie ab.

Ich halte ihr meinen Crêpe entgegen. »Bitte, nimm ihn«, sage ich mit einem treuherzigen Blick und einem Grinsen.

»Na gut«, gibt sie nach und nimmt den Pfannkuchen.

Schnell hebe ich ihren Crêpe auf und werfe ihn in einen Mülleimer.

»Mr. Arrogant entpuppt sich als wahrer Gentleman«, neckt sie mich daraufhin.

»Mr. Arrogant kann auch das, wenn es darauf ankommt«, erwidere ich amüsiert.

Avery lacht. »Nun, ich werde es mir merken, dass hinter der Arroganz ein verborgener Gentleman steckt.«

»Es ist wichtig, die Geheimnisse zu wahren«, antworte ich scherzhaft und zwinkere ihr zu.

Ein kurzes Schweigen entsteht zwischen uns, während wir den Moment genießen und uns gegenseitig anlächeln.

»Du bist eine echte Rettung in der Not, Nolan«, bemerkt sie schließlich und deutet auf den frisch überreichten Crêpe. »Vielen Dank.«

»Sehr gerne, Avery«, erwidere ich lächelnd.

Sie betrachtet mich einen Moment und sagt dann mit einem schelmischen Grinsen: »Ich hoffe, es stört dich nicht, wenn ich trotzdem deine *Mr. Arrogant-Ader* ein wenig herauskitzele.«

»Oh, ich bin gespannt«, erwidere ich mit einem Augenzwinkern. »Aber sei gewarnt, ich habe auch so meine Tricks auf Lager.«

# 7. Avery

Lachend blicke ich zu Nolan auf und muss meinen Kopf dabei leicht in den Nacken legen. Ein amüsiertes Funkeln blitzt in seinen Augen auf. Er genießt unser gegenseitiges Geplänkel genauso wie ich. Außerdem ist er gar nicht so ein eingebildeter Fatzke, wie ich anfangs dachte. Und verdammt attraktiv ist er auch noch. Seine hellen Augen, die dunklen Haare und diese Lippen ... Mh! Sie sind markant geformt, betonen seine maskuline Dominanz und unterstreichen hervorragend seinen Ausdruck. Wieder treffen sich unsere Blicke ... ein sanftes Kribbeln breitet sich in meinem Magen aus ... *Oh nein, das darf nicht passieren!*, denke ich verzweifelt. Als würden meine Gedanken seine Handlung verstärken, streicht Nolan sanft eine Haarsträhne hinter mein Ohr.

»Dein Crêpe wird kalt«, bemerkt er rau, ohne den Blick von mir zu nehmen.

Stimmt, ich halte ihn immer noch in der Hand. »Ja«, murmle ich, ohne mich zu bewegen, während ein amüsiertes Lächeln seine Lippen ziert. »Du solltest ihn essen, sonst landet er auch noch im Sand.«

Erst in diesem Moment löse ich mich aus der Starre und nehme einen Bissen. Erdbeermarmelade … genau, ich habe ja seinen bekommen. Meine Gedanken sind ziemlich durcheinander und das Kribbeln im Magen verstärkt sich.

»Schmeckt's?«, fragt er nun.

Ich nicke stumm. Doch dann erinnere ich mich an seine arrogante Seite, atme tief durch, lächle und halte ihm den Crêpe mit den Worten hin: »Sehr lecker. Hier, lass uns diese kleine Sünde teilen.«

Da lacht er laut, beißt ab und schüttelt amüsiert den Kopf. Seine Antwort jedoch verstärkt meine innere Unruhe. »Es gibt noch andere kleine und große Sünden, die ich mir vorstellen könnte, zu teilen.«

Meine Wangen werden heiß, und ich kämpfe darum, eine schlagfertige Antwort zu finden. Oh Mann!

Nachdem ich seine kühne Bemerkung verdaut habe, sammle ich meine Gedanken und versuche, den Fokus zurückzugewinnen. Mit einem Schmunzeln, das meine Nervosität verdecken soll, schlage ich vor: »Ich hoffe, Sie sprechen von einer Unterhaltung über Süßigkeiten und nicht von etwas Kriminellem, Mr. Morrison.«

Nolan lacht leise, während er den letzten Bissen des Crêpe genießt. »Nun, Miss Cunningham, ich bin unschuldig, ich schwöre es. Ich denke eher an ein paar Abenteuer, die uns noch bevorstehen könnten.«

Seine Worte verstärken das kribbelige Gefühl in mir. »Abenteuer, hmm? Ich hoffe, Sie meinen die spannende Sorte, die uns nicht in Schwierigkeiten bringt.«

»Natürlich nur die aufregendsten, die keine Probleme verursachen«, entgegnet er mit einem Augenzwinkern.

»Wenn das so ist, dann bin ich dabei«, erkläre ich mit verspieltem Tonfall, während mein Herz buchstäblich bis zum Halse schlägt. »Aber ich nehme an, Sie werden der rätselhafte Draufgänger sein, und ich diejenige, die Sie aus Ihren selbstverschuldeten Schwierigkeiten retten muss?«, bringe ich das Geplänkel auf die unverfängliche Seite.

Nolan lacht wieder. »Sie könnten durchaus recht haben, Avery. Es wäre eine angenehme Abwechslung, von einer mutigen Rettung durch eine so furchtlose Heldin zu profitieren.«

Wir schauen uns an, und ich spüre, dass dieser Flirt mit Mr Arrogant Ärger bedeuten könnte. Warum auch immer bin ich bereit, diesen in Kauf zu nehmen.

Um seinem intensiven Blick zu entgehen, verknülle ich das Papier in meinen Händen und werfe es in den nächsten Mülleimer. Tief durchatmend kehre ich zu ihm zurück.

»Bereit für Rinder, Pferde und Schafe?«, fragt er und ich nicke. Er schiebt mich voraus, seine Hand sanft auf meinem unteren Rücken, und führt mich durch die Menschenmenge, bis wir schließlich das

Gelände mit den Viehauktionen erreichen. »Ich bin übrigens auch auf einer Farm großgeworden«, teile ich ihm mit, was sein Interesse sofort weckt.

»Wo?«, fragt er knapp und zieht mich zu sich heran, als ich beinahe in einen Pferdeapfel trete. »Oh, danke«, entfährt es mir, während ich mich an ihm festhalte, um mein Gleichgewicht zu halten.

»Kein Problem«, murmelt er, mich weiterhin stützend.

»In Meadowbrook, das ist …«, beginne ich.

»Das ist«, unterbricht er, »nicht weit von unserer Farm entfernt. Nur etwa zwei Stunden. Und wir sind uns nie begegnet?«

»Nicht, dass ich wüsste«, erwidere ich, ein Lächeln auf den Lippen. »Möchtest du jetzt zum Bullenreiten?«

Er lacht und zeigt auf den mechanischen Bullen vor uns. »Ja, aber auf diesem dort! Und wir treten gegeneinander an, Avery.«

»Oh nein!«, entfährt es mir.

»Oh doch!«, erwidert er gelassen.

»Entschuldigung, Nolan, ich möchte nicht kneifen, aber mein Kleid ist absolut nicht geeignet für so etwas.«

Er betrachtet mich von oben bis unten und grinst. »Ist es unverschämt, wenn ich sage, dass es mehr als reizend wäre, dich dabei zu beobachten?«

»Ja, das ist schon unverschämt, Mr. Arrogant«, kontere ich.

»Das dachte ich mir. Okay, ich akzeptiere den Einwand«, sagt er schmunzelnd.

»Ich bin jetzt aber nicht verpflichtet, dafür dankbar zu sein, oder?«

Wir grinsen uns an. Er scheint ernsthaft zu überlegen. »Ich werde dir schon noch eine Gelegenheit geben, mir dankbar zu sein.«

»Sie sind sehr frech, Sir«, entgegne ich scherzhaft. Mein Herz klopft schneller.

»Danke für das Kompliment«, erwidert er amüsiert. »Du machst es mir aber nicht leicht, deine Dankbarkeit zu erlangen«, fügt Nolan hinzu.

Ich rolle leicht mit den Augen. »Vielleicht solltest du deine Erwartungen etwas herunterschrauben, ich bin nicht so leicht zu beeindrucken«, erwidere ich herausfordernd.

Er grinst breit. »Das werde ich mir merken. Vielleicht ist es an der Zeit, deine Meinung über Dinge zu überdenken, die dich beeindrucken könnten.«

»Ach ja? Und was wäre das?«, frage ich mit hochgezogener Augenbraue.

»Nun, wie wäre es mit dem Nervenkitzel auf einem wilden Bullen zu reiten, der um sich tritt?«, schlägt er scherzhaft vor.

Ich lache. »Sag mal, Nolan, hast du ein Faible dafür, Frauen in unpassenden Kleidern auf mechanischen Bullen reiten zu sehen?«

Er hebt die Hände in einer Geste der Unschuld. »Nur, um die wahren Schönheiten zu bewundern, die sich unter einem so charmanten Kleid verbergen könnten.«

»Ich glaube, ich lasse es lieber bleiben«, erkläre ich und zwinkere ihm zu.

»Schade«, neckt er. »Ich hätte gedacht, du wärst mutig für so ein kleines Abenteuer. Dann werde ich deine Tapferkeit anders testen müssen.«

Es scheint, als würden wir beide diesen sinnlich neckenden Wettstreit genießen.

Zunächst beobachten wir eine Schafsauktion und lauschen dem schnellen Feilschen der Auktionatoren, während sie die Gebote anheizen, bis der finale Preis feststeht. Ich bin fasziniert davon, wie geschickt sie die Auktion leiten und die Tiere präsentieren. Die Herde, die uns angeboten wird, sieht prima aus. Sie sind alle gut genährt, und soweit ich das erkennen kann, wirken die Tiere gesund. Sie sollten einen guten Preis erzielen.

»Sieh mal«, bemerkt Nolan neben mir und deutet auf eines der Tiere, das etwas abseits der anderen steht. »Das ist trächtig. Und das ist nicht das Einzige, wenn du genau hinschaust. Ich wäre versucht, sie zu ersteigern, wenn ich das im Voraus geplant hätte.«

»Aber warum verkauft der Farmer seine trächtigen Tiere?«

»Vielleicht hat er Zahlungsprobleme«, mutmaßt er.

»Ja, das könnte sein. Oder es betrifft vielleicht nicht die gesamte Herde«, überlege ich laut.

»Oder er möchte sie schnell loswerden, weil etwas nicht stimmt«, wirft er plötzlich ein.

»Du meinst, sie sind vielleicht krank? Ich finde, sie sehen gesund aus«, bemerke ich.

»Das würde mich jetzt wirklich interessieren«, sagt er nachdenklich.

»Aber wir werden doch jetzt nicht hier Detektivarbeit leisten, oder?«, frage ich ihn neckend.

»Oh, mit dir als Assistentin an meiner Seite wäre das durchaus lohnenswert«, erwidert er.

»Also soll ich mit meinem weiblichen Charme die Gauner um den Finger wickeln und Geständnisse herauslocken?«, frage ich kokett und klimpere absichtlich mit meinen schwarz getuschten Wimpern.

Er lacht. »Mit diesem Blick, Avery, zwingst du sie alle in die Knie.«

»Das dachte ich mir«, entgegne ich. »Ihr Männer seid so leicht zu durchschauen.«

»Nicht so leicht, wie du vielleicht denkst«, antwortet er und schenkt mir einen Blick, den ich nicht genau deuten kann.

»Wie dem auch sei«, lenke ich ab. »Die Tiere haben einen recht guten Preis bekommen, findest du nicht?«

Seine Aufmerksamkeit richtet sich wieder auf die Auktion und das Abschlussgebot. »Ja, entweder hatte der Farmer großes Glück oder er hat es sich verdient.«

»Ich merke schon, du bist ein harter Geschäftspartner.«

»Stimmt und ich recherchiere zuvor äußerst gründlich, bevor ich mich auf einen Vertrag einlasse«, fügt er hinzu.

»Mit oder ohne Assistentin?«, rutscht mir die Frage heraus.

In seinen Augen blitzt es auf. »Bisher ohne, aber ich könnte mir durchaus vorstellen, das zu ändern.« Der dunkle Tonfall seiner Stimme jagt mir einen Schauer über den Rücken.

»Oh, das klingt nach einer verlockenden Aussicht. Aber ich warne dich, ich bin nicht einfach nur eine Assistentin. Ich bin eine Herausforderung, die du vielleicht nicht so leicht bewältigen kannst«, erwidere ich mit einem Lächeln, während ich seinen Blick aufreizend erwidere.

»Genau das erhöht doch den Reiz«, erwidert er amüsiert und sieht mich herausfordernd dabei an.

*Ich sollte jetzt lieber meinen Mund halten*, denke ich, sonst reite ich mich immer tiefer in diese Geschichte rein. Oh!

»Du machst jetzt keinen Rückzieher, oder«?, will er unvermittelt von mir wissen.

»Nein, ich warte nur einen guten Zeitpunkt ab. Komm, lass uns zu den Pferden gehen«, fordere ich ihn auf.

»Du bist eine Reiterin, oder?«, fragt er und antwortet gleich selbst. »Natürlich, als Farmertochter ist das selbstverständlich.«

»Stimmt, ich reite gerne. Beim Rodeo Ranch Sorting habe ich regelmäßig Preise gewonnen«, erzähle ich stolz. Das Heraustreiben von einzelnen Rindern aus einer Herde, das Auswählen bestimmter Tiere auf dem Pferd und das Zusammentreiben mit meinem Hund in kürzester Zeit, erfordern Können und viel Übung.

Bei den Pferden fühle ich mich sofort wie zuhause. Schon allein ihr Geruch, das Schnauben und die weichen Samtnasen tragen dazu bei.

Wir tätscheln zusammen einer wunderschönen schwarzen Stute den Hals. »Du bist also nicht nur ein Wirbelwind, sondern auch eine sehr starke und geschickte Frau, Avery«, stellt er plötzlich fest.

Ich sehe ihn an – zwischen uns die weiche Pferdenase. »Siehst du mich so?«, frage ich. Sein Kompliment gefällt mir, weil er mich nicht auf mein Äußeres reduziert.

Er nickt. »Das, was ich bisher von dir kennengelernt habe … Ja, so sehe ich dich.«

Unsere Blicke bleiben ineinander hängen, was meinen Puls dazu bringt, ein wenig zu schnell zu schlagen. Das Pferd zwischen uns schnaubt plötzlich und schüttelt seine Mähne, was den intimen Moment beendet.

»Es tut gut, hier zu sein«, meint er unvermittelt und atmet tief durch.

»Bist du schon länger nicht mehr auf eurer Ranch gewesen?«, frage ich ihn neugierig, denn bisher dachte ich eigentlich, er wäre ein Großstadtmensch.

»Nein, in den letzten Monaten blieb mir dafür keine Zeit. Jetzt weiß ich allerdings, dass ich mir schnellstmöglich, wenigstens ein Wochenende, dafür freinehmen werde.«

Wir stehen unschlüssig voreinander. Dieser stille Augenblick zuvor hat etwas zwischen uns verändert. Was genau, weiß ich gerade nicht, aber ich fühle es ganz deutlich.

Von dem Gelände nebenan dringt die Countrymusik zu uns. »Was meinst du, Avery, bist du bereit für gute Musik und Tanz?«

Ich strahle ihn an. »Natürlich.«

Daraufhin umfasst er meine Hand, sieht zu mir und lächelt mich an. »Na dann, Cowgirl, lass uns das Spektakel genießen.«

Was soll ich sagen? Nolans Hand umfasst meine mit sanftem Druck, was mein Gefühl von Verliebtheit verstärkt. Ein wenig bin ich auch verwirrt, wie schnell wir uns aufeinander zubewegt haben.

In der Nähe der Hauptbühne bleiben wir stehen und hören zunächst zu. Das Publikum singt bereits laut mit, klatscht im Rhythmus dazu und manche tanzen. Es herrscht eine ausgelassene Stimmung.

Nolan beugt sich zu mir herunter und spricht in mein Ohr, sodass er die laute Musik übertönt. »Möchtest du näher heran und dich zwischen die vielen Menschen stellen?«

Ich schüttle den Kopf. »Nein, lieber nicht!«, antworte ich an sein Ohr. »Wenn ich da vorne stehe, sehe ich ja nichts mehr. Von hier aus habe ich eine viel bessere Sicht.«

Jetzt grinst er. »Och, das wäre eigentlich kein Problem, dich Leichtgewicht hebe ich mit links auf meine Schultern.«

»O nein!«, rufe ich lachend aus. »Auf gar keinen Fall!«

»Du kneifst?«, will er mit herausforderndem Blick von mir wissen.

»Nein, ich stehe sehr gerne auf meinen eigenen Beinen, außerdem habe ich ein Kleid an, das rutscht hoch. Und sieh mal da drüben«, fordere ich ihn auf. »BBQ!«

»Du hast Hunger, ich auch«, stellt Nolan sachlich fest.

Wir stellen uns an dem Grill an, bis wir unser Essen ordern können. Kurz darauf gehen wir etwas abseits und setzen uns auf einen Pallettenstapel, um in Ruhe Steak, Salat und Brot zu essen.

»Und du bist kein Cowboy?«, frage ich und schlage meine Beine übereinander. Sofort richtet er seinen Blick darauf. Ich räuspere mich. »Hallo? Hier oben bin ich.« Amüsiert schüttle ich den Kopf.

»Sorry, aber deine schönen Beine bringen mich ein wenig aus dem Konzept«, gibt er zu.

»Es gehört nicht viel dazu, dich durcheinanderzubringen, Nolan, oder?«

»Das würde ich so nicht sagen, es kommt immer ganz darauf an …«, antwortet er.

»Worauf?«, will ich wissen.

»Auf die Frau, der die Beine gehören.« Jetzt grinst er breit.

Ich muss lachen, er ist ein unmöglicher Kerl. Lange habe ich mich nicht mehr so gut mit einem Mann unterhalten, wie gerade mit ihm, lange nicht mehr so gut amüsiert.

»Du hast meine Frage nicht beantwortet.«

»Stimmt, da kannst du mal sehen, wie sehr du mich durcheinanderbringst«, antwortet er und zwinkert mir zu. O Mann, er ist ein echt toller Typ. »Doch, ich bin ein echter Cowboy, sobald ich auf der Ranch bin. Ich liebe es, zumal es das völlige Gegenteil von meinem Alltag ist«, führt er weiter aus.

# 8. Chandler

Avery hört mir gespannt zu, während sie mich mit ihren großen braunen Augen ansieht.

»Erzähl mir mehr, wie viele Rinder habt ihr? Schafe? Wie viele Pferde?«, will sie alles auf einmal wissen.

Eigentlich bin ich wirklich stolz auf unsere Familienranch, aber als ich ihr ein paar Zahlen nenne, ist es mir fast unangenehm, weil es sich doch recht prahlerisch anhört.

Mit einem Bissen, den sie sich gerade in den Mund geschoben hat, murmelt sie nur ein »Wow, das ist viel.«

»Mein Dad ist halt ein guter Geschäftsmann und ich schätze eine große Portion Glück gehört auch dazu.«

»Wahrscheinlich«, antwortet sie nachdenklich. »Unsere Farm ist nicht annähernd so groß, aber sie läuft super und wir leben gut davon.« Jetzt seufzt sie laut. »Wo wir so darüber reden, habe ich direkt Heimweh bekommen.«

»Dann muss ich dich auf andere Gedanken bringen«, murmle ich, beuge mich vor und küsse sie sanft. Zunächst hält sie überrascht die Luft an, um dann vorsichtig weiter zu atmen. Ihre Lippen sind himmlisch weich und schmiegen sich so perfekt an meine, als wären sie nur für mich gemacht. Genüsslich schließe ich die Augen und lege nach. Zu meinem Glück lässt sie sich leise seufzend darauf ein. Mein Herz klopft so laut, dass ich kaum etwas um mich herum höre. Noch immer habe ich den Pappteller mit Gegrilltem in den Händen, den ich neben uns auf die Palette stelle. Jetzt endlich kann ich ihr Gesicht umfassen, um sie erneut zu küssen. Ihre Finger legen sich um meine Handgelenke, während sie zart antwortet. Als wir uns voneinander lösen, lehne ich meine Stirn an ihre und sehe sie an.

»Nolan …«

»Ja?«

»Du weißt, dass das hier gegen meine dienstlichen Vorschriften geht, oder?«

»Ja, aber meinem Herzen sind die vollkommen egal« antworte ich.

Sie atmet tief ein und wieder aus. »Ich habe den Job noch nicht so lange und ich will ihn nicht verlieren.«

»Meinst du, dein Boss ist so streng?«, frage ich, neugierig auf ihre Antwort.

Daraufhin zuckt sie mit den Schultern. »Keine Ahnung, ich kenne ihn noch gar nicht persönlich, nur den Senior-Chef. Ich glaube, der ist okay.«

»Siehst du, dann hast du schon jemanden, der sich für dich einsetzt«, erwidere ich und lächle, um ihre Zweifel zu zerstreuen. »Trotzdem bleibt die Unsicherheit, oder?«, frage ich.

»Ja«, seufzt sie. »Ich mag meinen Job wirklich.«

»Das verstehe ich. Es ist schwer, etwas aufs Spiel zu setzen, das einem wichtig ist«, erwidere ich verständnisvoll.

»Absolut. Und ich möchte nicht, dass mein Boss denkt, dass ich mit jedem Gast flirte, der es bei mir versucht.« Jetzt lächelt sie. »Du sollst das im Übrigen auch nicht denken.«

Ernst schüttle ich den Kopf. »Das denke ich gar nicht.«

»Vor den Reisegästen müssen wir uns professionell verhalten, so, als wären wir uns nicht näher gekommen, bitte«, fordert sie.

»Natürlich, das versteht sich doch von selbst«, antworte ich.

Erleichtert seufzt sie auf. »Ehrlich, mir ist das noch nie passiert. Ein Flirt unter Kollegen, in einem sonnigen Resort, das kam allerdings mal vor«, gibt sie zu.

»So, so …« Amüsiert schaue ich sie an. Avery ist so bezaubernd, dass wahrscheinlich einige Arbeitskollegen nur zu gern mit ihr geflirtet haben. Um der Situation die Lockerheit zu geben, die wir uns beide wünschen, greife ich wieder nach meinem Teller und esse das mittlerweile kalt gewordene Fleisch auf.

Danach gehen wir zu einer der Bühnen und lassen uns von der Fröhlichkeit der anderen Menschen um uns herum anstecken. Wir singen, klatschen im Rhythmus, applaudieren und rufen laut *bravo*. Irgendwann tanzen wir miteinander, wie viele andere Paare auch. Am Ende eines Songs umfasse ich ihre Hüften und hebe sie hoch, um mich mit ihr um meine Achse zu drehen. Sofort schlingt sie ihre herrlichen Beine um mich und ihre Arme um meinen Nacken. Wir beide atmen schwer, unsere Gesichter sind so nah beieinander, dass ich ihren Atemhauch spüre. Avery überwindet den winzigen Abstand und küsst mich überschwänglich, was mich dazu veranlasst, lustvoll zu antworten. Mit meiner Zunge fahre ich zwischen ihre Lippen, die sich nachgiebig für mich öffnen. Obwohl um uns herum das Festival tobt, verliere ich mich in den Gefühlen des heißen Kusses. Meine Jeans wird verdammt eng, während ich die Hitze ihres Schritts über dem Jeansbund spüre, die mein Shirt durchdringt. Alles in mir verlangt nach einem wilden Ritt mit dem süßen Cowgirl. In diesem Moment schiebt sie sich von mir weg, atmet durch und lächelt. »Wir sollten jetzt lieber aufhören.«

»Ja«, raune ich und muss mich räuspern, »das sollten wir.« Trotzdem halte ich sie noch fest. »Du bist wirklich süß.«

Daraufhin zieht sie einen Schmollmund. »Nach diesem sexy Kuss bin ich nur süß?«, will sie wissen und bedenkt mich mit einem sehr verführerischen Augenaufschlag.

Leise lachend gebe ich ihr einen hauchzarten Kuss auf die Nasenspitze. »Du bist wirklich ein kleiner Wirbelwind – ein heißer Wirbelwind, um genau zu sein.«

»Na, geht doch«, antwortet sie amüsiert. »Jetzt musst du mich nur noch wieder runterlassen.«

»Ungern«, murmle ich an ihrem Mund und küsse Avery noch einmal, bevor ich sie freigebe. Kaum steht sie wieder vor mir, richtet sie ihr Kleid, den Gürtel und die Haare. Sie ist wunderschön, und ich glaube, sie ist sich dessen bewusst. Warum? Weil sie so herrlich selbstbewusst ist, ohne dabei eingebildet zu wirken.

Sie legt eine Hand auf meinen Brustkorb. »Ich sollte langsam zurück zum Hotel.«

»Aber warum?«, frage ich. »Der Abend ist noch lange nicht vorbei, und du willst doch das Feuerwerk zum Abschluss nicht verpassen, oder?« Ich umarme sie, ziehe sie an mich und flüstere in ihr Ohr: »Oder hast du plötzlich Angst bekommen und hast vor zu fliehen?«

Sie lacht und lehnt den Kopf zurück, um mich anzusehen. »Nein, ich mag vielleicht chaotisch sein und manchmal schneller reden als ich denke, aber fliehen werde ich nicht.«

Ein schmachtender Elvis-Song erklingt, und das nehme ich zum Anlass, mit ihr eng umschlungen zu tanzen. Anfangs sehen wir uns in die Augen, während wir uns im Takt bewegen. Ich spüre ihren zierlichen Körper an meinem und genieße es ungemein. Sie legt ihre Arme um meinen Hals und schmiegt sich an mich, während sie ihren Kopf auf meine Brust legt. Zärtlich streiche ich mit einer Hand durch ihre Haare und halte sanft ihren Hinterkopf. Als der letzte Ton verklingt, habe ich längst die Augen geschlossen, um ganz bei ihr zu sein.

*Tja, so habe ich mir meine Undercover-Aktion nicht vorgestellt,* denke ich amüsiert.

Die Musik nimmt wieder Fahrt auf, und wir lösen uns aus unserer innigen Umarmung. »Möchtest du etwas trinken?«, frage ich sie.

Sie nickt. »Gerne.« Mit einer Hand deutet sie auf einen Getränkestand. »Dort gibt es Cocktails … Ich hätte gern einen.«

Wortlos ergreife ich ihre Hand und führe sie dorthin. Sie entscheidet sich für ein bunt-zuckriges Mixgetränk, das mit zwei Strohhalmen und jeder Menge Crushed Ice über den Tresen gereicht wird. Ich selbst bestelle mir ein Bier.

Wir prosten uns stumm zu und ich beobachte Avery, wie sie vorsichtig von dem Cocktail trinkt und dabei an mir vorbei sieht. Plötzlich erstarrt sie. »Oh nein, da hinten sind Lady McDermott und ihre Enkelin«, stößt sie entsetzt aus. »Bitte bleib bloß so stehen, damit du mich vor ihren Blicken schützt.«

Es fällt mir schwer, nicht in die Richtung zu sehen, folge aber gerne ihrer Bitte. Dafür nehme ich ihren Drink und stelle ihn neben uns auf die Ablage, umfasse sie und ziehe sie in meine Arme. »So können die Ladys dich nicht sehen«, murmle ich an ihr Ohr.

»Hoffentlich«, wispert sie an mein Shirt und legt ihre Arme um meine Mitte.

»Ich dachte, die zwei sind in der Oper«, denke ich laut nach.

»Na ja, sie ist wohl schon zu Ende. Ich schätze, sie sind nur hier, um dich zu finden«, mutmaßt Avery.

»Unsinn!«

»Doch, die ältere Lady will dich für ihre Enkelin, glaube mir.«

Daraufhin muss ich lachen. »O Mann! Deshalb ist es so schwer, ihnen auszuweichen.«

Mir fällt etwas ein. »Bevor sie uns doch noch erwischen … nimm deinen Drink und wir verziehen uns.«

»Wohin?«

»Komm einfach«, antworte ich, woraufhin sie nickt. Ich lege meinen Arm um ihre Schultern und führe sie von dem Gewühl weg, in den Randbereich des Geländes, wo Strohballen zum Sitzen einladen und alte Fässer als Stehtische dienen. Auch hier gibt es Bier und Gegrilltes. Aber es ist viel ruhiger.

Ich setze mich auf einen der Ballen und ziehe sie neben mich. »Komm, hier hören wir noch die Musik und können in einer halben Stunde das Feuerwerk genießen.«

»Hoffentlich sind die Tiere alle vom Gelände gebracht worden«, überlegt Avery. »Sie haben so furchtbare Angst bei dem Höllenlärm.«

»Stimmt, ich gehe aber davon aus. Schließlich ist morgen keine Auktion mehr, keine Vorführung, kein Bullenreiten. Hier wird alles abgebaut werden.« Wieder sehe ich ihr zu, wie sie von ihrem Cocktail trinkt. »Du bist wirklich süß, Avery.«

Lächelnd hebt sie ihren Blick. »Danke, Nolan.«

In diesem Moment fällt es mir schwer, ihr nicht die Wahrheit über mich zu erzählen. Zu gern würde ich meinen richtigen Namen von ihr hören. Am liebsten stöhnend, während wir einen heißen Ritt hinlegen. Aber noch sollte ich Undercover bleiben. Irgendwie macht mir das Versteckspiel ja auch Spaß, wobei ich nicht damit gerechnet habe, mich zu verlieben. Ja, ich habe mich verliebt in das kleine, quirlige Cowgirl. Und dieser Kuss vorhin war einfach nur umwerfend.

»Worüber denkst du nach, Nolan«, will sie wissen.

»Ob ein weiterer Kuss genauso gut schmeckt, wie der vorhin«, antworte ich und grinse.

»Und was hält dich davon ab, es zu testen?« Sie rückt ein wenig näher und hebt mir ihr Gesicht entgegen.

»Gar nichts«, raune ich und lege meine Lippen auf ihre. Und ja, mhm …, sie sind einfach perfekt, so zart und süß, wie ihr Cocktail, den sie zuvor nippte, darum werde ich ausführlicher und nachdrücklicher. Meine Hände vergrabe ich in ihren Haaren, während mein Blut heiß und pulsierend durch mich hindurch jagt.

»Nolan«, wispert sie, schiebt sich ab und holt tief Luft. Sofort küsse ich sie erneut. Ich bin bereits hart. Diese kleine süße Frau macht mich verrückt nach mehr. Jetzt werde ich nachdrücklich weggedrückt. Sie atmet tief ein und wieder aus. »So atemlos bin ich noch nie geküsst worden«, meint sie lächelnd.

»Tja, ich fühle mich geschmeichelt«, antworte ich breit grinsend. Welcher Mann würde das nicht gerne hören.

»Das war ja klar, Mr. Arrogant«, schmunzelt sie und zwinkert mir zu.

Die ersten Leuchtraketen steigen in den Himmel, um anschließend einen wahren Sternenregen auszubreiten – silbrig funkelnd und glitzernd.

»Wie schön!«, freut sich Avery und strahlt mich an. Ihre großen dunklen Augen haben es mir angetan. Darin steht so viel Lebensfreude, Intelligenz und Neugierde.

Wir erheben uns und blicken in den sternenklaren Nachthimmel. Um uns herum hören wir regelmäßig *Ohs* und *Ahs*, wenn besonders schöne Feuerwerksbilder entstehen. Ich ziehe sie vor mich und umarme sie von hinten. Zu meinem Glück lehnt sie sich an mich und legt ihren Kopf an meinen Oberkörper. Ihre zierlichen Hände umfassen meine Handgelenke.

Entsetzt höre ich hinter mir die Stimme von Lady McDermott. In der Hoffnung, nicht entdeckt zu werden, bleibe ich still stehen. Auch Avery sagt kein Wort. Wir haben Glück, dass sich die beiden Frauen wieder entfernen.

»Hier ist er auch nicht«, stellt Ms. McDermott fest. »Lass uns wieder zurück fahren, Granny.«

»Sie haben dich gesucht, Nolan«, flüstert Avery mir zu.

»Meinst du?«, frage ich und lehne mein Kinn auf ihren Scheitel.

»Ja, sie sind nach der Aufführung in der Oper wahrscheinlich sofort hierhergekommen.«

»Nicht ganz, sie trugen keine Abendroben mehr«, antworte ich amüsiert. »Die zwei Ladys sind echte Goldgräberinnen. Altes, eher armes Adelsgeschlecht, sucht Geldadel.«

Sie schaut zu mir auf. »Ist das tatsächlich so? Ich habe schon oft davon gelesen.«

»Ja, es ist tatsächlich so. Das ist meistens für beide Seiten eine Win-Win-Geschichte. Beide Parteien haben etwas davon. Mehr Ansehen, größere Netzwerke und so viel mehr.«

»Also wäre sie für dich eine gute Partie?«

Ich zucke mit den Schultern. »Könnte sein …«

»Aber?«, hakt sie nach.

»Aber was?«, gebe ich mich unwissend.

»Warum ist sie das nicht für dich?«

»Weil sie einfach nicht mein Typ ist«, antworte ich.

»Kommt es überhaupt auf so etwas an bei solchen Arrangements?«

»Eher nicht, schätze ich.« Jetzt umfasse ich ihre Schultern und drehe sie zu mir um. »Willst du mich etwa verkuppeln?«

Daraufhin lacht sie. »Nein, auf gar keinen Fall, Mr. Arrogant.«

»Mr. Arrogant, immer noch, trotz des Kusses? Das tut echt weh«, sage ich mit einem übertriebenen Seufzen und lege eine Hand auf mein Herz. »Ich dachte, ich hätte einen viel charmanteren Eindruck hinterlassen.«

Avery lacht weiter und schüttelt den Kopf. »Charmant? Nun ja, vielleicht ein klitzekleines bisschen.« Dabei hält sie ihre Hand erhoben und zeigt mir zwischen Zeigefinger und Daumen den minimalen Abstand, um deutlich zu machen, wie wenig Eindruck ich hinterlassen habe.

»Ich bin zutiefst verletzt«, erwidere ich mit einem Augenzwinkern und lasse sie dann los, um einen Schritt zurückzutreten. »Aber im Ernst, ich glaube nicht, dass Verkuppeln mein Ding ist.«

»Schade«, sagt sie mit einem schelmischen Funkeln in den Augen. »Ich hätte dich gerne als nächstes Mitglied der noblen Gesellschaft gesehen.«

»Ich bin wohl eher der Typ, der sich lieber an seiner eigenen Gesellschaft erfreut«, antworte ich lächelnd und werfe einen Blick auf den noch immer funkelnden Nachthimmel.

Avery nickt zustimmend. »Das kann ich verstehen. Es ist schön, sein eigenes Ding zu machen, ohne sich um die Erwartungen anderer kümmern zu müssen.«

»Genau das«, stimme ich zu. »Aber genug von mir. Ich bin neugierig, was gibt dir so viel Energie für deinen Job?«

„Oh, ich liebe alles rund um das Thema Reisen sowie das Organisieren, den Gast eine wunderschöne Zeit erleben zu lassen und das Reisen selbst, wie jetzt gerade. Es ist zwar eine Ausnahme als Reiseleitung zu arbeiten, aber es macht mir riesigen Spaß und was gibt es schöneres, als Spaß zu haben und damit seinen Lebensunterhalt zu verdienen", erklärt sie enthusiastisch. „Es ist wie ein Schaufenster in eine andere Welt. Außerdem mag ich die Geschichten, die jeder Gast mit sich bringt."

»Da hast du absolut recht«, stimme ich ihr zu. »Manchmal sind es die Anekdoten hinter den Gesichtern, die das Leben erst richtig interessant machen.«

Wir schweigen einen Moment, lassen die Atmosphäre auf uns wirken, bevor ich mit einem Lächeln frage: „Also, und was ist nun deine Geschichte, Avery?"

Sie lächelt zurück, ihre Augen glänzen leicht. »Das, mein lieber Nolan, ist etwas für einen anderen

Abend. Heute Nacht gehört meine Aufmerksamkeit dem Feuerwerk.«

Ich grinse. »Ein kluger Schachzug. Ich freue mich schon darauf.«

Wir wenden uns wieder dem Himmel zu, um das faszinierende Feuerwerk weiter zu genießen, während die Nacht langsam voranschreitet und die Szenerie in magisches Licht taucht.

Nachdem das Feuerspektakel zu Ende ist, entscheiden wir uns, mit dem Taxi zurück zum Hotel zu fahren. Die meisten Festivalbesucher haben denselben Gedanken, also befinden wir uns in einer recht langen Warteschlange und warten geduldig auf unsere Fahrt. Eng umschlungen stehen wir da und tauschen immer wieder zärtliche Küsse aus.

Mit jedem liebevollen Moment wächst mein schlechtes Gewissen, und ich frage mich, wie Avery reagieren wird, wenn ich ihr die Wahrheit über mich erzähle. Aber wir sind ja noch ganz am Anfang unserer wunderbaren Begegnung ... Ach, nur noch ein paar Tage werde ich es für mich behalten. Sobald wir in Memphis ankommen, wo wir ein wenig länger bleiben, werde ich in aller Ruhe mit ihr reden. Ja, das ist mein Plan, beschließe ich und genieße es, wie sie sich an mich schmiegt.

Endlich sind auch wir an der Reihe. Ich öffne ihr die Tür, damit sie sich auf den Rücksitz setzen kann. Sofort rutscht sie zur Seite, um Platz für mich zu machen. Ich ergreife ihre Hand und streiche mit meinem Daumen über ihre Finger.

»Nolan, wir sollten vor dem Hotel getrennt reingehen«, schlägt sie vor.

»Aber warum denn? Wir waren doch beide auf dem Country Festival«, werfe ich ein, »es ist doch keine Überraschung, dass wir uns dort getroffen haben.«

Nachdenklich sieht sie mich an. »Ich bin mir nicht sicher. Die beiden McDermotts werden bestimmt merken, dass wir nicht nur zufällig zusammen ein Taxi genommen haben.«

»Das bezweifle ich«, erwidere ich.

»Doch …«, gibt sie entschieden zurück.

»Frauen haben dafür ein feines Gespür, und da die Damen dich als ihr attraktives Opfer im Visier haben, werden sie es sofort merken.«

»Attraktiv, du hast vergessen, charmant zu erwähnen«, werfe ich mit einem Grinsen ein.

»Oh, Mr. Arrogant ist wieder da!«, ruft sie aus und lacht.

Ich erwidere ihr Lachen und ziehe sie näher zu mir. »Nun gut, wenn du meinst, dann trennen wir uns vor dem Hotel, aber nur unter einer Bedingung.«

Avery hebt neugierig eine Augenbraue. »Und welche wäre das?«

»Du musst mir versprechen, dass du morgen ein Frühstücksdate mit mir hast.«

Ein Funkeln erscheint in ihren Augen. »Das klingt nach einer fairen Abmachung. Aber nur, wenn du mir versprichst, nicht zu spät zu kommen.«

Ich lege eine Hand auf mein Herz. »Kleiner Wirbelwind, ich verspreche, pünktlich zu sein.«

»Deal«, sagt sie und streckt mir ihre Hand hin, um den Handel zu besiegeln. Ich ergreife sie spielerisch und schlage ein.

Das Taxi hält schließlich vor dem Hotel, und bevor wir aussteigen, schaut Avery mich an. »Ich freue mich auf das Frühstück, Nolan.«

»Und ich werde pünktlich da sein, Ms. Frühstücksdate«, antworte ich mit einem breiten Grinsen.

Wir steigen aus, und wie vereinbart gehen wir getrennt, aber mit einem Lächeln, das nur uns beiden gehört, in das Hotel.

Während ich die Tür meines Appartements hinter mir schließe, spüre ich, wie sich die Vorfreude auf das Frühstück mit Avery in meinem Bauch kribbelig ausbreitet, und ich kann kaum erwarten, was der neue Tag bringen wird.

# 9. Avery

In der Hotellobby werde ich zum Glück von niemandem aufgehalten. Mit Schmetterlingen im Bauch steige ich die Treppen zu meinem Zimmer hinauf. Angekommen streife ich die Stiefeletten von den Füßen und lasse mich erst einmal aufs Bett fallen.

Ich bin aufgewühlt von dem faszinierenden Abend mit Mr. Arrogant, der eigentlich einfach nur ein wirklich charmanter Mann ist. Seine Küsse sind aufregend und ich fühle den Wunsch nach mehr Nähe zu ihm.

Mein Zimmertelefon klingelt, was mich sehr überrascht, da es bereits weit nach Mitternacht ist. Neugierig nehme ich den Anruf an.

»Cunningham«, melde ich mich.

»Hey, kleiner Wirbelwind«, begrüßt mich Nolan, seine Stimme ganz dicht an meinem Ohr, was mein Inneres zum Vibrieren bringt.

»Oh, hey …«, stottere ich, weil dies eine seltsame Wirkung auf mich hat.

»Wir hatten uns zwar verabredet, Avery, aber keinen Ort für unser Frühstück ausgemacht. Vor allem keinen, an dem wir ungestört sind.«

»Stimmt«, antworte ich. »Das habe ich total vergessen.«

»Ich auch«, gibt er zu. »Deine Nähe wirbelt meinen Verstand durcheinander.«

»Aber immerhin hast du reagiert und mich angerufen. Aber ich habe dir nicht meine Zimmernummer gegeben«, fällt mir auf.

»Ach, ein Mann findet Möglichkeiten«, sagt er leise lachend, in einem Tonfall, der mich noch mehr elektrisiert.

»Na schön, ich will gar nicht wissen, wie du das geschafft hast«, antworte ich und lächle.

»Morgen ist die Abfahrt für elf Uhr angesetzt, damit die Herrschaften noch das sonntägliche Freiluftkonzert im Rosengarten erleben können. Stimmt das so?«

»Ja, das stimmt.«

»Gut, ich habe um 8:30 Uhr den *Deluxe Pavillon* für uns reserviert.«

»Wow, das klingt nach einem sehr exklusiven Frühstück«, bringe ich heraus, spüre meinen Puls schneller werden.

»Für eine besondere Frau braucht es ein besonderes Frühstück«, antwortet er charmant.

»Du bist ein Schmeichler«, bemerke ich lachend.

»Nein, ich sage nur die Wahrheit. Ich wurde noch nie so heiß geküsst wie heute von dir«, erklärt er mit rauer Stimme.

»Und ich habe noch nie so heiß getanzt, bevor ich dich geküsst habe«, gestehe ich.

»In Gedanken an diesen Kuss werde ich gleich in einen sehr unruhigen Schlaf fallen und von dir träumen.«

»Oh …«, ich spüre, wie meine Stimme stockt, »ich hoffe, du hast keine allzu unruhige Nacht. Schlaf gut, Nolan.«

»Gute Nacht, Avery und träum was Süßes.«

Wir beenden das Gespräch, und ich lege das Telefon auf den Nachttisch. Die Aufregung lässt meinen Puls noch immer rasen, und ich kann es kaum erwarten, was der nächste Morgen bringen wird. Lächelnd und mit einem Flattern im Bauch nehme ich einen Umweg über das Badezimmer und lege mich ins Bett. Müde schließe ich die Augen und lasse mich von den Gedanken an Nolan, seinen aufregenden Küssen und das bevorstehende Frühstück in den Schlaf begleiten.

Am nächsten Morgen erwache ich sehr früh. Es ist erst sieben Uhr und ich habe nur vier Stunden geschlafen. Natürlich denke ich sofort an Nolan, seine Küsse und seinen sportlichen Körper an meinem.

Er ist nicht nur Geschäftsmann, sondern seine Familie besitzt auch eine stattliche Ranch, wie er mir erzählte – nur zwei Stunden von Dads Farm entfernt. Eigentlich müsste mir deshalb der Namen Morrison bekannt sein. Ich muss ihn nachher gleich fragen, wie die Familienranch heißt. Innerhalb eines Zwei-Stunden-Radius kennen sich Farmer untereinander! Das kommt schon allein durch Tierauktionen und Rodeos zustande.

Während ich noch ein wenig vor mich hinträume, stehe ich schließlich auf, dusche und bereite mich für das Frühstücksdate vor. Da ich danach direkt zu den Reisenden muss, entscheide ich mich für meine Uniform bestehend aus einem schmalen Rock, einer weißen Bluse und weißen Pumps. Die Haare stecke ich an den Seiten hoch, damit sie mir nicht ins Gesicht fallen. Nach dem Treffen mit Nolan werde ich den Rest meiner Frisur einfach mit einer großen Klemme am Hinterkopf befestigen, um den Kleider- und Frisur-Richtlinien bei *Bennett's LT* zu entsprechen. Mein Make-up trage ich sorgfältig auf und abschließend noch mein Lieblingsparfüm von Dior.

Zum Schluss packe ich den Koffer. Zufrieden werfe ich einen Blick auf die Uhr meines Handys – in einer Viertelstunde beginnt das Frühstücksdate! Mein Herzschlag beschleunigt sich leicht und die Schmetterlinge fangen wieder an, ihre Loopings zu fliegen. Mann, ich bin nicht nur mega-aufgeregt, sondern auch total verliebt.

Mein Smartphone stecke ich in meine kleine Handtasche und noch einmal überprüfe ich mein Spiegelbild. Ich bin nicht übermäßig eitel, doch ich denke, dass die Natur es recht gut mit mir gemeint hat.

Am Empfangstresen frage ich nach dem *Deluxe Pavillon*. Ein Page, der gerade an uns vorbeigeht, wird gebeten, mir den Weg zu zeigen. Mit einem freundlichen Lächeln bittet er mich, ihm zu folgen.

Der Pavillon befindet sich an einer nicht einsehbaren Stelle im parkähnlichen Garten des Hotels. Je näher ich komme, desto schneller schlägt mein aufgeregtes Herz. Und dann sehe ich Nolan auch schon! Lächelnd blickt er mir entgegen. Er sieht wirklich gut aus. Leger gekleidet in einer feinen Stoffhose, einem Poloshirt und Sneakers. In seinen Augen erkenne ich die Freude, mich zu sehen.

Der Page nickt mir zu und ich bedanke mich bei ihm. Nolan kommt mir entgegen, beugt sich zu mir herunter und haucht einen Kuss auf meine Lippen.

»Guten Morgen, du bist wunderschön«, begrüßt er mich.

Er duftet verboten gut nach Aftershave! Es ist eine belebend klare Note und erinnert mich an Sommer und frische Ozeanluft.

»Guten Morgen, du bist tatsächlich pünktlich«, erinnere ich an unser Gespräch in der Nacht.

»Selbstverständlich, Avery, schließlich weiß ich, was sich gehört.«

»Davon gehe ich aus, Mr. Arrogant«, antworte ich und zwinkere ihm zu.

Mit einem feinen Schmunzeln auf den Lippen, es sind herrlich sinnliche Lippen, greift er meine Hand und bringt mich in den Pavillon an den Tisch. Galant schiebt er mir den Stuhl zurecht, sodass ich Platz nehme.

»Ich hoffe, du hast Hunger mitgebracht«, meint er und setzt sich mir gegenüber.

»Auf jeden Fall«, antworte ich und lächle. Ein Kellner kommt wie aus dem Nichts hinzu und schenkt uns Kaffee ein sowie ein Glas Champagner.

»Nolan, ich bin gleich im Dienst und Alkohol …«

»Du musst es nicht trinken …«, unterbricht er mich. »Ich habe einfach nicht nachgedacht.«

Meine Bedenken wische ich zur Seite und hebe das Glas an dem feinen Stiel an. »Ein paar Mal daran nippen, erlaube ich mir.«

Wir prosten uns zu.

»Auf mein bezauberndes Frühstücksdate«, schmeichelt er mir, während er mir dabei in die Augen sieht.

»Cheers«, murmle ich, ohne meinen Blick von ihm zu wenden, nippe ich von dem prickelnden Getränk.

Hungrig greife ich mir ein mit Puderzucker bestäubtes Cornetto und beiße hinein. »Mh!«, mache ich, »köstlich.« Ich liebe diese süßen Hörnchen. Dieses ist mit Vanillecreme gefüllt. Himmlisch!

Zunächst sind wir beide damit beschäftigt, unseren Hunger zu stillen. Ich beobachte ihn dabei und bemerke an seiner gesamten Ausstrahlung, dass er ein Mann von Welt ist. Sein Selbstbewusstsein gefällt mir, sein Lachen sowie das Funkeln in seinen Augen, wenn er diese kleinen Wortgefechte mit mir ausficht.

Abgesehen davon ist Nolan ein sehr attraktiver Mann. Dunkelblonde Haare, glattrasiertes, kantiges Kinn und Augen, so blau wie der Ozean. Gerne würde ich mehr über ihn erfahren, halte es aber für zu früh, ihn ein wenig auszufragen. Trotzdem bin ich neugierig, welche Geschäfte er tätigt, wie auch auf die Farm seiner Familie.

»Wie groß ist eure Ranch eigentlich?«, frage ich ihn und genehmige mir einen Schluck Kaffee, der heiß und belebend auf mich wirkt.

»Sie umfasst knapp siebeneinhalb tausend Hektar.«

»Nicht schlecht«, stoße ich anerkennend aus.

»Na ja«, meint er und zuckt mit den Schultern. »Es gibt deutlich größere Gehöfte, aber wir stehen recht gut da mit unseren Tieren.« Er sieht mich an und lächelt. »Ich sehe dir regelrecht an, wie du für die Landwirtschaft brennst.«

»Ist das so? Aber du hast recht. Obwohl ich immer in die Reisebranche wollte, bin ich eine Farmerstochter und auf dem Rücken der Pferde großgeworden. Noch bevor ich in die Schule ging, konnte ich schon mit dem Lasso umgehen.«

# 10. Chandler

Averys Augen strahlen, während sie von sich erzählt. Es ist einfach, sich ein quirliges kleines Mädchen mit dunklen Augen und langen Haaren auf einem Pony vorzustellen, wie es geschickt ein Lasso schwingt. Sie ist wahrhaft bezaubernd.

»Hat eure Farm auch Nebengebäude?«, frage ich sie nun.

»Ja, natürlich. Wir haben einige Ställe für unsere Pferde, Rinder und Schafe sowie eine Scheune«, antwortet sie.

»Du bist also ein echtes Texas-Girl«, bemerke ich anerkennend und lächle. Sie gefällt mir immer mehr und schon denke ich wieder an unseren leidenschaftlichen Kuss von gestern Abend. Ich nehme mein Glas Champagner und setze mich neben sie. »Cowgirl und Businesslady in einem«, überlege ich laut, »eine faszinierende und äußerst interessante Kombination, Avery.« Ich nehme einen Schluck von meinem Schampus. »Erzähl mir mehr über eure Farm. Gibt es dort irgendwo eine geheime Rodeo-Arena?«, frage ich mit einem schelmischen Grinsen.

Sie lacht. »Oh, ich fürchte, die Rodeo-Arena bleibt ein kleines Familien-Geheimnis, aber vielleicht könnte ich dich überreden, für ein anderes Ereignis eine VIP-Eintrittskarte zu besorgen.«

Ich spiele mit meinem Champagnerglas und gebe mich nachdenklich. »Hmm, das klingt verlockend. Aber nur, wenn du mir zeigst, wie man richtig ein Lasso wirft.«

Sie lacht! »Ich bin davon überzeugt, dass du es sehr gut kannst. Aber wir könnten gegeneinander antreten«, schlägt sie vor.

»Deal«, schlage ich mit einem Augenzwinkern ein.

»Deal!« Ihr lachender Mund lockt mich, sie zu küssen.

Doch zunächst geben wir uns ein High Five. Als unsere Hände sich berühren, umschließe ich ihre Finger und ziehe sie zu mir heran. »Ich habe die halbe Nacht an unseren Tanz und an den Kuss von gestern denken müssen, Avery«, raune ich direkt an ihren Lippen.

»Ja, das war auch sehr schön«, haucht sie und kommt mir noch näher, sodass ich ihren Atem aufnehme.

»Mhm«, murmle ich und küsse sie endlich. So zarte, weiche Lippen, die sich wieder perfekt an meine schmiegen, als wären sie nur für mich gemacht. Das war also nicht nur gestern ein Gefühl im Überschwang des ausgelassenen Tanzes, es ist tatsächlich so. Leise seufzend legt sie ihre Hände auf meinen Brustkorb und lässt sich vollkommen auf mich ein. Mein Herz hämmert und der Puls rauscht laut in meinen Ohren, denn sie verstärkt diese Liebkosung auf wundervolle Weise. Eine Hand lege ich seitlich an ihren Hals und streichle mit meinem Daumen zart über ihre Kehle. Avery schiebt mich von sich und atmet tief durch. »Nur zur Info, ich werde eine harte Gegnerin beim Lassowerfen sein.«

Ich grinse breit. »Das glaube ich dir aufs Wort, aber an mir kommt so schnell keiner vorbei, auch ein kleiner, süßer Wirbelwind nicht«, kontere ich selbstbewusst.

»Oh«, ruft sie aus, »da ist er wieder, mein Mr. Arrogant.«

Wir müssen beide darüber lachen – dabei finde ich sie derart anziehend, dass ich ihr fröhliches Lachen mit einem leidenschaftlichen Kuss unterbreche, den sie allerdings stoppt. »Nolan, du nimmst mir ja den Atem«, ruft sie aus, nachdem sie wieder Luft geholt hat. Sie wirft einen Blick auf ihre Armbanduhr. »Sei mir nicht böse, aber ich muss langsam in die Hotellobby, die Arbeit ruft.«

»Natürlich«, antworte ich etwas enttäuscht. »Das muss ich dir lassen, du bist wirklich sehr pflichtbewusst.«

»Ist das nicht gut?«, fragt sie und sieht mich aufmerksam an.

»Doch, es ist eine wunderbare Eigenschaft.«

»Danke, und danke für das exquisite Frühstück.«

»Sehr gern, ich habe deine Gesellschaft sehr genossen.«

Sie erhebt sich und ich folge ihr.

»Wir sollten jetzt nicht zusammen in der Lobby ankommen, Nolan«, gibt sie wieder zu bedenken.

»Nein, das werden wir nicht, aber ich hole mir noch einen letzten Kuss von dir, bevor wir uns wie Fremde verhalten müssen.«

Daraufhin stellt sie sich auf Zehenspitzen und küsst mein Kinn. »Ich glaube, ich werde unser kleines Geheimnis sehr genießen. Es gibt dieser Tour doch seinen ganz eigenen Reiz.«

»Du gibst dieser Tour ihren ganz besonderen Reiz, Avery. Aber nun geh, sonst beschweren sich noch die Gäste.«

»Bis dann«, verabschiedet sie sich, wirft mir einen Luftkuss zu und eilt davon.

Versonnen sehe ich ihr hinterher. Sie ist umwerfend und so sexy, wie ich es bisher noch bei keiner Frau empfunden habe. Sie haut mich regelrecht um.

Ich setze mich noch einmal hin, trinke in aller Ruhe meinen Kaffee, um dann ebenfalls ins Hotel zurückzukehren.

Im Foyer sehe ich Avery, umringt von einigen Gästen, die sich angeregt mit ihr unterhalten. Ihr helles Lachen dringt zu mir herüber und lässt mein Herz erneut schneller schlagen. Wieder überkommen mich Gewissensbisse. Entweder erzähle ich ihr während der Fahrt, wer ich bin, oder ich warte, bis wir zurück in Dallas sind und ich sie in mein Büro bitte, um sie zu überraschen. Es fällt mir schwer, noch eine Woche zu warten, da ich spüre, dass wir uns von Tag zu Tag näherkommen. Vielleicht war es eine unkluge Idee, undercover zu reisen. Nein, war es nicht, denn auf diese bezaubernde Weise hätte ich Avery Cunningham sonst nicht kennengelernt. Als ihr Boss wäre ihr Verhalten mir gegenüber wahrscheinlich nicht so offen und ungezwungen gewesen.

In diesem Moment bemerkt sie meine Anwesenheit und schaut zu mir herüber. Ich lächle und nicke ihr zu.

Nachdem alle wieder im Bus ihre Plätze eingenommen haben, setzen wir unsere Fahrt nach Memphis in Tennessee fort. Die Stadt mit Graceland, dem Anwesen von Elvis Presley, aber auch die Stadt, in der Martin Luther King Jr. ermordet wurde. Das Lorraine Motel wurde daher in das National Civil Rights Museum umgewandelt. Memphis hat eine bewegende Geschichte und ist zudem der Geburtsort des Blues und Rock'n'Roll. Eindeutig ist Memphis eine Reise wert. Ich habe mir bisher noch nie die Zeit genommen, dort als Tourist ein paar Tage zu verbringen. Daher freue ich mich schon darauf und hoffe, dass meine persönliche Reiseleiterin an meiner Seite sein wird.

Jetzt sitzt sie vor mir und bespricht ein paar Einzelheiten mit dem Busfahrer. Der Duft ihres

Parfüms dringt unaufhörlich in meine Nase. Es fällt mir schwer, unbeteiligt zu bleiben, nicht mit ihr zu flirten und ihr keinen Kuss auf den zarten Nacken zu drücken. Ich unterdrücke ein Seufzen, lehne mich zurück und schließe die Augen, um ein wenig vor mich hin zu träumen. Ich spüre, wie sie an mir vorbeigeht, um im hinteren Teil des Busses die Gäste zu betreuen. Als Boss muss ich zugeben, dass sie zwar deutlich jünger als unsere anderen Tourguides ist, aber trotzdem nicht weniger patent. Ich werde den konventionellen Einteilungen, dass der Busfahrer immer männlich und die Tour Guides weiblich sein müssen, eine neue Richtung geben. Schließlich leben wir nicht mehr im vorigen Jahrhundert.

»Darf es auch für Sie etwas sein, Mr. Morrison?«, werde ich jetzt von Avery gefragt, die sich zu mir beugt und mich mit ihren haselnussbraunen Augen ansieht. Der Schalk darin ist nicht zu übersehen und ich muss unwillkürlich grinsen.

»O ja, Miss.«

»Was darf es denn sein?«, will sie mit einem gekonnten Augenaufschlag wissen.

»Ich hätte da so einige Ideen, doch zunächst begnüge ich mich mit einem Kaffee«, antworte ich, bemüht sie nicht an mich zu ziehen und zu küssen.

»Natürlich, Sir, sofort«, gibt sie betont geschäftsmäßig zurück und eilt davon, um mir kurz darauf den Kaffee zu servieren. »Mr. Morrison, bitte schön.« Ihr umwerfendes Lächeln bringt mich ein wenig aus der Bahn und es fällt mir in diesem Moment äußerst schwer, dieses kleine Versteckspiel weiterzuführen.

»Danke, Miss«, antworte ich und halte ihren Blick für einen Augenblick fest, bis sie »Sehr gern, Sir« erwidert und sich abwendet.

Mir fällt auf, dass sie heute wieder Nylons trägt. Unser kleiner Disput hat also gefruchtet. Abgesehen davon, dass es den Kleidervorschriften des Unternehmens entspricht, finde ich es bei ihr auch äußerst sexy.

Sie ist also ein Cowgirl, denke ich an unsere Gespräche zurück. In Jeans und Shirt sieht sie mit Sicherheit genauso umwerfend reizvoll aus, wie in diesem kurzen Hemdblusenkleid von gestern Abend. Wer würde bei ihrem Anblick auf den Gedanken kommen, dass so viel Power in ihr steckt? Avery ist auf jeden Fall die richtige Person an richtiger Stelle in unserem Unternehmen. Ich will unbedingt herausfinden, ob sie auch die richtige Frau an meiner Seite werden könnte.

Der Busfahrer lenkt auf einen großen Rastplatz und während alle Gäste aussteigen, bleibe ich noch sitzen, in der Hoffnung, ihr einen Moment allein zu begegnen. Noch unterhält sie sich im hinteren Teil des Busses mit einem Ehepaar.

Mein Smartphone vibriert und ich greife danach.

»Bennett?«, melde ich mich unbedacht.

»Chandler, hier ist Dad«, höre ich meinen Vater am anderen Ende. »Wie geht es dir? Du meldest dich überhaupt nicht.«

»Oh, hey Dad, ich bin gerade ziemlich beschäftigt, wie du dir vielleicht denken kannst.«

»So beschäftigt, dass du keine Updates gibst?«

»Ja, genauso sehr beschäftigt. Außerdem wusste ich nicht, dass ich dir darüber Bericht geben muss«, antworte ich etwas genervt, da ich für die Unternehmensführung verantwortlich bin.

»Chandler, ich bin einfach nur neugierig, wie sich unsere Ms. Cunningham macht. Sie ist mir gegenüber sehr selbstbewusst und konsequent aufgetreten, was mich zugegebenermaßen beeindruckt hat«, erklärt er mir.

»Ja, sie ist wirklich eine bemerkenswerte Persönlichkeit«, stimme ich ihm zu und lächele.

»Liege ich richtig in der Annahme, dass dir Ms. Cunningham gefällt?«, will er plötzlich von mir wissen.

Ich räuspere mich. Mein Dad kennt mich einfach zu gut. »Wie kommst du darauf?«, weiche ich mit einer Gegenfrage aus.

»Nun, ich habe zufällig herausgefunden, dass du mit ihr ein persönliches Frühstück hattest.«

»Du spionierst mir nach?«, frage ich kühl und spüre, wie langsam Wut in mir aufsteigt.

»Nein, natürlich nicht, ich habe eine E-Mail vom Hotel erhalten, die eigentlich an dich gerichtet war.

Du hast sie von deinem Pseudonym aus an meine Mailadresse weitergeleitet. Pass also besser auf, an wen du deine Mails weiterleitest, Junge«, ermahnt er mich und lacht.

»Verdammt«, ärgere ich mich, »Dann bis bald, Dad. Ich melde mich, wenn ich zurück bin.«

»Auch einem Bennett unterlaufen einmal Fehler«, amüsiert er sich.

»Aber einem Chandler Bennett sollten keine Fehler passieren.« Ich ärgere mich wirklich über mich selbst und lege auf.

»Chandler Bennett?«, höre ich Avery neben mir und schaue auf. »Bist du *der* Chandler Bennett, CEO von *Bennett's Luxe Travel* …«

Verdammt! Mein zweiter Fehler an diesem Tag und ein äußerst schwerwiegender dazu. Ich habe beim Telefonieren vergessen, dass sie mich ja hören könnte.

»Also sind Sie mein Boss«, stellt sie kühl fest. Die Enttäuschung ist ihr sehr deutlich anzusehen.

»Ja, das bin ich, Avery …«

Sie spannt ihre Schultern an und hebt ihr Kinn. »Okay, Mr. Bennett, ich hoffe, Sie haben sich jetzt genug über mich amüsiert.«

»Avery, lass mich das bitte erklären …«, versuche ich, auf sie zuzugehen, doch sie weist mich ab.

»Es ist nicht so, wie es aussieht, meinst du das vielleicht?«, erwidert sie scharf.

»So in etwa. Bitte, Avery, lass es mich erklären.«

»Es gibt nichts mehr zu erklären. Ich habe mich unprofessionell verhalten, aber das ist ab sofort vorbei. Ich wünsche Ihnen eine angenehme Weiterfahrt, Mr. Bennett.«

Es schmerzt mich sehr, sie so abweisend und entschlossen zu sehen. Mir ist klar, dass sie mir nicht ohne weiteres wieder vertrauen wird, aber ihre Küsse und der gestrige Abend haben gezeigt, dass ich auf jeden Fall Chancen hatte.

»Avery ...«

»Ich habe zu tun, Mr. Bennett.«

»Es wäre mir lieb, wenn ich weiterhin undercover bliebe.«

»Okay, Mr. Morrison, ich habe jetzt zu tun«, sagt sie abweisend und begibt sich aus dem Bus.

Mit einem tiefen Seufzer lehne ich mich im Sitz zurück und verfluche mich.

»Ah, Mr. Morrison!«, werde ich von Ms. McDermott angesprochen. »Darf ich mich neben Sie setzen?«, fragt sie und nimmt auch schon Platz. Als Gentleman kann ich ihr das schließlich nicht verwehren, obwohl ich nicht die geringste Lust habe, mich mit ihr zu unterhalten. Sie ist eine typische Goldgräberin und gar nicht der Typ Frau, auf den ich abfahre.

Sofort verwickelt sie mich in ein Gespräch über den Aufenthalt in Memphis. Sie spricht laut und wirkt überdreht, was ich beides nicht leiden kann.

Mittlerweile haben alle Gäste wieder ihren Platz eingenommen und der Fahrer lenkt den Bus auf den Highway, aber nur, um kurz darauf eine Nebenstrecke zu fahren, die imposante Ausblicke bietet.

Vor mir setzt sich Avery aufrecht hin. Ihr Duft schwebt sofort verführerisch in meine Nase und mein Blick fällt wieder auf ihren zarten Nacken. Ein paar feine Haare, die sich nicht in die Aufsteckfrisur haben zwingen lassen, umspielen ihren zarten Hals. Zu gern würde ich mit meinem Finger darüber streicheln. O Mann, mich hat's echt erwischt!

Ms. McDermott geht mit mittlerweile derart auf die Nerven, dass ich sie kaum noch ertrage. Darum gebe ich meine höfliche Haltung auf. »Miss, ich hätte jetzt wirklich gern meine Ruhe«, gebe ich etwas schroff von mir.

»Aber wir werden zusammen heute zu dem großen Dinner im …«, gibt sie nicht auf, mich für sich gewinnen zu wollen.

»Nein, Lady, das werden wir nicht, aber ich wünsche Ihnen und Ihrer Großmutter einen schönen Abend.« Ich hoffe, das war Abweisung genug und richtig, auch sie hat es jetzt endlich verstanden, erhebt sich mit beleidigter Miene, um auf ihren Platz zurückzugehen. Erleichtert atme ich auf.

Nun beuge ich mich zu Avery vor. »Ms. Cunningham, ich hätte gern zwei Cappuccini«, bitte ich sie.

Sofort dreht sie sich zu mir um. »Natürlich, Mr. Morrison.« Wenige Minuten später bringt sie die zwei Kaffee mit Milchschaum. »Bitte, Sir«, sagt sie und stellt das Tablett auf meinen Tisch.

»Danke, Miss, der zweite Cappuccino ist für Sie.« Ich halte ihr die Tasse entgegen. Es ist ihr deutlich anzusehen, wie sie mit sich ringt, ob sie diese annehmen soll oder nicht. Doch dann nimmt sie den Kaffee, bedankt sich und setzt sich wieder auf ihren Platz. Sogar von hinten kann ich ihre Abwehr deutlich erkennen, was mich fast wieder schmunzeln lässt, darum beuge ich mich vor.

»Es gibt da tatsächlich eine Erklärung«, fange ich leise an.

»Ich bin nicht interessiert, Sir«, gibt sie leise, aber mit scharfem Unterton zurück.

»Es ist mir aber sehr wichtig, das Missverständnis zwischen uns aufzuklären.«

Avery nimmt einen Schluck von ihrem Cappuccino, steht wieder auf und richtet das Headset. Mit hocherhobenem Haupt geht sie an mir vorbei, um die Gäste ein wenig zu informieren und ihnen etwas von der Landschaft zu erzählen. Sie macht das wirklich gut. Ihre Stimme ist auch durch die Lautsprecher bezaubernd anzuhören.

Die nächsten zwei Stunden umgeht sie es permanent in meiner Nähe zu sein. Es ist erstaunlich, wie sie das schafft. Dann endlich nimmt sie wieder vor mir ihren Platz ein.

»Avery, bitte«, fange ich erneut an, doch sie schüttelt den Kopf. »Es wäre mir aber wichtig«, füge ich hinzu. Daraufhin beugt sie sich zum Busfahrer und bittet ihn, sie aussteigen zu lassen. Dieser sieht sie nur erstaunt an. »Aber Miss, ich kann Sie doch nicht einfach hier aussteigen lassen, schließlich …«, versucht der Fahrer sie zum Bleiben zu überzeugen.

»Doch, sofort anhalten, bitte«, fordert sie erneut.

Nachdem er den Bus gestoppt hat, öffnet sich die vordere Türe. Augenblicklich steigt sie aus und geht die staubige Nebenstraße entlang.

Ich schüttle den Kopf und gehe ihr hinterher. »Nun sei doch nicht so kindisch, hör mich doch einfach nur an, bitte«, rufe ich. Okay, okay, das sind wahrscheinlich nicht die richtigen Worte … Und natürlich marschiert sie jetzt erst recht vor mir davon. Ich steige wieder in den Bus und fordere den Fahrer auf, mir seinen Platz zu geben.

»Nein, Sir, ich werde Ihnen doch nicht den Bus voller Passagiere überlassen!«, empört er sich.

»Okay, dann gebe ich mich auch bei Ihnen zu erkennen: Ich bin Chandler Bennett, Ihr Boss.«

Er wechselt kurz seine Gesichtsfarbe von blass auf hektisch-rot. Kurzerhand halte ich ihm meinen Pass vor. Sofort steht er auf und übergibt mir seinen Fahrerplatz.

»Sir, ich wusste ja nicht … und schon gar nicht, dass Sie einen Bus lenken können. Also …, nicht, dass ich es Ihnen nicht zutrauen würde … aber …«, stammelt er.

»Alles gut, setzen Sie sich endlich«, fordere ich ihn etwas unfreundlich auf. »Sie können schließlich nicht wissen, dass ich vom Traktor, über einen Viehtransporter und Bus alles lenken kann und auch die entsprechenden Erlaubnisse dafür habe.«

Etwa hundert Meter vor uns läuft Avery in der Texas-Hitze. Ich hoffe, dass ihre Wut ein wenig bei dem Fußmarsch verraucht ist. Langsam fahre ich den Reisebus an, hole auf und rolle neben ihr her. Die Vordertür ist noch immer geöffnet.

»Avery, nun steig bitte wieder ein und lass es mich endlich erklären!«, rufe ich ihr zu.

# 11. Avery

*I*ch bin so unglaublich wütend auf den arroganten Mistkerl, dass ich platzen könnte. Außerdem könnte ich mich stundenlang ohrfeigen, weil ich auf ihn reingefallen bin. *Was bin ich doch nur für eine blöde Kuh,* schimpfe ich mit mir selbst. Außerdem schäme ich mich plötzlich, weil ich mich ihm irgendwie ja auch an den Hals geworfen habe. O verdammt!

Neben mir höre ich die Pneumatik des Reisebusses.

»Avery!«, ruft Mr. Arrogant aus dem Bus heraus und ich schaue hinein. Da sitzt der Kerl auf dem Fahrersitz und lenkt das riesige Gefährt selbst. War ja klar, dass er auch das kann. Wahrscheinlich gibt es nichts, was er nicht kann – ach ja, ehrlich sein, das kann er definitiv nicht.

»Steig ein und lass es dir bitte erklären.«

Ich sehe wieder zu ihm hinein in den Fahrerstand. Chandler Bennett sieht verflixt gut aus auf dem Fahrersitz und warum auch immer, sein Blick wirkt tatsächlich ehrlich. Wie gestern und heute beim Frühstück im Pavillon auch. Trotzdem hat er mich belogen.

Plötzlich springt der Fahrer Mr. Braun aus dem Bus heraus und geht neben mir her.

»Miss, meinen Sie nicht, Mr. Bennett hätte eine Chance, sich zu erklären, verdient? Ich habe doch bemerkt, wie sie beide miteinander geflirtet haben, obwohl Sie sich wirklich sehr bemüht haben, es niemanden mitbekommen zu lassen.«

Erschrocken sehe ich zu ihm. »Wirklich? Das ist jetzt aber echt peinlich!«

Er lacht. »Nein, Miss, ist es überhaupt nicht. Das kommt vor.«

»Mit dem falschen Mann zu flirten, der vorgibt ein anderer zu sein?«

»Nun, ich kenne mich da nicht wirklich aus, aber ja, ich denke schon.«

»Wirklich, Mr. Braun, sie sind ein wunderbar kompetenter und ruhiger Kollege, aber Sie müssen sich nicht vom Boss vorschicken lassen.«

»Miss Cunningham, jetzt tun Sie mir aber wirklich Unrecht. Ich würde mich niemals vorschicken lassen. Schließlich habe ich auch meinen Stolz.«

»Sorry, Mr. Braun, ich nehme meine Anschuldigung wieder zurück. Ich bin einfach nur so unheimlich wütend.«

Für mich ist das Gespräch beendet, was Mr. Braun natürlich bemerkt und wieder in den Bus einsteigt.

Als Nächstes geht Ms. McDermott neben mir her – ausgerechnet die!

»Ms. Cunningham, ich verstehe Sie wirklich nicht. Da ist dieser attraktive und sehr reiche Mann und Sie weisen ihn einfach so ab.«

Fast lache ich laut auf. »Ms. McDermott, ich brauche keinen reichen Mann, schließlich habe ich einen Job und verdiene mein eigenes Geld.«

»Einen Job als Tour Escort?!«, ruft sie spöttisch aus.

»Nein, meinen Job als Director of Tourism. Hier springe ich derzeit nur ein.«

»Sie haben studiert?«, hakt sie irritiert nach.

»Warum denn nicht? Viele Tourguides machen diesen Job neben ihrem Studium.«

»Dann arbeiten Sie für Mr. Bennett?«

»Ja, das tue ich und meinetwegen können Sie ihn gerne haben. Das ist doch schon vom ersten Tag Ihr Ziel«, stoße ich leicht genervt aus. Kaum ausgesprochen bereue ich es sofort.

»Sie meinen, ich hätte eine Chance bei ihm?«, will sie jetzt etwas einfältig von mir wissen.

Kurz davor ihr ein genervtes »nein« entgegenzuschleudern, lächle ich und zucke mit den Schultern. »Vielleicht.«

Endlich steigt sie wieder in den Bus, der immer noch im Schritttempo neben mir fährt.

»Mr. Bennett, ich gehe die paar Meilen zu Fuß.«

»Wie die Lady es wünscht«, antwortet er nur und schließt die Tür. Das pneumatische Zischen ist das letzte, was ich von ihm höre. Jetzt gibt der Blödmann auch noch Gas, sodass ich in einer Staubwolke zurückbleibe.

*Dann eben nicht,* denke ich immer noch wütend und gehe weiter. Nach zwei Meilen merke ich meine Füße, es ist heiß und die dämliche Nylonstrumpfhose verschlimmert den Zustand noch. Da momentan weit und breit kein Strauch oder Baum zu sehen ist, wo ich mich hinter verstecken und sie ausziehen könnte, muss ich es aushalten.

Ach verdammt, verdammt und nochmal verdammt! In was habe ich mich da hinein manövriert, weil ich einfach nur zickig war.

Eigentlich war es ja total süß, dass er neben mir hergefahren ist. Und leider sah er so sexy dabei aus. Plötzlich weiß ich, welche große Ranch seiner Familie gehört. Natürlich! *Lone Star Ranch Estates!* Sie gehört den Bennett's. Chandler Bennett – ich habe ihn nicht wiedererkannt. Als ich ungefähr vierzehn Jahre alt war, ein Zahnspangenmädchen, habe ich für ihn geschwärmt. Er war damals für mich schon sehr erwachsen und so männlich mit seinen achtzehn oder neunzehn. Ich war total verknallt in ihn und auf den Rodeos habe ich immer auf ihn gewartet, um ihn aus der Ferne anzuhimmeln. Oh ja, er war ziemlich gut, wie alle Bennett's. Wo sie auftauchten, gingen sie als Sieger. Mein Bruder John war manchmal richtig wütend auf Chandler. Er galt als unbesiegbar. Später, ich war siebzehn oder achtzehn, sah ich ihn das letzte Mal. Dummerweise stelle ich mir ihn jetzt als

Cowboy beim Viehtrieb vor, wie wir Seite an Seite reiten und …

Neben mir hält ein SUV. »Miss, kann ich Sie mitnehmen?«, werde ich von einer Frauenstimme gefragt.

»Wohin fahren Sie denn?«, will ich zunächst wissen.

»Memphis«, antwortet sie knapp.

»Super, genau mein Weg.«

Ich steige ein. Seufzend schlüpfe ich aus meinen Pumps.

»Wie kommt es, dass Sie hier in einer Dienstuniform auf der staubigen Nebenstraße laufen?« Die Frau mittleren Alters sieht mich kurz von der Seite an, um sich dann wieder auf die Straße zu konzentrieren. »Zumal von einem Busunternehmen«, fügt sie hinzu, nachdem sie mein Emblem auf der Brusttasche gesehen hat.

»Ach, das ist eine lange Geschichte«, antworte ich nur und seufze erneut.

»Nun, wir fahren noch ungefähr eine halbe Stunde. Ich bin gerne bereit, diese Geschichte zu hören.« Aufmunternd lächelt sie mir zu.

Kurz überlege ich. »Ich weiß nicht, irgendwie ist es mir auch peinlich.«

»Ach, so schlimm wird es schon nicht sein«, meint sie und stellt die Musik leiser. »Ich bin übrigens Gladys.«

»Avery«, stelle ich mich ebenfalls vor und fange zu erzählen an, die ganze Geschichte und Gladys hört mir aufmerksam zu.

»Und Sie sind dann einfach ausgestiegen?« Sie lacht herzlich über mich.

»Blöd, nicht wahr?«

»Nein, überhaupt nicht blöd. Und er ist tatsächlich mit offener Bustür neben Ihnen im Schritttempo hergefahren? Das finde ich jetzt wirklich sehr süß von ihm.«

»Also süß ist jetzt nicht die Beschreibung, die zu ihm passen würde. Er ist sowas von arrogant!«

»Trotzdem haben Sie sich in ihn verliebt«, stellt sie sachlich fest.

»Ja, dummerweise.«

Wieder lacht Gladys. »Ach, das ist herrlich. So jung möchte ich auch noch einmal sein.« Wir schweigen einige Augenblicke. Mittlerweile sind wir kurz vor Memphis.

»Vor welchem Hotel soll ich Sie denn überhaupt absetzen?«, fragt sie, ohne sich vom Verkehr vor uns ablenken zu lassen.

»Vors Tennessee IN.«

»Das ist eine der ersten Adressen in Memphis«, stellt sie fest.

»Ja, *Bennett's Luxe Travel* fährt ausschließlich die gehobene Klasse an.«

»Nun ja, bei Bennett's wundert mich das nicht. Und der Junior Boss ist der Kerl, der undercover bei Ihnen mitgefahren ist?«

Ich nicke.

»Ach Mädchen«, seufzt Gladys, »ich denke, Sie hätten es definitiv schlechter treffen können.«

»Das wird sich erst noch zeigen«, antworte ich.

Kurz darauf hält sie vor dem Tennessee IN. »Da wären wir, Avery. Es war mir eine wirkliche Freude, Sie hierher zu fahren. Ich wünsche Ihnen viel Glück mit Ihrem Undercover Boss«, sagt sie mit einem Augenzwinkern.

»Herzlichen Dank, dass Sie mich mitgenommen haben.« Wir lächeln uns an, bevor ich aussteige und ihr zum Abschied winke. Gladys beugt sich über die Mittelkonsole. »Liebes, darf ich Ihnen einen gutgemeinten Rat geben? Schnappen Sie sich den Cowboy, aber lassen Sie ihn noch ein wenig zappeln.« Ich schließe die Beifahrertür und rufe ihr ein »Danke für alles, zu«. Hupend fährt sie davon.

Zunächst atme ich tief durch, straffe meine Körperhaltung und betrete das Foyer des Hotels. Dort werde ich von meinem Boss natürlich sofort empfangen. Er hat anscheinend auf mich gewartet.

Mein Herz schlägt schnell und derart hart, dass ich fast keine Luft mehr bekomme, als er mit großen Schritten auf mich zukommt.

»So, Ms. Cunningham«, empfängt er mich mit strenger Stimme und ernstem Gesichtsausdruck. »Sie haben Ihren Arbeitsplatz verlassen und den Fahrer mit dem Einchecken der Gäste alleingelassen. Dafür könnte ich Ihnen sofort kündigen.«

Erschrocken schnappe ich nach Luft! Er will mich ernsthaft feuern? »Mr. Bennett, ja, Sie haben vollkommen Recht. Ich werde nach Dallas fahren und meinen Schreibtisch sofort räumen.« Entschuldigen werde ich mich definitiv nicht bei dem Blödmann, darum wende ich mich ab.

»Avery!« Er umfasst meinen Oberarm und hält mich fest. »Was soll der Unsinn, bleib bitte stehen und rede endlich mit mir.«

»Ich dachte, ich bin gefeuert«, versuche ich das Gespräch zu umgehen.

»Nein, aber ich könnte, wenn ich es denn wollte – will ich aber nicht.«

Mein armes Herz rast jetzt noch viel mehr.

»Wir werden uns jetzt in aller Ruhe unterhalten und diese unselige Geschichte zwischen uns klären.«

Seine Hand von meinem Arm schiebend sehe ich ihn trotzig wie ein kleines Kind an. »Natürlich, Boss, wie Sie wünschen, Boss.«

Daraufhin schüttelt er nur den Kopf, umfasst meine Hand und führt mich in einen hell erleuchteten Flur des Hotels.

Ich weiß auch nicht, was mit mir los ist, aber ich muss mich zusammenreißen, ihm nicht meine Hand zu entziehen und mit dem Fuß aufzustampfen.

Herrgott noch einmal! Ich benehme mich voll zickig und komme aus meiner Haut nicht raus.

Als würde er meine innere Abwehr bemerken, umfasst er meine Hand nur noch fester. Vor einer Tür bleibt er stehen und öffnet sie.

»Wenn ich dich jetzt loslasse«, er sieht mich ernst an, »wirst du dann davon laufen, oder dich endlich erwachsen benehmen und mir zuhören?«

»Zuhören«, bringe ich nur heraus, woraufhin er mich loslässt und den Raum betritt. Mit einer einladenden Handbewegung bittet er mich, ihm zu folgen.

Ich atme tief durch und gehe an ihm vorbei in den Raum, in dem eine große Sofalandschaft steht, sowie ein gedeckter Tisch. Nervös geworden verschränke ich meine Finger ineinander und sehe ihn trotzig an. Jetzt mit ihm allein in diesem Raum, bin ich plötzlich total unsicher. Er ist nicht mehr Mr. Morrison, mit dem ich so herrlich geflirtet habe, sondern mein Boss, dem ich mich an den Hals geworfen habe. Klar, ich wusste nicht, wer er ist. Trotzdem … Mein Herz klopft so heftig, dass der Puls in meinen Ohren rauscht.

Chandlers verführerischer Duft umschwebt meine Nase. Es war klar, dass er verboten gut duften würde, wie er auch verboten sexy aussieht in der dunkelblauen Stoffhose und dem weißen Hemd, an dem er die Ärmel sorgfältig aufgekrempelt hat.

Dadurch fällt mein Blick sofort auf seine sehnigen Unterarme, die von Adern durchzogen sind. Rrrrr …

Wir betrachten uns gegenseitig, bis sich ein Lächeln auf sein Gesicht schummelt.

»Bereit mit mir eine Kleinigkeit zu essen, während wir reden?«, fragt er in versöhnlichem Tonfall.

»Gern, Mr. Bennett«, antworte ich, um ein Lächeln bemüht.

»Chandler«, berichtigt er mich, schiebt einen Stuhl zurecht, auf den ich mich setze.

Er nimmt mir gegenüber Platz, schenkt uns einen Weißwein ein und klingelt. Sofort wird uns ein leichtes Mahl mit Weißfisch, frischem Gemüse und Reis serviert.

»Es entspricht hoffentlich deinem Geschmack?«, fragt er betont höflich.

»Ja, danke«, antworte ich und sehe ihn an. All mein Selbstvertrauen ist auf ein Minimum zusammengeschrumpft, weil ich total überfordert von der Situation bin.

Chandler fängt an etwas von dem Fisch in den Mund zu schieben, also esse ich ebenfalls. Es ist köstlich! Erst jetzt bemerke ich, wie hungrig ich bereits bin.

Er sieht mir ungeniert beim Essen zu. »Der Fußmarsch hat dich anscheinend hungrig gemacht, nicht wahr?«, fragt er und grinst breit.

»Ein klein wenig vielleicht«, schwindle ich und genieße das köstliche Mahl weiterhin.

Er seufzt. »Okay, kleiner Wirbelwind …«

In dem Moment, in dem er mich mit diesem Kosenamen anspricht, den er mir als Nolan gegeben hat, vibriert es in meinem Magen.

»Avery, als mein Vater mir erzählte, dass du in deiner Funktion als Director of Tourism als Tourguide einspringst, war ich überhaupt nicht begeistert. Ich kannte dich noch nicht, du warst erst ein paar Tage in unserem Unternehmen und bringst gleich alles durcheinander …« Er greift zu dem Glas Weißwein und nippt davon. Ohne es zu forcieren, mache ich es ihm gleich. »Nun ja, ich gestehe dir ehrlich, dass ich kein Vertrauen in deine, mir unbekannten Fähigkeiten hatte und beschloss, undercover mitzureisen.«

»Flirtest du immer mit deinen Mitarbeiterinnen, wenn du sie undercover bei ihrer Arbeit beobachtest?«, will ich ernsthaft von ihm wissen.

Sein Lächeln zielt direkt auf mein Herz und sofort hinein, ich bin verloren.

»Aber nein, Avery, das habe ich noch nie gemacht. Du warst jedoch so umwerfend fröhlich, unkompliziert und süß, dass ich gar nicht anders konnte.«

Zweifelnd sehe ich ihm in die Augen.

»Bitte glaub es mir.« Chandlers Ausstrahlung ist vollkommen klar und ruhig. Und ja, ich glaube ihm. Ob das eine gute Entscheidung ist, wage ich jedoch zu bezweifeln.

»Und jetzt?«, frage ich ihn, weil ich wirklich nicht weiß, wie ich mit ihm und der Situation umgehen soll.

»Wir genießen das köstliche Essen und lassen uns dann zartschmelzende Süßigkeiten bringen. Zwischendurch werde ich dich auf jeden Fall ganz dringend küssen müssen.«

»Da ist er ja schon wieder – Mr. Arrogant«, gebe ich lächelnd zurück, was ihn zum Grinsen bringt.

»Ich hatte definitiv nicht eingeplant, mich inkognito in dich zu verlieben, Avery«, spricht er weiter. »Du solltest doch wissen, dass man sowas nicht planen kann. Ich wollte dich nicht belügen und allein draußen auf der heißen Nebenstraße herumlaufen lassen. Gerade habe ich mir ein Taxi bestellt um dir entgegenfahren, und dich ins Hotel zu bringen. Es tut mir leid, wie das heute zwischen uns gelaufen ist, entschuldige bitte, Avery.«

Satt geworden, schiebe ich den Teller von mir und lehne mich zurück. »Nein, sich verlieben kann niemand planen«, gebe ich zu, während die Schmetterlinge Turboloopings einlegen.

»Außerdem war ich so fahrlässig, mir nicht einmal deine Unterlagen richtig angesehen zu haben, was bedeutet, dass ich nicht wusste, wie bezaubernd du aussiehst«, erklärt er mir jetzt. Sein Lächeln macht mich schwach … »Allerdings wäre ich dann erst recht als dein Undercover Boss mitgereist, um dich unbedingt kennenzulernen.« Chandlers freches Grinsen lässt mich schmunzeln.

»Du bist wirklich unverbesserlich«, gebe ich zurück und lache.

»Endlich!«, ruft er erleichtert aus. »Ich dachte schon, mein bezaubernder Tourguide bleibt mir jetzt für immer fern.«

Obwohl ich ihm nicht widerstehen kann und ihm im Grunde schon vergeben habe, frage ich dennoch: »Wann wolltest du mir eigentlich erzählen, wer du bist?«

Jetzt erhebt er sich, umrundet den Tisch und reicht mir seine Hände und zieht mich zu sich hoch. Wir stehen dicht beieinander, sodass ich seinen Duft besonders intensiv wahrnehme. O Mann!

# 12. Chandler

**B**evor ich ihre berechtigte Frage beantworte, umfasse ich sanft ihr zartes Gesicht. »Als mir bewusst wurde, dass wir uns bei jedem Zusammentreffen mehr ineinander verlieben werden, habe ich darüber nachgedacht, wann und wie ich es dir beichten kann. Bevor ich zu einem Ergebnis gekommen bin, hast du es schon selbst herausbekommen.«

Wir sehen uns schweigend an … noch immer halte ich ihr Gesicht umfangen.

»Willst du mich nicht endlich küssen?«, wispert sie.

»Die Avery, die ich kennengelernt habe, hätte mich nicht gefragt, sondern mich einfach geküsst«, antworte ich lächelnd.

»Aber jetzt steht nicht mehr Nolan vor mir, sondern Chandler, mein Boss …«, gibt sie zu bedenken.

»Und du meinst, Chandler mag nicht genauso gern von dem kleinen Wirbelwind geküsst werden, wie Nolan?«, frage ich zärtlich. Es fällt mir schwer, sie nicht augenblicklich, um den Verstand zu küssen.

»Sag du es mir, Chandler«, fordert sie mich auf, umfasst meine Handgelenke und stellt sich auf Zehenspitzen, um mir näher zu sein.

Da mir nicht mehr nach Reden ist, zeige ich es Avery lieber, beuge mich zu ihr hinunter und lege meine Lippen sanft auf ihre. Ihr Seufzen durchdringt mich wohlig, sogleich verstärke ich unsere Zärtlichkeit, wobei ich meine Lippen fester auf ihre drücke, bis sie mit ihrer Zungenspitze an der empfindsamen Stelle meiner Oberlippe entlangfährt. Ein raues Stöhnen entfährt mir und augenblicklich werde ich hart. Meine Hände verlassen ihr Gesicht, streichen ihren Rücken hinab, um ihren süßen kleinen Hintern zu umfassen, und an mich zu pressen. Averys zarte Hände umschlingen meinen Nacken, um so den Kuss zu verstärken. Ihre Brüste drücken sich unendlich weich an meinen Oberkörper, was meine Hormone noch viel mehr befeuert. In dem Moment, in dem ich das Gefühl habe, die Kontrolle langsam, aber sicher zu verlieren, drückt sie sich mit beiden Händen von mir ab.

»Wir wollten noch ein Dessert«, erinnert sie mich, während sie einen Schritt zurückgeht.

Ein paar Atemzüge genehmige ich mir, um mich wieder zu fassen.

»Ich war mit meinem Dessert eigentlich sehr zufrieden«, bringe ich heraus, was ihr ein Lächeln ins Gesicht zaubert.

»Chandler …«, fängt sie an, »wir sollten uns nicht mehr auf diese Weise näherkommen.«

»Auf welche Weise möchtest du es denn?«, frage ich und ahne bereits, worauf sie hinaus will. Darum gehe ich wieder einen Schritt auf sie zu.

»Du bist mein Boss und ich arbeite erst seit kurzem bei BLT …« Avery sucht nach Worten, um mir klarzumachen, dass das mit uns nichts werden kann. »Weißt du, was ich meine?« Ihr Blick wirkt ein wenig verzweifelt.

»Avery, wenn ich nicht deine Leidenschaft als Nolan zu spüren bekommen hätte, dann würde ich sofort wieder auf die geschäftliche Ebene zurückkehren. Du, meine Angestellte als DTO und ich als dein Boss.«

Sie nimmt erneut einen Schritt Abstand, darum umfasse ich sanft ihre Schultern.

»Leider werde ich das Country Festival, den heißen Tanz mit dir und deinen unglaublichen Kuss niemals vergessen können, Avery.«

»Sowas kann nicht gut enden, Chandler. Im Büro habe ich erfahren, dass deine Assistentin auch deine Ex ist. Genau das möchte ich aber niemals sein – die Ex des Chefs. Ich habe studiert, um unabhängig zu sein, nicht um die Ex des Bosses zu werden.«

»Weißt du, warum ich mich von ihr getrennt habe?«

»Nein, woher sollte ich das wissen?«

»Genau, du verurteilst mich, ohne meine Beweggründe zu kennen.«

»Arbeitet sie immer noch für dich?«

»Ja, sie erledigt ihren Job als meine Assistentin wirklich gut.«

»Das spricht immerhin für dich, Chandler,« sagt sie und schiebt eine Haarsträhne hinter ihr Ohr. »Sehr oft verlieren Exfreundinnen auch ihren Job.«

»Das liegt wahrscheinlich eher daran, dass diese Menschen Arbeit und Privates nicht trennen können.«

»Ganz genau, und weil ich das trennen will, sollten wir aufhören, bevor es richtig angefangen hat.«

»Willst du das wirklich?«, frage ich ernst und beobachte sie aufmerksam.

»Es wäre vernünftig, Chandler.«

Ich lege sanft einen Finger unter ihr Kinn und hebe es an, damit sie mir in die Augen sehen muss, aber sie senkt ihre Lider.

»Avery, du bist nicht ehrlich zu dir selbst, geschweige denn zu mir. Schau mich bitte an.«

Mein süßer Wirbelwind weicht hartnäckig meinem Blick aus. Innerlich seufzend lasse ich sie los und setze mich wieder an den Tisch. Ich gieße mir noch einmal etwas von dem frischen Weißwein ein und trinke einen Schluck.

Langsam wendet sich Avery mir wieder zu. »Wie geht es jetzt weiter? Soll ich die Gäste weiterhin betreuen?«, fragt sie und nimmt wieder Platz.

»Nein, Avery, ich habe bereits eine Vertretung für dich organisiert. Mrs. Miller ist gestern Abend von ihrer Tour zurückgekehrt und wird heute Abend deinen Job hier übernehmen. Sie ist bereits auf dem Weg hierher.«

»Okay … Dann fahre ich zurück nach Dallas«, sagt sie, bemüht, Haltung zu bewahren, aber ich sehe, wie sie mit den Tränen kämpft.

»Meine Pläne sehen aber anders aus, Avery«, werfe ich ein.

»Wie denn?«

»Du bleibst natürlich, unter einer Bedingung allerdings …«

»Und die wäre?«, fragt sie, deutlich neugierig, trotzdem unsicher zugleich.

»Bevor du mich enttarnt hast, habe ich mich schon sehr auf den Abend mit dir gefreut. Ich habe Karten für *das* Rock'n'Roll-Event des Sommers für uns ergattert.«

»Du hast mich von meinem Job abgezogen«, antwortet Avery ernst und geht gar nicht auf mein Gesagtes ein. »Ich frage mich gerade, was die Reisegäste wohl denken, wenn die Kollegin meinen Platz einnimmt. Es ist mir wirklich sehr unangenehm, ehrlich gesagt.«

»Das hättest du dir überlegen müssen, bevor du auf meinen Flirt eingegangen bist«, erwidere ich absichtlich streng, um sie herauszufordern.

»Das stimmt, und ich habe tatsächlich darüber nachgedacht, aber meine Bedenken über Bord geworfen … Im Grunde wusste ich, dass es ein Fehler ist.«

»Du bist zu hart zu dir selbst, Avery«, stelle ich fest, während ich ihre Hand sanft berühre. »Wir haben beide Fehler gemacht, aber das bedeutet nicht, dass wir nicht daraus lernen können.«

Avery sieht mich an, ihre Augen zeigen eine Mischung aus Verwirrung und Zweifel. »Was meinst du damit?«

»Ich meine, dass wir beide in dieser Situation festgefahren sind, aber wir können immer noch einen Weg herausfinden. Ich möchte nicht, dass du heute zurückfährst, aber ich verstehe, wenn du gehen möchtest. Dennoch gibt es eine Möglichkeit, wie du bleiben könntest.«

»Und welche Möglichkeit wäre das?« Ihre Stimme klingt zurückhaltend, aber auch interessiert.

»Ich möchte, dass du bleibst, aber nicht als meine Mitarbeiterin. Nimm bitte mit mir an diesem Event teil. Wir könnten es als eine Art Chance sehen, noch einmal von vorn zu beginnen, ohne dass berufliche Grenzen dazwischen stehen.«

Avery scheint nicht wirklich überzeugt zu sein. »Aber was ist mit meinem Job?«

»Ich werde mich um Mrs. Miller kümmern, und wir können später über unsere Zusammenarbeit in deiner Position sprechen, das ist doch sowieso längst überfällig. Aber für heute Abend möchte ich, dass du mit mir dorthin gehst. Lass uns diesen Abend genießen und dann morgen über den Rest sprechen.«

Ein Hauch von Zögern liegt in ihrem Blick, aber auch ein Funken Hoffnung. »Ich weiß nicht …«

»Lass uns bitte den Moment nutzen und sehen, wohin uns das führt. Ich verspreche dir, dass wir morgen darüber reden werden, wie es weitergehen soll. Aber lass uns heute einfach diesen Abend gemeinsam genießen.«

Avery denkt einen Moment nach und nickt dann. »Okay, Chandler. Für heute Abend bin ich dabei.«

Erleichterung macht sich in mir breit. »Das freut mich jetzt wirklich, Avery. Ich werde alles Weitere regeln, und dann machen wir uns für das Event bereit.«

Die Anspannung zwischen uns löst sich langsam auf.

»Eines will ich aber jetzt schon deutlich sagen: Das, was sich zwischen uns entwickelt, sehe ich vollkommen losgelöst von unserer beruflichen Seite, Avery. Ich wünsche mir sehr, dass du das ebenso siehst, denn du warst so umwerfend bezaubernd, als ich für dich noch Nolan Morrison war …«

»Ich weiß nicht, ob ich das kann, Chandler.«

»Warum solltest du es denn nicht können?«, frage ich sanft.

»Weil du nun mal mein Boss bist, und ich kann das nicht einfach vergessen oder ignorieren. Das mag für dich unkompliziert sein, aber für mich ist es das überhaupt nicht.« Plötzlich sieht sie traurig aus und sinkt förmlich in sich zusammen. »Ich war so motiviert, hatte wirklich richtig Freude an meinem Job, ich fühlte mich allem gewachsen und dann kamst du …«

Ich schiebe meine Hände über den Tisch und lege sie sanft über ihre. »Hey, kleiner Wirbelwind, du hast deinen Job hervorragend gemacht, ich konnte es spüren, wie viel Freude du dabei hattest, und wie sehr die Reisenden dich mögen.«

»Ach, wahrscheinlich bin ich schon in Dallas übers Ziel hinausgeschossen«, mutmaßt sie und will mir ihre Hände entziehen, doch ich halte sie fest.

»Ja, du warst vielleicht ein wenig übermotiviert, indem du gleich deinen eigentlichen Job, mit dem der Reisebegleitung eingetauscht hast«, ich lächle, »aber das spricht doch eindeutig für dich. Außerdem hätten die Gäste kaum ohne einen Tourguide fahren können. Es war also die richtige Entscheidung, die du getroffen hast.«

Nun nimmt sie entschlossen ihre Finger von meinen. »Okay, heute Abend gehen wir gemeinsam zu diesem Event. Vorher gehe ich aber noch auf mein Zimmer, ich muss dringend duschen und eine halbe Stunde ausruhen, um mich danach auf das Event vorzubereiten.«

»Du meinst unser Date«, berichtige ich sie.

»Ist das ein Date?«, hakt Avery nach.

»Yep, ein Date«, bestätige ich und halte ihren Blick mit meinem gefangen. »Bis dahin kannst du dich an den Gedanken schon einmal gewöhnen.«

»Okay, dann haben wir also ein Date. Gibt es auf dem Festival eine Kleidervorschrift?«

»Nein, aber es bietet sich an, sich dem Style der Sixties anzupassen.«

»Perfekt«, antwortet sie nur und erhebt sich. Sofort springe ich auch auf und gehe zu ihr. Eine Haarsträhne streiche ich mit einer zarten Geste hinter ihr Ohr. »Ich freue mich sehr auf dich heute Abend, Avery!«

Endlich lächelt sie mich an. »Ich freue mich auch irgendwie. Bis dahin …«

»Ich werde dich pünktlich zum Dinner abholen.«

»Das musst du nicht, ich werde pünktlich in der Lobby sein.«

Sie scheint mir meine Zweifel anzusehen, denn sie gibt ein nachdrückliches »wirklich« von sich, bevor sie sich von mir abwendet und zur Tür hinausgeht.

# 13. Avery

*O*hne mich noch einmal nach Chandler umzusehen, gehe ich schnell in die Lobby, um mich am Empfang einzuchecken.

Kurz darauf betrete ich mein Zimmer, in das man schon meinen Koffer gebracht hat. Sofort schnippe ich die Pumps von meinen Füßen und ziehe den Rock aus.

Hier so allein überfällt mich eine große Müdigkeit. Alle Anspannungen der letzten Stunden fallen von mir ab. Die Nylons streife ich mir von den Beinen, die Bluse knöpfe ich auf und lasse sie ebenfalls einfach auf den Boden fallen. Müde und geschafft lege ich mich ins Bett, wo ich augenblicklich einschlafe.

• Irgendwann werde ich vom Klingeln des Zimmertelefons geweckt. Müde greife ich neben mich.

»Mh?«, schaffe ich gerade so, zu sagen.

»Das dachte ich mir doch«, höre ich Chandlers dunkle Stimme am anderen Ende.

»Was dachtest du dir?«

»Dass du noch geschlafen hast.«

»Oh, hab ich verschlafen?«, frage ich und bin augenblicklich wach.

»Nein, ich habe dich rechtzeitig geweckt«, antwortet er hörbar amüsiert.

»O Mann!«, rufe ich aus. »Ich bin total müde ins Bett gefallen und habe vollkommen vergessen, den Wecker zu stellen.«

Er lacht und sofort vibriert es in mir. Es ist ein zärtliches, warmes Lachen …

»Okay, danke fürs Wecken. Wir sehen uns in … wie spät ist es eigentlich?«

»Du hast noch eine Stunde Zeit, dich aufzubrezeln«, antwortet er.

»Oh! Du glaubst wirklich, ich hübsche mich für dich auf?«, frage ich amüsiert und lehne mich an die Wand im Rücken.

»Ja, natürlich, ich gehe fest davon aus«, kommt es überzeugt von ihm.

»Da ist er wieder – Mr. Arrogant!«, rufe ich aus und lache.

Er fällt in mein Lachen mit ein und antwortet: »Da ist sie wieder, der süße kleine Wirbelwind.« Er klingt sehr zufrieden.

»Dann bis gleich«, verabschiede ich mich und lege auf, ohne seine Antwort abzuwarten.

Nach dem Duschen suche ich mir ein Kleid aus meinem Koffer heraus. Da ich mich für die anstehenden Events auf der Reise kleidermäßig eingedeckt habe, finde ich schnell ein passendes Kleid für den heutigen Abend. Ein schwarzes

Rockabilly-Kleid mit weißen Polka-Dots. Ich hatte es noch im Schrank hängen, weil eine meiner Freundinnen vor ein paar Monaten eine Mottoparty gab. Dazu trage ich einen roten, breiten Lackgürtel und Pumps in gleicher Farbe. Meine Haare binde ich zu einem hohen, wippenden Pferdeschwanz. Das Make-up besteht aus Puder, kräftigem Mascara und kirschrotem Lippenstift. Zufrieden drehe ich mich vor dem Spiegel. Dann krame ich noch eine kleine Handtasche aus dem Koffer hervor, in die ich die typischen Sachen lege, wie Lippenstift, Taschentuch, kurz um, alles Kleine, was Frau so braucht.

Ich bin bereit für den Abend mit Chandler und ehrlich – ich bin megaaufgeregt. Seine Stimme eben beim Telefonat direkt an meinem Ohr – seufz ...

Es klopft an meiner Tür.

»Moment!«, rufe ich und kontrolliere noch einmal mein Spiegelbild und nicke mir zu. Dann gehe ich zur Tür und öffne sie. Vor mir steht Chandler in einer Jeans mit weißem Shirt und darüber trägt er eine Bikerjacke im Vintage-Style, seine Haare sind im Look der Sixties nach hinten gegelt. Sein herbes Aftershave dringt in meine Nase und ich habe heftiges Magenwummern.

»Hi«, bringe ich heraus und kann meinen Blick nicht von ihm lassen.

»Hi, wunderschöne Frau«, begrüßt er mich und lehnt lässig im Türrahmen. Die Daumen in die Jeanstaschen eingehakt, begegnet er meinem Blick.

»Du siehst hinreißend aus, Avery.« In seinen Augen erkenne ich Bewunderung.

»Danke«, antworte ich und drehe mich einmal um meine eigene Achse, um ihm meine Ansicht von allen Seiten zu zeigen.

»Bist du soweit?«, fragt er, während er sich vom Türrahmen abstößt und einen Schritt auf mich zukommt.

»Ja, bin fertig.«

»Na dann …«, murmelt er, beugt sich zu mir herunter und küsst mich zärtlich.

Ein Seufzer entweicht mir, denn es fühlt sich himmlisch an. Ein wenig schwebe ich gefühlt, als er sich von mir löst, um mir in die Augen zu sehen. »Bist du bereit für einen unvergesslichen Abend mit mir?«

O Mann, seine Stimme klingt rau und so sexy, was sofort wohlige Hitze in meine Mitte schickt. Mein Körper ist bereit, mein Verstand setzt noch ein dickes fettes »Aber« davor, um mich davon abzuhalten, darum antworte ich: »Vielleicht?«, und zwinkere ihm zu. So langsam gewinnt mein altes Ich wieder die Oberhand in mir.

Daraufhin grinst er breit, greift meine Hand und zieht mich in den Flur. Noch bevor ich die Tür hinter mir zugezogen habe, nimmt er mich mit einem beherzten Griff in seine Arme und küsst mich so intensiv, dass ich gar nicht mehr denken kann, sondern nur noch fühlen. Seine warmen festen Lippen, die sich so einfühlsam auf meinen bewegen, dass ich in seinen

Armen dahinschmelze. Ich schmiege mich an ihn wie eine zweite Haut, vielleicht ein wenig zu schnell für das dicke »Aber«, was ich zuvor noch gefühlt habe … doch dieser Kuss setzt mich zunächst schachmatt.

Irgendwo im Flur klappen Türen, weswegen wir uns voneinander lösen. Wir sehen uns an … noch nicht ganz zurückgekehrt in die Wirklichkeit.

Chandler räuspert sich, bevor er selbstsicher fragt: »Habe ich dir einen unvergesslichen Abend versprochen?«

Ich lache auf. »Oh! Mr. Arrogant! Du kannst es einfach nicht lassen.«

»Nein«, gibt er amüsiert zurück. »Das wäre doch sonst ziemlich langweilig, oder?«

»Wahrscheinlich«, antworte ich und gehe vor. Ohne mich umzudrehen, fordere ich ihn auf, mir zu folgen. Da ich mir seiner vollen Aufmerksamkeit bewusst bin, nehme ich den geschmeidigen Gang eines Models an, wobei meine Hüften sanft hin und her schwingen.

Vor dem Fahrstuhl bleibe ich stehen und spüre ihn kurz darauf dirckt hinter mir. Als Nolan Morrison habe ich ihn einfach nur sehr sexy gefunden, als Chandler Bennett gefährlich sexy. Wahrscheinlich werde ich mich an ihm verbrennen und mit gebrochenem Herzen zurückbleiben.

Der Lift öffnet die Türen und wir betreten die Kabine, wobei er seine Hand auf meinen unteren Rücken legt.

»Im Foyer werden wir zunächst deine Ablösung begrüßen, Avery. Ich habe ihr erzählt, dass ich dich dringend wieder in Dallas brauche, und so werden wir das auch den Gästen gegenüber kommunizieren.«

Erleichtert seufze ich auf.

»Ist das okay für dich?«, hakt er nach.

»Natürlich, Chandler«, antworte ich und lächle zu ihm auf. »Wir sollten vor den anderen nicht vertraut auftreten«, gebe ich zu bedenken, woraufhin er nickt. »Wir zwei werden einen professionellen Auftritt hinlegen, davon bin ich überzeugt.«

Im Foyer sehe ich schon meine Nachfolgerin in einem der gemütlichen Sessel auf uns warten. Sie erhebt sich sofort, als sie Chandler erkennt.

»Mr. Bennett, guten Abend«, begrüßt sie ihn.

»Guten Abend, Mrs. Miller.« Er reicht ihr seine Hand. Als er sie wieder loslässt, bittet er sie, wieder Platz zu nehmen. »Ich möchte Ihnen noch Ms. Cunningham, Ihre Vorgesetzte vorstellen, die bis heute die Gäste begleitet hat.«

»Oh!«, ruft sie aus und lächelt. »Ich bin erfreut, Sie kennenzulernen.«

»Ganz meinerseits«, antworte ich ebenso höflich. Wir reichen uns die Hand und ich setze mich auf einen der Sessel.

Wir besprechen noch ein paar Einzelheiten, ich gebe ihr die Sonderwünsche von einigen Gästen weiter und nenne ihr zudem ein paar Eigenheiten, auf die sie eingehen sollte, um auch die kapriziösen Reisenden von sich zu begeistern.

Währenddessen bemerke ich, wie Chandler mich beobachtet, was mich zugegeben, doch nervös macht.

»Das hört sich nach einem großartigen Job an, Ms. Cunningham«, meint er dann lächelnd.

»Danke, Mr. Bennett«, antworte ich freundlich.

Jetzt klärt er mit Mrs. Miller noch einige Punkte und verabschiedet sie dann.

Als wir wieder allein sind, beugt er sich zu mir. »Ich habe das Kompliment eben ernst gemeint«, raunt er mir zu. »Bereits undercover ist mir aufgefallen, wie geschickt und emphatisch du auf die Gäste eingehst und ihnen ein Rundum-Sorglos-Gefühl vermittelst.«

»Das freut mich sehr, danke«, erwidere ich.

»Ich habe in einem kleinen, aber exquisiten Restaurant Downtown einen Tisch reservieren lassen. Wir sollten langsam losgehen. Bist du bereit?«

»Ja, ich bin bereit«, antworte ich. Noch bevor ich aufstehen kann, steht er vor mir, reicht mir eine Hand und zieht mich zu sich hoch.

Er schnuppert dicht an meinem Hals. »Welches verführerische Parfum trägst du?«, fragt er leise und richtet sich dann wieder auf.

»Versace Versense«, antworte ich.

»Mh«, macht er. »Es duftet frisch und sinnlich – sehr betörend, Avery.«

»Dankeschön«, erwidere ich und lächle.

Er lächelt ebenfalls und führt mich hinaus. »Ist es okay für dich, wenn wir zu Fuß gehen?«, fragt er und sieht mich erwartungsvoll an.

»Natürlich, besonders nach meiner Wanderung heute, als du mich im Staub hast stehen lassen«, erwidere ich schlagfertig.

»Oh, Avery, ich fand, du hast mich geradezu herausgefordert.«

»Willst du dich nicht dafür bei mir entschuldigen?«, frage ich und halte inne.

»Ich dachte, wir wären nach unserer Unterhaltung beim Essen schon weiter«, antwortet er ausweichend.

Ich setze meinen Weg fort, ohne zu wissen, in welche Richtung wir müssen.

Plötzlich hält er meinen Arm fest. »Warte, lauf nicht schon wieder weg, Avery. Nein, ich meine es ernst, du hast mich im Bus nicht anhören wollen, bist vor allen Gästen ausgestiegen und weitergelaufen. Du hast mich mit deinem Verhalten ziemlich vorgeführt, das ist dir schon bewusst, oder?«

Ich halte seinem Blick stand – so habe ich es noch nicht betrachtet. Als würde er meine Gedanken lesen, umfasst er meine Hand und geht mit mir weiter. »Siehst du«, sagt er, »vielleicht solltest du mich um Verzeihung bitten?«

Ich atme tief durch. »So weit würde ich jetzt nicht gehen, Chandler. Immerhin hatte ich einen Grund, so verärgert zu sein.«

»Dann würde ich doch sagen, wir sind quitt, was meinst du?«

»Verdammt!«, rufe ich aus und breche in Gelächter aus. Ich umarme seinen Nacken und ziehe ihn zu mir herunter. »Entschuldige bitte, ich habe mich benommen wie ein dummer Teenager.«

»Ja, das hast du, und ich habe mich verhalten wie ein Idiot«, erwidert er.

»Wir sind jetzt also quitt, Mr. Arrogant«, raune ich an seinen Lippen.

»Wir sind quitt, süße Frau«, antwortet er und küsst mich.

Wir stehen mitten auf dem Gehweg, nicht weit vom Hotel entfernt, und jeder könnte uns sehen, doch das scheint ihm gerade egal zu sein. Daher schiebe ich meine Gedanken beiseite und lasse mich auf seine Zärtlichkeit ein. Ich weiß nicht, wann ich jemals so wunderbar geküsst worden bin.

# 14. Chandler

Ich kann es mir nicht erklären, aber ich bin mir sicher, dass Avery mehr für mich als nur eine vorübergehende Erfahrung sein wird. Obwohl wir uns noch nicht lange kennen und bisher nicht viel Zeit miteinander verbracht haben, fühlt es sich gerade für mich an, als hätte ich mein perfektes Gegenstück gefunden. Es ist, als ob sie das fehlende Puzzleteil in meinem Leben ist. Und dann ihre Lippen, die sich an meine schmiegen, wie ein sanfter Hauch von Seide – warm und zärtlich, in vollkommener Harmonie.

Bei Liza schien es damals zunächst so, als würde ihr Puzzleteil in mein Leben passen, doch ihres war nur beinahe passend – dass man es mit Mühe hineinpresste, nur um am Ende festzustellen, dass an anderer Stelle etwas fehlte. Ich denke, viele kennen dieses Gefühl.

Bei Avery fühlt es sich nicht nur aufregend, erregend und neu an – sondern vollkommen und perfekt.

Natürlich ist mir bewusst, dass sie ihren eigenen Kopf, ihre eigenen Ideen und Wünsche vom Leben hat und wir werden viel diskutieren, uns kleinere und größere Wortduelle liefern. Aber am Ende bilden wir eine Einheit. Ja, genau so!

Im Restaurant werden wir an einen Tisch geführt. Hier werden wir wahrscheinlich keine Reisegäste antreffen, weil dies hier ein echter Insidertipp sein soll, den ich vom Hoteldirektor persönlich bekommen habe.

Galant helfe ich Avery Platz zu nehmen, um mich ihr gegenüber ebenfalls zu setzen. Sofort werden uns die Menükarten gereicht. Zunächst bestelle ich ein Wasser für uns beide, damit wir in Ruhe das Essen wählen, und die passenden Getränke dazu. Hier wird eine exzellente Südstaatenküche angeboten.

Avery blättert in der Karte herum und scheint sich nicht entscheiden zu können.

»Spricht dich nichts von den Gerichten an?«, frage ich sie darum.

»Ich fühle mich gerade ein wenig überfordert und kann mich nicht entscheiden«, antwortet sie und lächelt.

»Wie wäre es mit einem Fine-Dining-Menü?«, schlage ich vor.

»Das klingt großartig, sehr gern. Ich würde aber ungern zu jedem Gang einen anderen Wein trinken.«

»Kein Problem«, antworte ich. »Wir fangen mit Champagner an, um auf den Abend anzustoßen, später zum Hauptgang einen kräftigen roten Cabernet Sauvignon?«

»Das wäre auch für mich eine gute Wahl«, stimmt sie freudig zu.

»Wunderbar«, entgegne ich und gebe dem wartenden Kellner ein Zeichen, um zu bestellen. Mit einer knappen Verbeugung empfiehlt er sich, um kurz darauf mit dem Champagner zurückzukehren.

Mit dem Glas in der Hand blicke ich in Averys haselnussbraune Augen, von denen ich fasziniert bin. »Ich freue mich auf diesen Abend mit dir, Avery.«

»Danke, vielleicht bereust du es am Ende ja auch, wer weiß?«, gibt sie zurück und zwinkert mir zu.

Leise lache ich und nippe vom Schampus. »Ich bin ziemlich vom Gegenteil überzeugt.«

»Nun, das ist wahrscheinlich reine Selbstüberschätzung«, pariert sie ebenfalls lachend.

»Selbstüberschätzung?«, frage ich mit einem Augenzwinkern. »Vielleicht ist es einfach nur die Überzeugung, dass ich die beste Begleitung gefunden habe.«

Avery lächelt verschmitzt. »Oh, du meinst, ich sollte mich geschmeichelt fühlen?«

»Nicht nur geschmeichelt«, erwidere ich ernst. »Eher gespannt darauf sein, wie wir diesen Abend gemeinsam genießen können.«

Ein leichtes Erröten überzieht ihre Wangen, aber ihr Blick bleibt herausfordernd. »Du meinst also, wir könnten dieses Menü auf eine ganz besondere Weise genießen?«

»Genau das«, erwidere ich mit einem sanften Lächeln. »Und wer weiß, vielleicht sind deine funkelnden Augen und dein Lächeln das beste Dessert des Abends.«

»Mr. Arrogant, Sie wissen, wie Sie Frauen durcheinanderbringen …«

»Nun ja«, ich grinse, »ein Mann in meinem Alter sollte doch ein paar Erfahrungen mitbringen.«

»Definitiv!«, stimmt Avery zu.

Unser Geplänkel wird vom Kellner unterbrochen, der uns den ersten Gang serviert. Gegrillte Jakobsmuscheln mit Trüffelbutter, perfekt arrangiert auf großen Tellern. Ich beobachte, wie sie vorsichtig davon testet.

»Und, schmeckt es dir?«, frage ich und schiebe mir auch etwas davon in den Mund. Es ist köstlich.

»Ja, tatsächlich, es schmeckt. Ich bin ehrlich, von Muscheln habe ich bisher eher Abstand genommen.«

»Warum?«

Avery zuckt mit den Schultern. »Roh sind sie für mich einfach nur Meeresglibber.«

Amüsiert schüttle ich den Kopf. »Du meinst Austern?«

»Auch. Also, die würde ich niemals hinunterbekommen.« Sie schüttelt sich direkt bei dem Gedanken. »Ich war schon ein paar Mal schick essen, aber so vornehm wie heute noch nie.«

»Es gefällt dir nicht«, stelle ich fest.

»Doch, es ist eine angenehme Atmosphäre hier, das Ambiente wirklich ausgesucht.«

»Aber?«, hake ich nach, weil ich merke, dass da noch was kommen wird.

»Aber unkompliziert gefällt es mir doch besser.« Jetzt lächelt sie mich wieder an.

»So, wie auf dem Country Festival?«

»Ja, ich bin halt ein Cowgirl«, gibt sie zu.

»Du passt in jedes Ambiente, Avery. Dir stehen Jeans mit Cowboystiefel ebenso gut wie die Abendrobe oder dieses Retrokleid«, mache ich ihr ein Kompliment. »Du bist sehr schön, Avery.«

»Danke Chandler, du machst mich jetzt aber verlegen«, murmelt sie mit erröteten Wangen.

»Sehr gern, es ist süß, dich so zu sehen, wo du doch sonst sehr selbstbewusst und straight durchs Leben gehst.«

Es wird das Zwischengericht, Butternusskürbis-Suppe mit karamellisierten Walnüssen, gereicht, wovon sie nur ein paar Löffel nimmt. »Köstlich«, meint sie und lehnt sich zurück.

»Eigentlich müssten wir uns doch von den Viehauktionen und Rodeos kennen, oder nicht«, frage ich sie und überlege, ob ich sie tatsächlich übersehen habe.

Zu meiner Überraschung antwortet Avery: »Natürlich kenne ich dich.«

Ich ziehe eine Augenbraue hoch.

»Okay, es ist zwar schon ewig her, als ich dich das letzte Mal auf einem Rodeo gesehen habe, da war ich vierzehn oder so.«

»Tatsächlich?«, hake ich nach.

»Tatsächlich!«, bestätigt sie. »Aber ich war immer nur die kleine Farmerstochter mit Zahnspange, da bin ich dir sicherlich nicht aufgefallen.«

»Aber du hast doch bei den Wettkämpfen auch gewonnen, oder nicht?«

»Ja, manchmal, aber du müsstest meine Brüder John und Aaron Cunningham kennen, ihr seid manchmal in einer Klasse gegeneinander angetreten.«

Mir geht langsam ein Licht auf. »Natürlich erinnere ich mich an die Cunningham-Brüder. Sie waren harte Kerle und Konkurrenten.«

»… die nur selten gegen dich gewinnen konnten«, vervollständigt sie meinen Satz. »Meine Brüder hätten dich manchmal am liebsten zum Mond geschossen«, erzählt sie amüsiert.

»Auf einem Event habe ich mich mit Aaron geschlagen. Es ging um ein Mädchen, glaube ich.«

»Worum auch sonst?«, fragt sie belustigt. »Ihr Cowboys seid diesbezüglich doch alle gleich.«

»Jetzt bist du aber voreingenommen, Avery«, verteidige ich mich und grinse.

»Nein, das sind meine Erfahrungen mit den Jungs gewesen.« Mit funkelnden Augen sieht sie mich an.

Kurz werden wir unterbrochen, weil das Geschirr abgeräumt und der Hauptgang serviert wird. Es ist ein

Filet Mignon mit Rotweinjus. Dazu wird uns der Cabernet Sauvignon gereicht.

Wir verspeisen das vorzügliche Filet und genießen den tiefroten Wein dazu.

»Ich revidiere«, höre ich sie plötzlich sagen. »Solange mir keine Meeresfrüchte vorgesetzt werden, ist dieser feine Genuss für mich perfekt, Chandler.« Prostend hebt sie ihr Weinglas und nippt davon.

»Da habe ich ja noch einmal Glück gehabt, dass es dir hier gefällt«, entgegne ich und lächle sie an.

»Eigentlich bin ich eher unkompliziert und mit wenig sehr zufriedenzustellen«, bekundet sie und schiebt sich eine feine Haarsträhne aus dem Gesicht.

»Da bin ich mir aber gar nicht so sicher«, überlege ich laut.

»Hey!«, ruft sie verhalten aus, »das stimmt aber!«

Sie hat diesen unwiderstehlichen Drang, immer ihren Standpunkt durchzusetzen, Ich kann nicht anders, als zu lächeln, denn sie ist tatsächlich unkompliziert, was ich absolut bezaubernd finde – es erinnert mich an unseren Countrytanz und den leidenschaftlichen Kuss.

»Du hast definitiv deinen ganz eigenen und besonderen Charme«, gebe ich lächelnd zurück. »Und du bist ein Rätsel, das ich gerne Stück für Stück löse.«

Sie erwidert mit einem verschmitzten Lächeln: »Na dann, mach dich auf eine abenteuerliche Reise gefasst.«

»Abenteuerlich? Klingt nach einer aufregenden Herausforderung«, antworte ich mit einem Augenzwinkern.

Wir lassen unsere Blicke einen Moment lang miteinander tanzen, und ich spüre erneut diese sinnliche Spannung – ein leises elektrisierendes Knistern zwischen uns. Ich fühle den Drang, mich über den Tisch zu lehnen, um meine Lippen auf ihre zu legen. Der Gedanke an ihren zierlichen Körper an meinem und den Geschmack ihres Kusses lässt mein Herz schneller schlagen und meine Hose verdammt eng werden.

»Also, Cowboy«, höre ich sie sagen, »trainierst du noch mit den Pferden oder bist du jetzt ein Bürohengst geworden?«

Ich lege mein Besteck beiseite und lehne mich auf meine Ellenbogen. »Willst du etwa behaupten, ich bin kein harter Kerl mehr, weil ich nicht mehr so oft im Sattel sitze?«

Ein amüsiertes Funkeln erscheint in ihren Augen. »Genau das wollte ich damit sagen.«

»Du bist unglaublich, Avery«, antworte ich. »Was man von Kindesbeinen an gelernt hat, verlernt man nie.«

»Stimmt, aber das tägliche Training fehlt irgendwann«, überlegt sie.

»Bei einem echten Cowboy jedoch nicht«, entgegne ich schmunzelnd und vielleicht eine Spur zu selbstsicher.

»Natürlich nicht!« Sie lacht leise und schüttelte den Kopf. »Wann messen wir uns in einer Challenge?«

»Wenn wir zurück in Dallas sind, machen wir einen Termin aus, versprochen«, antworte ich.

»Okay, ich kann es kaum erwarten. Und sei dir sicher, mit mir wirst du kein leichtes Spiel haben.«

»Glaub mir, Avery, nichts anderes erwarte ich. Mit dir scheint alles einfach zu sein und gleichzeitig auch wieder nicht. Du bist eine einzige Herausforderung.«

»Wow!«, stößt sie aus, »das hat mir noch kein Mann gesagt.« Sie lehnt sich vor und gewährt mir dabei einen Blick auf ihr verlockendes Dekolleté. Ich bin kurz davor zu seufzen, unterdrücke es aber gerade noch.

»Kein einziger?«, frage ich gespielt entsetzt.

»Nein, aber mein letzter Partner fand mich definitiv zu anstrengend.«

Jetzt lache ich erneut. »Das glaube ich dir aufs Wort.«

»Oh! Das klingt nicht nach einem Kompliment«, gibt sie sich beleidigt und zieht einen süßen Schmollmund.

»Der Kerl war einfach zu schwach für deinen starken Charakter.« Versöhnlich sehe ich sie liebevoll an. Diese süße Frau hat keine Ahnung, wie unglaublich anziehend sie auf mich wirkt.

»Hach«, seufzt sie, »du bist ein echter Charmeur.«

»Tja, gelernt ist gelernt«, entgegne ich und trinke den letzten Schluck meines Rotweins.

»... und so selbstverliebt wie arrogant«, fügt sie hinzu und hebt eine Augenbraue.

Daraufhin mache ich, was ich die ganze Zeit schon machen wollte: Ich beuge mich über den Tisch, umfasse ihren Nacken und ziehe sie zu einem Kuss zu mir heran. »Du bist so verführerisch, Avery«, murmle ich an ihren Lippen, bevor ich sie küsse – nicht sanft, sondern direkt und fordernd. Kurz darauf lasse ich sie los und lehne mich, tief durchatmend, zurück.

Auch Avery atmet tief durch und trinkt von ihrem Wasser. Belustigt stelle ich fest, dass ich sie ein wenig verlegen gemacht habe. Aber sie fängt sich schnell wieder. »Mr. Bennett, das war ein unmögliches Benehmen! Ein solcher Kuss in diesem exklusiven Rahmen gehört sich einfach nicht«, tadelt sie mich mit einem schelmischen Blick.

»Das ist mir ziemlich egal.«

Daraufhin lächelt sie nur.

Der Kellner bringt den süßen letzten Gang des Menüs: Southern Pecan Pie mit Bourbon-Karamellsoße und einem Hauch von geröstetem Marshmallow. Wir bestellen dazu zwei Espressi.

»Oh, Chandler, das sieht extrem verführerisch aus, was meinst du?«, fragt sie mich.

Ich lehne mich vor und flüstere: »Du bist extrem verführerisch, Cowgirl. Da kann keine Süßspeise mithalten.«

»Hach!«, seufzt sie und lächelt, »gib mir mehr davon.«

»Von den Küssen oder den Komplimenten?«, frage ich und hebe eine Augenbraue.

Sie legt verspielt einen Finger über ihre Lippen und denkt nach. »Beides, aber ein klein wenig mehr von den Küssen hätte ich gern.«

»Das freut mich zu hören«, entgegne ich schmunzelnd. »Du bekommst noch viel mehr von den Küssen, Avery – ich will alles von dir.«

# 15. Avery

Der Kerl macht mir wirklich Spaß. Mit ihm auf Augenhöhe zu sein, ist eine echte Herausforderung, die ich nur zu gerne annehme, auch, wenn ich mich dafür sehr anstrengen muss. Er ist der Typ Mann, dem ich es jedoch gern erlaube, ab und an seine Dominanz auszuspielen.

Bei seinen letzten Worten allerdings pumpt mein Herz kräftig das Blut durch mich hindurch. Mir fällt keine lockere Antwort darauf ein, denn ich will ihn ebenso. *Du verbrennst dir die Finger und bleibst mit gebrochenem Herzen zurück*, mahne ich mich erneut.

Doch dann sehe ich ihm wieder in die Augen und weiß, dass die Stimme der Vernunft absolut keine Chancen hat. Meinem verliebten Herzen ist das total egal.

Da ich gerade völlig durcheinander bin, probiere ich von der süßen Verführung vor mir auf dem Teller. Er ebenso, was mich erleichtert, so kann ich mich wieder beruhigen und klar denken.

»Avery?«, höre ich jetzt seine Stimme, die ein wenig heiser klingt.

Ich sehe auf. »Ja?«

»Wie wäre es, wenn wir das Event vergessen und in einen kleinen Rockabilly-Club gehen? Da ist es nicht so voll.«

Ich atme tief durch, denn das Herzrasen verstärkt sich deutlich. »Du kennst einen solchen Club hier?«

»Kennen wäre übertrieben, aber ich habe mich mit dem Concierge unterhalten, und er hat mir von einem in der Nähe erzählt«, antwortet er.

»Es ist eine großartige Idee, das große Gedränge gegen einen intimeren Ort einzutauschen.«

Wir sehen uns an. Anschließend hebt er die Hand und gibt dem Kellner zu verstehen, dass er zahlen möchte.

Kurz darauf stehen wir wieder draußen, es ist bereits dunkel geworden. Wortlos greift Chandler meine Hand, um mit mir rechts vom Restaurant in eine Straße hineinzugehen.

»Weißt du, wohin wir gehen müssen?«, frage ich.

»Ja, ich habe es mir beschreiben lassen.« Er sieht zu mir. »Und du lässt dich, ohne zu protestieren, von mir führen?«

»Ja, manchmal bin ich auch ein ganz anschmiegsames Häschen«, gebe ich zurück und sehe ihn an.

»Mh!«, macht er, »ich stelle es mir gerade bildlich vor.«

»Oh!« Augenblicklich vibriert es in meiner Mitte.

Zur Antwort umfasst er meine Hand ein wenig fester. »Sieh mal, da vorne«, fordert er mich auf. »Dort ist das *Rock 'n' Roll In*.«

»Wir werden uns da hoffentlich kein Elvis-Double anhören müssen?«, will ich von ihm wissen.

»Doch, davon gehe ich aus.« Er grinst. »Schlimm?«

»Wird sich zeigen.«

»Du stehst nicht auf diese Art Musik?«

»Ich mag sie schon, finde Elvis aber ein wenig zu schnulzig. Nichtsdestotrotz, für so einen Abend zu diesem Anlass ist er passend. Schließlich feiert ganz Memphis gerade den *King of Rock 'n' Roll*.«

»Ein richtiger Fan bin ich jetzt auch nicht«, gesteht er mir. »Trotzdem freue ich mich auf diesen Club, zumal in deiner zauberhaften Begleitung. Du siehst so umwerfend schön aus, dass mich jeder Mann um dich beneiden wird.«

Ich seufze. »Du bist wirklich ein Charmeur, Chandler. Ein wenig machst du mich verlegen mit deinen Komplimenten.«

»Jedes einzelne ist ehrlich gemeint«, erwidert er.

»Das habe ich befürchtet.«

»Schlimm?«, will er in einem samtigen Tonfall von mir wissen, sodass ich zu ihm aufschaue und seinem zärtlichen Blick begegne.

»Das weiß ich noch nicht«, antworte ich ehrlich.

Mittlerweile stehen wir vor dem Club und stellen uns an das Reihenende der Wartenden an.

»Ich werde dich schon noch vollkommen von mir überzeugen«, meint er mit einem breiten Lächeln.

»Natürlich, Mr. Arrogant, das werden Sie – vielleicht!«

Jetzt müssen wir beide lachen.

Es ist wirklich eine lange Schlange und wir kommen nur langsam voran. Auch die anderen Gäste haben sich dem Rockabilly-Style entsprechend gekleidet. Es gefällt mir irgendwie.

Chandler legt seinen Arm fest um meine Schulter und zieht mich entschlossen an seine Seite. Als meine Wange seine Jacke berührt, atme ich den Geruch von Leder und seinem Aftershave tief ein. Mh! Auf eine verwirrende Art und Weise verliebe ich mich immer mehr in ihn, obwohl ich das gar nicht will. Ich spüre förmlich die Probleme, die mit dieser unwiderstehlichen Anziehungskraft verbunden sind, vermengt mit seinem verführerischen Duft!

Trotzdem lege ich meinen Arm um seine Mitte und genieße seine Nähe.

Nach einer gefühlten halben Ewigkeit können wir endlich den Club betreten. Wir werden natürlich von der passenden Musik empfangen. Überall an den Wänden sind Fotos von Elvis und anderen Stars der Szene zu sehen, Marilyn Monroe, James Dean sowie Grace Kelly und viele andere.

Es ist wirklich voll in diesem Club und ich bin froh, dass Chandler mich fest an seine Hand nimmt, um uns den Weg zu bahnen. Er ergattert für uns einen

Platz an einem der drei Tresen. Es gibt ganz stilecht Cocktails wie Margarita, Cosmopolitan oder Kir Royale für die Ladys.

Ich bestelle mir einen Cosmopolitan. Dieser Cocktail wurde in den 1950er Jahren populär, geriet dann aber in den 1990er Jahren erneut in den Fokus. Er besteht aus Wodka, Cranberrysaft, Limettensaft und Orangenlikör und wurde durch die Serie *Sex and the City* noch beliebter. Die Serie habe ich mit meiner Mom gesehen. Das waren wunderbare Mutter-Tochter-Momente, die unvergessen geblieben sind. Meine Granny, die manchmal dabei war, erzählte mir viele Geschichten aus den 1950er Jahren. Von daher finde ich es hier irgendwie sehr schön, weil ich an sie denken muss. In Gedanken schicke ich ihr meine Grüße. Vor zwei Jahren verstarb sie an einem Herzinfarkt.

Jetzt wird mein Cosmopolitan vor mich geschoben und vor Chandler ein Bier. Wir prosten uns zu. Ich komme nicht umhin, ihm zuzusehen, wie er genüsslich einen sehr großen Schluck vom Bier nimmt und sich danach mit dem Handrücken über den Mund streicht. Ich bin verdammt verliebt in Chandler, alles an ihm finde ich attraktiv. Das ist doch total behämmert, oder? Ich meine, er ist doch auch nur ein Mann, der sehr wahrscheinlich schon viele Frauen hatte. Damals jedenfalls schien er keinem Abenteuer aus dem Weg gegangen zu sein. Man munkelte so einiges von ihm. Ich weiß noch, wie sehr ich mir wünschte, eine von ihnen zu sein. Was habe ich ihn aus der Ferne angehimmelt!

Und nun sitzt er leibhaftig neben mir und sieht mich ohne Unterbrechung an, was mich kribbelig und unruhig werden lässt. Ich finde ihn jetzt sogar noch attraktiver als damals, weil er seinem Alter entsprechend maskuliner geworden ist.

Etwas gedankenverloren nippe ich vom Cocktail, den er mir abnimmt, und das Glas auf den Tresen stellt. Dann zieht er mich vom Hocker zu sich heran, umfasst mein Gesicht und küsst mich … so sinnlich, dass ich weiche Knie bekomme. Meine Hände lege ich auf seine Oberschenkel, wo ich die Wärme seines Körpers spüre, und mir wird heiß, so richtig heiß. Seinen Kuss verstärke ich, dränge mich ihm entgegen. Ich will mehr von ihm, viel mehr. Und dann hört er auf. Ein wenig enttäuscht sehe ich ihn an, um das Feuer in seinem Blick zu erkennen, welches er auch in mir entfacht hat.

Fordernd küsst er mich erneut und verstärkt dies durch seine Zunge, die meine Unterlippe entlangfährt, bevor er an ihr knabbert, um mich wieder freizugeben. Etwas atemlos stehe ich vor ihm, was ihn zum Lächeln bringt.

Da gerade ein Elvis Imitator singt, erübrigt sich jedes Wort, wir würden uns eh nicht verstehen.

Sagte ich schon, dass ich Elvis-Interpreten blöd finde?

Um Chandler nahe zu sein, schiebe ich mich zwischen seine Schenkel dicht an ihn heran. Der Reißverschluss seiner Lederjacke kratzt an meiner Wange, sein Duft und seine Wärme umfangen mich, bevor er seine Arme um mich legt und mich an sich zieht.

Oh Mann! Ich genieße ihn viel zu sehr. Trotzdem schließe ich meine Augen, um ihn noch intensiver zu fühlen.

Eine seiner Hände schiebt sich meinen Rücken hinunter, legt sich auf meinen Hintern und knetet ihn sanft. Mein Höschen ist bereits feucht, was sich nun verstärkt. Ich bin so scharf auf ihn, dass ich zu gern sofort von ihm genommen werden würde. In einem dunklen Hinterhof, einem Kellergang – auf jeden Fall jetzt. Aber ich kenne mich hier nicht aus und so muss ich mich mit dem begnügen, was wir gerade haben. Mir kommt der Verdacht, dass er es absichtlich genussvoll hinauszögert.

Der Elvis-Imitator singt jetzt *Love me Tender* und einige Paare tanzen engumschlungen den Stehblues. Chandler drückt mich fester an sich, wobei ich seinen Schwanz sogar durch seine enge Jeans spüre. Kurz halte ich die Luft an, bevor ich weiter atme. Ich will keinen Elvis mehr, ich will nur noch mit ihm allein sein. Gerade, als ich mich von ihm abschieben möchte, küsst er meinen mich seitlich am Hals, fährt mit der Nase bis zu meinem Ohr hinauf und legt einen Kuss auf die Ohrmuschel.

Ganzkörpergänsehaut …

Ich sehe ihn an, seine sonst hellen Augen sind fast schwarz.

Ohne zu zögern, greife ich nach meinem Cocktailglas, nehme einen großen Schluck, schnappe mir seine Hand und ziehe ihn mit mir. Chandler sagt kein Wort, sondern lässt sich von mir zur Tür hinausführen, wo er mich in seine Arme nimmt.

»Okay, Cowgirl, du bist atemberaubend und ich will dich genauso sehr wie du mich. Wir nehmen ein Taxi«, flüstert er in mein Haar. Im Taxi sind wir eng umschlungen. Alles in mir bebt, und obwohl die Hormone tanzen, werde ich nervös, als mir bewusst wird, dass Chandler immer noch mein Boss ist. Doch er gibt mir kaum Zeit, darüber nachzudenken. Er küsst meine Augenlider, meine Nasenspitze, bevor er auf meinen Mund trifft. Oh Mann! In diesem Moment hält das Taxi an, was uns zwingt, voneinander abzulassen.

Chandler zahlt und hilft mir beim Aussteigen.

»Wir sollten getrennt hineingehen, damit wir nicht zusammen gesehen werden«, gebe ich zu bedenken.

Er sieht mich an und überlegt kurz. »Nein, es sollte uns gleichgültig sein, was die Gäste über uns reden, sie haben schließlich, als ich im Bus neben dir hergefahren bin, doch einiges mitbekommen. Sie können sich ihren Teil bestimmt denken.«

»Du hast recht«, stimme ich ihm zu.

»Mit Glück sieht uns niemand.«

Arm in Arm nehmen wir den Weg ins Hotel und verschwinden schnell im Fahrstuhl. Tatsächlich begegnen wir keinem bekannten Gesicht. Er drückt den Stopp-Knopf. »Zu mir?«, will er wissen, als die Tür sich sanft vor uns geschlossen hat. Ich nicke. Sofort drückt er auf die 3, sodass sich der Fahrstuhl nach oben bewegt.

Kurz darauf hält der Lift bereits und wir steigen aus. Chandlers Hand legt sich um meine Taille, während er mich zu seinem Zimmer bringt.

Um meine Unsicherheit, die jetzt doch stärker geworden ist, zu überspielen, umfasse ich seinen Nacken, ziehe ihn zu mir heran und küsse ihn. Mit einem leisen Stöhnen geht er darauf ein. Während unsere Zungen ein leidenschaftliches Duell austragen, streift er sich seine Lederjacke von den Schultern. Chandler umfasst meine Hüften und hebt mich an. Sofort schlinge ich meine Beine um seine Mitte. Wir sind uns so nahe. Etwas derb packt er meinen Hintern, was die Hitze in meiner Pussy zu einem wahren Feuer entfacht. Seufzend küsse ich ihn und reibe mich an ihm.

»Avery«, haucht er an meinen Mund.

»Ja?«, wispere ich zurück.

»Du machst mich wahnsinnig.«

Er mich auch.

# 16. Chandler

Diese süße kleine Frau bringt mich schon jetzt an den Rand des Machbaren. Ich muss mich sehr beherrschen, sie nicht an die Wand zu pressen und derb zu nehmen. Warum ich es nicht mache? Keine Ahnung, im Grunde bin ich nicht zimperlich, was Sex angeht. Aber sie berührt mich an Stellen in meinem Herzen, an denen mich bisher noch keine Frau berührt hat.

»Chandler«, haucht sie an meinem Ohr und beschert mir damit einen wohligen Schauer. »Ich will dich – jetzt!«

Ich atme scharf ein und halte die Luft an. »Gerade habe ich mir gedacht, ein Gentleman zu bleiben«, bringe ich heraus.

Leise lacht sie auf. »... und wenn ich es gar nicht will?«

»Willst du nicht?«

»Nein, nicht jetzt!«

Okay, ich drehe mich mit ihr um, presse sie zwischen die Wand und meinen Oberkörper, während ich sie verlangend küsse. Sie umklammert mich mit ihren Beinen, was mir den Raum gibt, mit den Händen unter den Rockteil ihres Kleides zu streicheln, hinauf zu ihrem herrlich knackigen Hintern. Da sie nur einen String trägt, ertaste ich ihre seidenweiche Haut. Mein Schwanz schwillt weiter an, was in der Jeans kein wirkliches Vergnügen ist. Aber ich kann nicht aufhören, sie zu berühren. Meine Finger finden den Weg zu ihrer Pussy. Der feine Stoff ihres Strings ist bereits durchnässt und als ich ihre Perle durch den Stoff hindurch necke, strömt ihr herrlicher Duft nach Lust in meine Nase. So langsam rauscht mein ganzes Blut in meinen Schwanz, mein Verstand lässt merklich nach und ich vergesse jeden guten Vorsatz. Mit wenigen Bewegungen hole ich ein Präservativ aus der Hosentasche und friemle mir die Hose von den Hüften. Avery macht es mir leicht, indem sie mich umklammert und mir so den Freiraum dazu gibt. Ich schaffe es sogar, mir das Gummi überzurollen, was nicht ganz einfach für mich ist, weil ihre süßen Lippen, die meinen necken, ihre Zunge sich auf den Weg zu meiner bewegt. In meinem Kopf schwirrt es mittlerweile nur noch, darum ziehe ich mit einem Finger ihren String zur Seite und schiebe meinen Schwanz in ihren heißen und sehr feuchten Spalt. Zunächst nur langsam, weil sie so wunderbar eng ist, dass ich mir vorsichtig den Weg bis tief in ihr Inneres bahne. Immer wieder muss ich stoppen, die Zähne zusammenbeißen und durchatmen, um nicht jetzt schon zu kommen. Ihr heißer Atem an meinem Hals, ihre ungeduldigen Laute, weil es ihr nicht schnell genug geht, machen mich fertig. Meine Beine zittern schon, weil ich es kaum noch aushalte, mich noch nicht in ihr bewegen zu können.

Fast bin ich bis zum Anschlag in ihr, da schiebt sie mich tief in sich.

Wir stöhnen beide laut auf.

»Chandler ... bitte ... beweg dich!«

Dieser Aufforderung komme ich nur zu gern nach. Meinen Mund presse ich auf ihren, ihren Hintern packe ich derb und stoße zu. Hart, schnell und tief. Averys Seufzer, ihre erregenden Laute der Lust treiben mich an. Der Puls pocht in meinen Ohren, hinter meinen Augen zucken Blitze, die meine Nervenbahnen im Rückenmark hinabschießen, direkt in meinen Schwanz. Stöhnend und pumpend ergieße ich mich in ihr, umklammere sie, während der Orgasmus mich heftig schüttelt. Noch während meiner letzten Zuckungen überrollt es auch sie. Ihre unkontrollierten Laute, die sie von sich gibt und die Kontraktionen ihrer Pussy um meinen Schwanz, verlängern auch mein Vergnügen, mehr, als ich es bisher jemals erlebt habe. Erschöpft und schwer atmend lehnt sie sich danach an mich.

»Alles gut mit dir?«, frage ich sie zärtlich und streichle mit dem Fingerrücken über ihre Wange, während ich sie mit der anderen Hand an mich drücke.

»Alles gut«, haucht sie. »Ich würde sogar sagen, alles bestens.« Ihr leises Lachen bringt mich zum Schmunzeln.

Vorsichtig entziehe ich mich ihr und stelle sie auf ihre Füße. Kaum, dass sie steht, gerät sie etwas ins Schwanken.

»Hey«, rufe ich leise aus.

»Sorry, Chandler«, antwortet sie über sich selbst lächelnd und hält sich an meinen Armen fest.

»Geht's wieder?«, will ich wissen und küsse sanft ihre Stirn.

»Ja, alles gut.«

»Ich gehe eben ins Bad.«

Kurz darauf bin ich wieder bei ihr. Avery hat es sich auf dem Sofa bequem gemacht und steht sofort auf, als ich den Raum betrete. Sie macht ebenfalls einen kurzen Abstecher ins Badezimmer, bevor sie wieder zu mir zurückkommt.

Sofort ziehe ich sie an mich. »Du bist bezaubernd, Avery.«

»Und du bist sehr heiß, mein Lieber«, erwidert sie lächelnd.

»Bei so einer heißen Frau ist das auch kein Wunder.«

Plötzlich wirkt sie unsicher, ihr Blick verändert sich. »Ich sollte dann wohl langsam…«

Überrascht sehe ich sie an. »Du willst schon gehen?« Damit habe ich nicht gerechnet.

Zögerlich antwortet sie: »Also, ich dachte ... du willst es vielleicht so haben.«

»Wie kommst du denn auf so was?«

»Na ja, du bist immer noch mein Boss und ...«

»Avery, vergiss das endlich. Ich bin ein Mann, der dich erregend, anziehend, sexy und umwerfend schön findet. Natürlich möchte ich, dass du bleibst, oder glaubst du, ich gebe mich mit der zugegebenermaßen sehr heißen, aber kurzen Nummer schon zufrieden?«

Mich mit einem verführerischen Augenaufschlag bedenkend fragt sie: »Nicht?«

»Auf gar keinen Fall!«

Jetzt seufzt sie.

»Ich werde uns eine Flasche Champagner ordern. Ein paar Häppchen oder etwas anderes dazu?«

»Mh!«, macht sie und sieht mich an. »Ich hätte tatsächlich lieber ein Bier, dazu Nachos mit Käse und geröstete Nüsse?«

Grinsend antworte ich: »Sehr gerne, alles, was mein Cowgirl möchte.«

»Weißt du«, erzählt sie weiter, »du hast mich gerade ziemlich heiß gemacht und auch sehr durstig.«

»Nun, dann trinke ich doch auch viel lieber ein Bier, denn du hast mich wirklich um den Verstand gebracht, so heiß warst du«, gebe ich ehrlich zu.

Ich greife zum Telefonhörer und gebe meine Bestellung auf. Dann greife ich ihre Hand und ziehe sie mit mir auf die einladende Sofalandschaft.

Noch während ich mich setze, schnappe ich sie mir und bringe sie direkt auf meinen Schoß.

»Morgen fahren wir wieder nach Dallas zurück, oder?«, fragt sie mich leise, während sie mich ansieht.

Zunächst küsse ich sie zärtlich, bevor ich antworte. »Ja, das werden wir. Gegen Mittag geht unser Flug.«

»Okay, und wie geht es mit uns weiter?«

»Ich finde, es geht da weiter, wo wir jetzt angefangen haben. Du glaubst doch wohl nicht, dass jetzt alles vorbei ist, nur weil wir unsere Büros nebeneinander haben?«

»Haben wir?« Sie macht große Augen.

»Ja, haben wir. Wusstest du das nicht?«

»Nein, ehrlich, ich habe da nicht drauf geachtet und mir hat auch niemand etwas davon gesagt.« Jetzt runzelt sie die Stirn. »Aber neben meinem Büro befindet sich viele Meter keine Tür.«

»Das stimmt, weil meine Tür tatsächlich am Ende des Ganges liegt. Meine Räumlichkeiten liegen direkt an der Wand zu deinem Büro.«

Erleichtert seufzt sie auf. »Ohne Zwischentür, denn an der Wand steht nur ein Besprechungstisch mit vier Sesseln.«

»Ich werde dich also nicht heimlich aufsuchen, sondern immer den offiziellen Weg nehmen, wenn ich etwas von dir will.«

»Was würdest du denn von mir wollen, was man nicht per Mail oder am Telefon regeln könnte?« Verspielt klimpert sie mit ihren dichten Wimpern.

Mit einem Finger fahre ich die Konturen ihrer Lippen entlang. »Ich weiß nicht? Vielleicht will ich mir Küsse stehlen, ein Lächeln von dir oder dich auf deinem Schreibtisch nehmen?«

»Mr. Bennett!«, ruft sie gespielt empört aus und lacht. »Nein, das geht nicht, ich will nicht ins Gerede kommen. Chandler, wie sieht das denn aus? Ich bin erst so kurz im Unternehmen.«

»Das sieht so aus, als wäre der CEO verrückt nach der neuen DTO.«

»Aber als Director of Tourism Operations habe ich eine Funktion, in der mich die Angestellten als Führungskraft wahrnehmen und akzeptieren sollen …«

»Wo liegt dein Problem?«

»Du bist mein Problem«, antwortet sie ernst.

Jetzt seufze ich. Bevor ich jedoch antworten kann, klopft der Zimmerservice und bringt uns die Bestellung. Nachdem wir wieder alleine sind, öffne ich die Flaschen und schenke uns das Bier ein.

»Avery, ich glaube wirklich, du machst dir viel zu viele Gedanken. Bitte, plane nicht alles vorweg, das nimmt uns die herrliche Spontanität, die wir momentan haben.« Jetzt sehe ich sie treuherzig an, was sie zum Lachen bringt.

»Du siehst mich gerade wie der Hund meiner Eltern an!«

Schmunzelnd reiche ich ihr das Glas und beide löschen wir unseren Durst.

170

»Was hältst du jetzt von einem kleinen Filmabend hier auf dem wundervollen Sofa und wir schieben die Sorgen erstmal zur Seite?«, schlage ich ihr vor.

»Du willst so etwas Konventionelles wie Netflix-Filme sehen, Bier trinken und Nachos knabbern?«, zieht sie mich auf.

»O ja! Vergiss nicht, ich bin ja nicht nur der CEO von *Bennett's Luxe Travel*, sondern auch ein Cowboy, der nach dem Viehtreiben lieber auf dem Sofa lümmelt und Bier trinkt.«

Um mein Vorhaben zu unterstreichen, schnappe ich mir die Fernbedienung mit der einen Hand und mit der anderen ziehe ich sie fest an meine Seite. »Also, was wollen wir uns ansehen?«

»Ich hätte da einen Wunsch, aber lach' mich bitte nicht aus.«

»Ist es etwa ein schnulziger Liebesfilm?«

»Nein, Chandler, ich schaue tatsächlich gerne so eine Art Western.«

»Du bist halt ein Cowgirl.«

Ich lächle sie an. »Okay, es ist eine australische Serie und vielleicht mehr was für Mädels. Es sind die Farmers Daughters.«

»Das kenne ich auch, irgendwann habe ich davon auch ein paar Teile gesehen.«

Sofort suche ich den Titel und werde fündig. Zufrieden kuschelt sie sich an mich, während die Eingangsmusik der Serie und die ersten Bilder der Darsteller über den großen Flatscreen flimmern.

Ich stelle mir die Schale mit den Nachos und der Käsecreme auf den Bauch, damit wir beide unkompliziert knabbern können. Nebenbei beobachte ich, wie sie die Beine unter ihren Rock zieht. Jetzt sitzt sie da, wie eine kleine Nixe. Meinen Arm lege ich um ihren Nacken, umfasse ihr Kinn, um ihren Kopf zu mir zu drehen. Wir sehen uns einen Augenblick an, bevor ich sie liebevoll küsse. Ihre Lippen sind wunderbar weich und nachgiebig. Zwischen zwei dieser traumhaften Küsse lehne ich meine Stirn an ihre und blicke in ihre großen, dunklen Augen. Es ist, als würden sich meine Gefühle für sie darin widerspiegeln.

Es wird viel über Liebe auf den ersten Blick oder Seelenmenschen gesprochen. Bisher hielt ich beides für kompletten Unsinn. Aber wenn sie mich ansieht, fühlt es sich an, als kenne ich sie schon sehr, sehr lange.

»Willst du gar nicht diese Folge der Serie sehen«, frage ich sie heiser, überwältigt von meinen eigenen Gefühlen und Gedanken.

»Na hör' mal«, empört sie sich belustigt, »wenn du mich so küsst, kann mir der Film ja wohl total egal sein.«

»Ach wirklich?«, will ich amüsiert wissen.

»Ja, wirklich«, haucht sie, löst sich von mir, stellt die zwei Schalen von meinem Bauch auf den Tisch und fließt förmlich zurück in meine Arme.

»Du bist nicht mehr hungrig?«, frage ich sie zärtlich.

»Vor allem war ich durstig. Ich bin übrigens immer noch hungrig«, gesteht sie mir verführerisch lächelnd.

»Tatsächlich?«, gebe ich mich erstaunt und unwissend.

»Du bist doch nicht etwa schon gesättigt?«, hakt sie nach, klimpert gekonnt mit den Wimpern, während sie sich rittlings auf meinen Schoß setzt.

Du kleines, süßes Luder!

»Manchmal kommt der Hunger auch erst beim Essen«, antworte ich etwas nonchalant.

»Oh!«, ruft sie aus und zieht eine Schnute, bewegt sich aber aufreizend auf meinem Schritt.

Mein Schwanz reagiert augenblicklich, was sie mit zufriedenem Lächeln quittiert.

»Du bist schon wieder auf den Geschmack gekommen, Cowboy«, wispert sie direkt an meinen Lippen.

»Was soll ich zu meiner Verteidigung sagen?«, antworte ich leise mit einer Gegenfrage.

»Lass dir was Überzeugendes einfallen.«

Als ich Avery küssen will, weicht sie wenige Millimeter zurück. »Nun?«

»Okay, ich könnte natürlich sagen: Ich bin auch nur ein Mann. Das würde dich wahrscheinlich wenig überzeugen, oder?«

»Das überzeugt mich null.«

»Wenn ich dir aber jetzt sage, dass du es bist, die mich so verrückt macht, zumal du gerade mit deiner hießen Pussy meinen Schwanz in höchste Aufregung versetzt, wäre das besser?« Während ich bemüht bin eine einigermaßen passable Antwort zu finden, öffne ich den Reißverschluss ihres Kleides am Rücken.

»Immer noch nicht gut«, flüstert sie, »aber schon besser.«

»Wann darf ich dich denn endlich küssen?«

»Was hält dich denn noch davon ab?«, fragt sie belustigt und entzieht sich erneut ein paar Millimeter, ihren Druck auf meiner Mitte verstärkend.

Leise lachend schüttle ich den Kopf. »Deine ganze Fragerei hält mich davon ab. Du machst mich völlig verrückt.«

Erneut lehnt sie ihre Stirn an meine, dieses Mal mit geschlossenen Augen.

Langsam streife ich ihr das Kleid von den Schultern, schiebe es hinunter bis zu ihrer Taille. Die Hitze ihrer Weiblichkeit durchdringt meine Jeans, meine Erektion verlangt danach freigelassen zu werden. Ihre in zarte schwarze Spitze umhüllten Brüste recken sich mir entgegen. Vorsichtig umfasse ich sie – und sie sind himmlisch weich.

In diesem Moment erhebt sich Avery, um das Kleid vollständig von sich zu streifen. Sie trägt jetzt nur noch diese kleinen Spitzendessous und steht lasziv lächelnd direkt vor mir.

»Avery, du bist so wunderschön«, flüstere ich, meinen Blick nicht von ihrem Körper lassend. Mit einer betörenden Geste zieht sie das Seidenband aus ihrem Zopf. Ihr Haar ergießt sich förmlich über ihre Schultern und den Rücken. Es glänzt wie reine dunkle Seide.

Auch ich erhebe und entkleide mich. Ihr Blick wandert langsam an meinem Körper herunter und bleibt an meiner Erektion hängen, die bei ihrem Blick noch weiter anschwillt und freudig zuckt.

Avery tritt vor mich und lässt ihre zarten Hände über meine Haut gleiten – ganz sanft, sodass sich mir alle Härchen aufstellen.

»Du bist wirklich ein sehr schöner Mann«, flüstert sie andächtig. An meinem Bauch streicht sie mit einem Finger über jeden Muskel meines Sixpacks. »Sehr sexy noch dazu.«

»Und du, Avery, bist die Verführung in Persona.«

Ich umfasse sie mit festem Griff und ziehe sie mit mir aufs Sofa. Vor Schreck gibt sie einen leisen Schrei von sich, um dann über sich selbst zu lachen. Aber nur so lange, bis ich alles mit einem leidenschaftlichen Kuss beende. Jetzt reibe ich mich an ihrem Schoß, bringe sie zum Stöhnen und mich fast um den Verstand. Ihre Haut an meiner ... ihr Seufzen an meinen Lippen und ihre Hand an meinem Schwanz. Sie umfasst ihn erregend fest, was mich dazu bringt, ihn langsam in ihrer Hand hin und her zu bewegen, während meine Zunge ihren Mund erobert und ihre

Bewegungen sinnlicher werden. Mit einem Handgriff löse ich ihren BH und mache mich sofort über die rosaroten Spitzen her, wobei ich hart an ihnen sauge, mit den Lippen an ihnen knabbere und ihr nicht nur ein Stöhnen entlocke. Auch wenn ich fast platze vor Lust und mich endlich tief in ihr versenken will, erobere ich mit den Lippen ihren Bauchnabel und wandere hinab zu ihrer Pussy, die einen erregend lockenden Duft ausströmt. Ich muss kurz innehalten, um mich zu sammeln. Erst dann streichle ich ihre glattrasierte Vulva, öffne sie mit Zeigefinger und Daumen und fahre durch ihren feuchten Spalt. O Mann!

# 17. Avery

Ungeduldig schiebe ich ihm mein Becken entgegen, während sein Finger mich erforscht und penetriert. Mit dem Daumen neckt er meine Klit auf gekonnte Weise, sodass es mir viel Beherrschung abverlangt, nicht zu kommen. Mir bricht der Schweiß am ganzen Körper aus … Als Chandler dann mit seiner Zunge meine Perle umkreist und an ihr saugt, kralle ich mich in seinen Haaren fest, während es mich hemmungslos überkommt. Ich verliere regelrecht die Kontrolle über mich.

Kaum wieder zu Atem gekommen, schiebt er sich über mich und dringt mit einem tiefen Stöhnen bis zum Anschlag in mich hinein. Alles in mir verlangt nach ihm, nach heftigen Stößen, wild und hart. Also umklammere ich ihn mit meinen Beinen und packe seine Oberschenkel, um ihm zu zeigen, wie ich ihn will.

Meinen Namen stöhnend gibt er mir, was ich von ihm brauche … so ausdauernd, dass es mich ein weiteres Mal überkommt. Sein keuchender Atem an meinem Hals beschert mir sinnliche Schauer, als er sich tief pumpend in mir ergießt.

Ein Schreckmoment durchzuckt mich! Wir haben kein Kondom benutzt, fällt es mir siedend heiß ein.

Doch als Chandler sich aus mir zurückzieht und nach einem Papiertaschentuch auf dem Tisch angelt weiß ich, dass ich es im Eifer des Gefechts nur nicht mitbekommen habe, wie er es sich übergerollt hat.

Wow, noch bei keinem Mann habe ich beim Sex einen Kontrollverlust gehabt, aber keiner war auch je so erregend sexy wie Chandler.

Wir verschwinden nacheinander im Bad. Als ich in einem Hotelbademantel zum Sofa gehe, steht er schon da, mit Sleep-Shorts bekleidet, und zieht mich ins Schlafzimmer.

Zusammen sinken wir in die Kissen und kuscheln entspannt.

Meine Gedanken drehen sich um die kommenden Tage im Büro, weil ich mir große Sorgen mache, wie das alles funktionieren soll. Wenn jemand davon Wind bekommt, bin ich geliefert. Sie werden hinter meinem Rücken über mich reden, manche werden mir das Leben schwer machen, andere mich meiden. Ich habe das bei anderen Assistentinnen schon direkt mitbekommen. Sie taten mir am Ende einfach nur leid.

Chandler streichelt durch meine Haare und küsst zärtlich meine Stirn. »Hey, Avery, worüber denkst du nach?«

»Über gar nichts«, weiche ich ihm aus.

»Ich höre regelrecht, wie es in deinem hübschen Kopf arbeitet.«

»Es ist ... ach Unsinn. Lass uns über etwas anderes sprechen«, bitte ich ihn.

Er seufzt. »Du machst dir Sorgen wegen deiner Position im Unternehmen, wenn jemand unsere Beziehung bemerkt.«

»Haben wir denn eine Beziehung? Wir lernen uns doch gerade erst kennen«, bemerke ich.

»Stimmt, dann drücke ich es mal anders aus: Wir sind ganz am Anfang einer wunderbaren Beziehung.«

Jetzt rücke ich von ihm ab, um ihn besser ansehen zu können. Sein Ausdruck ist ernst und ruhig. »Du scheinst es wirklich ernst zu meinen«, stelle ich fest.

»Natürlich. Es sollte mich langsam kränken, dass du immer noch so an mir zweifelst.«

»Sorry, Chandler, aber im Zweifelsfall bin ich in der schlechteren Position.«

Sein leises Lachen irritiert mich. Doch seine Antwort bringt mich zum Schmunzeln. »Ich finde, du warst eben in der perfekten Position unter mir.«

»Sie werden schon wieder unmöglich, Mr. Arrogant!«

»Ich weiß«, gibt er zu und küsst mich.

Mir fällt etwas ein. »Ist noch Bier da? Ich habe gerade wirklich großen Durst.«

Eine Augenbraue hochziehend sieht er mich an. »Eine Lady mit großem Durst auf Bier. Tz, tz ...«, macht er und grinst.

»Ich trinke sonst auch Wasser«, füge ich lächelnd an.

»Quatsch, ich habe dich doch nur ein wenig gefoppt.«

»Außerdem, Chandler, ich bin keine Lady, sondern ein Cowgirl, da ist Bier, ohne dem Image zu schaden, ganz normal.«

Er schwingt sich aus dem Bett, um kurz darauf mit einem Tablett zurückzukommen. Er stellt es auf dem Bett ab. So haben wir nicht nur etwas zu trinken, sondern auch noch Nachos zu knabbern.

»Mh!«, mache ich, nachdem ich von beidem genommen habe. »Das habe ich jetzt gebraucht.«

»Eine kleine Stärkung, bevor wir in die nächste Runde gehen?«

Ich mache große Augen. »Cowboy, du willst noch eine Runde?«

»Du machst doch nicht etwa schon schlapp?«, zieht er mich auf.

»Wenn doch, dann liegt das aber nur an dir«, schiebe ich die Verantwortung auf ihn. Wenn er mehr will, darf er sich was einfallen lassen. »Allerdings macht ein Cowgirl niemals schlapp, das solltest du wissen.« Alles andere könnte ich nicht auf mir sitzen lassen.

Er lacht nur und greift nach den Nachos, dippt sie in die Käsecreme, um sie genüsslich zu essen.

Ich mache es ihm gleich und wir albern dabei herum, fangen an, über Gott und die Welt zu reden, und küssen uns immer und immer wieder.

Mein Herz fliegt ihm zu und sein Lachen reißt alle Mauern der Vorsicht in mir nieder.

Irgendwann, die Sonne geht schon langsam auf und taucht den Raum in bezauberndes Orange-Rot, liegen wir uns in den Armen, tauchen mit den Blicken ineinander ein, bis das Verlangen, den anderen zu fühlen, zu erregen und in die Sphären der Lust mitzunehmen, überhandnimmt.

Wir erkunden uns dieses Mal in andächtiger Langsamkeit. Er gibt mir Zeit, seinen Körper zu erforschen, ihn zu berühren, mit meinen Fingern und den Lippen zu erfahren …

Auch er geht bei mir in dieser Ausführlichkeit auf Entdeckungsreise. Ich bebe unter seinen Zärtlichkeiten, schwimme auf einer Welle der Lust …

Erst, als wir beide uns alles gegeben haben, atemlos ineinandergeschlungen von der Sonne des Tages geblendet werden, beschließen wir, zu schlafen.

Irgendwann werden wir von Chandlers Smartphone geweckt. Wir liegen noch in der gleichen Position, in der wir erschöpft eingeschlafen sind. Mit müden grummeligen Tönen dreht er sich herum und tastet nach dem Handy, um festzustellen, dass es gar nicht dort liegt. In diesem Moment wird es still. Mit einem tiefen Seufzer rollt er sich wieder zu mir und zieht mich an sich. »Morgen, kleiner Wirbelwind«, brummelt er in meine Haare.

»Guten Morgen, Chandler«, wispere ich an seinem Hals. Ich bin immer noch total müde. »In welcher Zeit leben wir?«, frage ich ihn.

»Im Hier und Jetzt – mehr kann ich dir nicht sagen.«

Daraufhin kichere ich. Eigentlich sollte es mir gleichgültig sein, aber: »Wann geht denn überhaupt unser Flieger?«

Kurz hält er inne, um sich dann mit einem genervten Stöhnen von mir abzuwenden. »Ich habe so eine Ahnung … Genau jetzt!«

»O nein!«, rufe ich aus und muss lachen. »Sorry, aber wir hätten uns wecken lassen sollen.«

»Mh, du hast mir den Verstand geraubt, ich bin unschuldig«, redet er sich heraus und grinst.

»Also ist es meine Schuld?«, hake ich nach und beuge mich über ihn. Meine Haare fallen ihm ins Gesicht, die er zur Seite streicht, um mich anzusehen.

»Alles ist deine Schuld«, bestätigt er. »Du bist zu süß, zu wild, zu schön, viel zu sexy und überhaupt und sowieso.«

Schmunzelnd rolle ich mich zur Seite. »Hach, dann erkläre ich mich gerne schuldig.«

Wir bleiben noch einige Minuten nebeneinander liegen, unsere Hände weiterhin ineinander verschränkt.

Ein paarmal gähne ich herzhaft, weil ich immer noch sehr müde bin. Aber es ist so eine wunderbar zufriedene Müdigkeit. Ich blicke zu ihm und bemerke, dass er mich wohl schon etwas länger betrachtet. Mir ist nicht nach Reden, darum lächle ich nur.

»Du bist sehr süß, wenn du so müde aussiehst, mit verwuschelten Haaren und verschmiertem Mascara«, sagt er, beugt sich zu mir und küsst mich voller Zärtlichkeit. In meinem Kopf bleibt aber nur der »verschmierte Mascara« hängen, woraufhin ich die Augen öffne und ihn ansehe. »Ich sehe aus wie ein Pandabär? Shit, irgendwie peinlich.«

Sein Lachen geht mir durch und durch, weil es liebevoll und warm klingt, als würde er mich mit einer Kuscheldecke zudecken.

»Ja, wie ein süßes kleines Pandabärchen«, bestätigt er amüsiert.

»Das ist mir aber unangenehm«, gebe ich zu und spüre, wie meine Wangen rot werden.

»Nein, das zeigt nur, wie megaheiß unser Sex heute Nacht war.«

So gesehen … Ich lächle. »Stimmt auch wieder, wir sollten jetzt aber mal langsam aufstehen.«

»Ich will aber nicht von Wolke 7 in den Alltag fliegen«, gibt er zu und streichelt mit einem Fingerrücken über meine Wange.

»Haben wir eine Wahl?«, frage ich Chandler.

»Ich bin der Boss, von daher könnte ich die Zeit verlängern, aber ich habe leider geschäftliche Verpflichtungen, die ich wahrnehmen muss.«

»Tja … dann verschwinde ich kurz unter der Dusche.«

»Nur mit mir«, raunt er mir zu.

In diesem Moment klopft es energisch an seiner Tür.

Mit hochgezogenen Augenbrauen sieht er mich an, doch ich zucke nur mit den Schultern. Woher soll ich denn wissen, wer bei ihm anklopft?

»Chandler!?«, hören wir jetzt eine männliche Stimme rufen. »Mach auf!«

»Das ist mein Kumpel und unser Pilot. Ich schätze, ich muss ihn reinlassen.« Chandler erhebt sich, greift sich den Hotelbademantel, den er auf dem Weg zur Tür überstreift. »Moment!«, gibt er kurz Bescheid.

Kurz darauf höre ich die beiden Männer miteinander reden. Ich erhebe mich ebenfalls, ziehe mir meinen Bademantel an und schlüpfe in Plüschpuschen, die für dieses Appartement bereitstehen. Unschlüssig stehe ich und warte, dass der andere wieder verschwindet. Dann höre ich Chandlers Stimme näher kommen und bevor ich mich versehe, stehen die beiden Männer im Schlafzimmer.

»Oh!«, macht der andere.

»Oh!«, antworte ich.

»Darf ich vorstellen?«, fragt Chandler, »das ist mein bester Kumpel und unser Pilot Ben.«

Ben nickt mir zu.

»Und das Zauberwesen«, macht Chandler weiter, »ist Avery Cunningham.«

»Hey, Avery«, begrüßt er mich.

»Hey«, bringe ich heraus, während mir bewusst wird, dass ich noch immer verwuschelt und mit Mascara verschmiert dastehe.

»Nun«, Ben sieht mich an, »sorry, ich wollte nicht stören.« Es ist ihm sichtlich unangenehm. An Chandler gerichtet. »Du hättest mich echt vorwarnen können.«

»Ich habe nicht damit gerechnet, dass wir verschlafen und du in meinem Schlafzimmer auf mich warten willst. Geh doch bitte in die Hotellobby und gönn dir einen Kaffee, wir machen uns in der Zeit dann fertig. Wann könnten wir die nächste Fluggenehmigung bekommen?«

»Das kläre ich gleich ab, aber vor heute Nachmittag wird das kaum möglich sein.« Ben sieht genervt aus.

»Okay, dann treffen wir uns in einer Stunde unten und frühstücken gemeinsam. Ich habe einen Bärenhunger«, schlägt Chandler vor, was seinen Kumpel zum Lachen bringt.

»Ich kann mir schon denken warum …«

Jetzt werde ich rot und wende mich lieber ab. Die zwei verabschieden sich und wir sind endlich wieder allein.

»Sorry, Avery«, entschuldigt Chandler sich für seinen Freund.

»Ist schon okay«, antworte ich und gehe an ihm vorbei, um meine Klamotten zusammenzusammeln.

»Wir haben jetzt genug Zeit zusammen zu duschen«, höre ich ihn direkt hinter mir.

Mit meinen Sachen im Arm drehe ich mich zu ihm um. »Du hast vor dem Frühstück schon Energie, um mich um den Verstand zu bringen?«

»Süße, du solltest wissen, dass ein Mann gerade am Morgen dafür bereit ist.«

»Na dann …«, ich greife ihn am Gürtel seines Bademantels, lasse meine Klamotten fallen und ziehe ihn ins Badezimmer.

# 18. Chandler

In Dallas landen wir auf dem Dach des Firmentowers. Mit dem Koffer in der einen und Avery an der anderen Hand nehmen wir den Weg in den Tower.

Im Treppenhaus vor dem Lift bleiben wir stehen.

»Avery ... du sollst wissen ...«, ich lasse den Koffer los und umfasse ihr Gesicht. »Es war wunderschön mit dir – so schön, dass ich auf jeden Fall mehr davon will – mehr von dir, deinem Lachen, deinen Küssen und nicht zu vergessen, auch Nachos im Bett.«

Sie lacht leise. »Ich fand es auch umwerfend mit dir, Chandler.«

Ich küsse ihre weichen Lippen voller Zärtlichkeit. »Jeder geht jetzt in sein Büro, wow, ich vermisse ich dich jetzt schon.«

»Hey, du übertreibst jetzt aber.«

»Überhaupt nicht. Am liebsten würde ich dich heute Abend wiedersehen, weiß aber gerade nicht, was heute in meinem Kalender steht.«

»Du musst doch wissen, was deine nächsten Termine sind!«

Jetzt lache ich. »Eigentlich bin ich immer bestens informiert. In den letzten Tagen allerdings, ist da ein süßer kleiner Wirbelwind in mein Leben geweht und hat mich völlig durcheinandergebracht.«

»Melde dich einfach, wenn du Zeit für mich hast«, erwidert sie und küsst mich.

»Du musst mir noch deine Handynummer geben«, fordere ich sie auf.

»Die hast du doch?!«

»Nur die geschäftliche Nummer.«

»Stimmt«, gibt sie zu und zückt eine Visitenkarte aus ihrer Handtasche. »Jetzt hast du sie.«

Wir sehen uns an. Zu meinem Erstaunen erkenne ich eine gewisse Unsicherheit in ihrem Blick.

Zunächst tippe ich ihre Nummer in mein Smartphone, gebe ihren Namen ein und sende eine Nachricht an sie. *Ich bin total verliebt in dich, kleine süße Frau.* Ihr Handyton erklingt aus der Handtasche. »Geh ran«, fordere ich sie auf, woraufhin sie es herauskramt und die Nachricht öffnet.

Ein Lächeln huscht über ihr Gesicht, als sie meine Worte liest. »Chandler, ich habe ein wenig Bammel vor dem, was in den nächsten Tagen passieren wird, aber ich habe mich auch in dich verliebt«, gesteht sie mir und lächelt vorsichtig.

»Ich werde dir beweisen, dass du dich auf mich verlassen kannst, Avery. Vertraue mir«, bitte ich und küsse sie, um meine Worte zu bekräftigen.

Als ich sie wieder freigebe, lächelt sie verhalten mit den Worten: »Okay, dann lass uns endlich hineingehen.«

Wir sind gerade im Begriff den Fahrstuhlknopf zu drücken, da öffnet sich die Tür des Lifts und vor uns steht Liza, meine Ex und Assistentin.

»Chan!« Strahlend fällt sie mir um den Hals. Unangenehm berührt schiebe ich sie von mir.

»Liza«, begrüße ich sie kühl, während sie ihren Blick von Avery zu mir und zurück schnellen lässt. Innerlich seufze ich.

»Ach, da ist ja unser Tourguide, der vorzeitig aus Dallas abgezogen wurde«, gibt sie sich abfällig.

»Nun«, fange ich an, werde jedoch von Avery unterbrochen.

»Falsch, Ms. Bronson, aber das lassen Sie sich besser von Ihrem Boss erklären.« Sie wirft mir einen verärgerten Blick zu, greift ihren Koffer und betritt den Fahrstuhl. Bevor ich reagieren kann, drückt sie den Knopf und die Tür schließt sich. Gerade schaffe ich es noch, meinen Fuß in den kleiner werdenden Spalt zu schieben. »Avery, warte!«

»Chandler, ich denke nicht, dass ich warten werde.«

Verwirrt sehe ich sie an.

»Ich denke, du hast mit Ms. Bronson noch einiges zu klären.«

»Avery, wir müssen reden!«

»Ich muss jetzt in mein Büro, Boss«, antwortet sie kühl. Sogar ihr Gesichtsausdruck ist abweisend geworden.

Die Tür des Lifts schiebt sich wieder zu und ich lasse sie fahren. Fuck! Da holt uns die Wirklichkeit schneller ein als gedacht.

»Lass sie doch«, höre ich Liza neben mir.

Langsam drehe ich mich zu ihr um. »Das eben war richtig scheiße von dir.«

Sie zuckt mit den Schultern und lächelt. »Ach … das war noch gar nichts!«

Ihre goldblond gefärbten Haare glänzen im Sonnenlicht, ihre blauen Augen sind perfekt mit Make-up in Szene gesetzt worden, ihre Lippen ein wenig gepusht und sorgfältig geschminkt. Auch ihr Businessoutfit kleidet sie ausgezeichnet und unterstreicht auf zurückhaltende Weise ihre schlanke Gestalt. Unwillkürlich werde ich an eine Barbiepuppe erinnert.

»Komm, Chan, sie ist nur eine Kleine aus der Provinz, die dir nicht annähernd das Wasser reichen kann«, ätzt sie nun.

»Du meinst wohl, die dir nicht das Wasser reichen kann?«, hake ich ernst nach.

»Das sowieso nicht, mein Lieber«, antwortet sie mit einem Lächeln, das mich betören soll.

»Wenn du dich da mal nicht täuschst, Liza«, orakle ich und steige in den Lift, der mittlerweile wieder nach oben gefahren ist. Schnell kommt sie mir hinterher.

»Ach komm, Chan, du und ich …«

»… sind Geschichte, Liza, das weißt du genau und wenn du die Arbeit nicht vom Privaten trennen kannst, werde ich dir kündigen.«

»Jetzt wirst du aber gemein«, schmollt sie gespielt.

»Nein, ich bin klar und ehrlich.«

Der Fahrstuhl hält und ich bin froh auszusteigen und in mein Büro zu gehen. Kurz bevor ich die Tür hinter mir schließe, erteile ich Liza den Auftrag, absolut nicht gestört zu werden.

Beleidigt schürzt sie ihre Unterlippe, was mich überhaupt nicht beeindruckt. Ich bin einfach gerade viel zu wütend auf sie. Bevor ich allerdings noch einmal mit ihr rede, muss ich mich beruhigen und einen klaren Kopf bekommen.

Zuvor rufe ich Avery auf ihrem Handy an, doch sie nimmt mein Telefonat nicht an. Ach fuck, das war ja klar … Dann nehme ich halt das Haustelefon. Hier hebt sie erst nach mehrmaligem Klingeln ab. Ich weiß, dass mein Name auf ihrem Display erscheint, wenn ich ihre Nummer wähle.

»Mr. Bennett?«, nimmt sie mich endlich an.

»Avery, das war scheiße von Liza. Wir sind seit Monaten ganz offiziell getrennt, nur sie kommt damit nicht klar. Bisher habe ich ihr Verhalten allerdings nur nicht ernst genommen, das wird sich ab sofort ändern.«

»Sie wird dir doch ständig Avancen gemacht haben, oder?«, will Avery wissen.

»Könnte sein, aber ich habe es immer ignoriert, weil es mir einfach nicht wichtig genug war. Komm schon, Cowgirl …«, fordere ich sie zärtlich auf.

»Du willst mit einem Cowgirl, das unter Lizas Würde ist, tatsächlich zusammen sein?« Avery ist noch immer gekränkt, wie ich ihrem Tonfall anhören kann.

»Lizas Meinung nach, kann ihr niemand jemals das Wasser reichen. Aber Avery, um sie geht es doch gar nicht, es geht um dich und um mich, Süße.«

»Ja … Gib mir einfach ein paar Tage Zeit mit all dem klarzukommen.«

»Das bedeutet im Klartext?«

»Sagte ich doch: Gib mir ein paar Tage Zeit, Chandler.«

»Was bedeutet, ich soll dich in Ruhe lassen, dich nicht anrufen oder heimlich in dein Büro kommen?«, frage ich ernst und belustigt zugleich.

»Ganz genau, Chandler – oder sollte ich sagen: Chan!?« Sie äfft Lizas affektierten Tonfall nach.

Jetzt muss ich grinsen. »Meine Avery ist eifersüchtig.«

»Nein! Das bin ich nicht! Ich habe jetzt auch keine Zeit mehr, mein Job erfordert meine ganze Aufmerksamkeit.«

Sie hat einfach aufgelegt.

Okay, Avery ist schon ein wenig speziell, aber das wusste ich ja vorher. Ich verstehe sogar ihre Eifersucht, das wäre ich an ihrer Stelle auch.

Nachdem ich aufgestanden bin, stelle ich mich ans Fenster und sehe hinaus auf die Skyline von Dallas. Ich liebe diese Aussicht jeden Tag aufs Neue, wie auch den Trinity River, an dem ich eine ausgedehnte Pause einlege, wenn meine Termine es denn zulassen. Wenn ich Stress habe und mir ein paar Minuten den Ausblick auf Dallas gönne, werde ich immer ruhiger. Das ist so eine Art Meditation für mich geworden. Im hinteren Teil meines Bürotrakts habe ich ein abgeteiltes kleines Appartement, in dem ich oft übernachte, wenn ich mal wieder zu lange gearbeitet habe. Dort habe ich eine Ecke für ein Rudergerät und eine Hantelbank samt Zubehör. Manchmal komme ich nach einem langen Arbeitstag am besten mit hartem und anstrengendem Training herunter.

Jetzt genehmige ich mir zunächst einen Espresso Doppio und setze mich an den PC. Es gibt viel aufzuarbeiten.

Irgendwann klopft es und ich sehe auf. »Ja?«

Vorsichtig öffnet sich die Tür und Liza tritt ein. »Sorry für die Störung, Chan, ich würde mich jetzt gern in den Feierabend verabschieden …«

»Ja, klar. Bis morgen«, entgegne ich und bin schon wieder in meinen Unterlagen vertieft.

»Ach, da wäre noch was …«, höre ich sie.

Genervt sehe ich sie an. »Was!?«

»Deine Mom hat mich fürs kommende Wochenende auf eure Ranch eingeladen, ich wollte nur wissen, ob das für dich okay ist?«

»Nein, ist es nicht, Liza und das weißt du auch genau«, antworte ich recht barsch. »Ich werde mit Mom reden. Ein für alle Mal, wir sind nicht mehr zusammen und wir werden auch nie wieder zusammen kommen.«

»Ist es etwa wegen der Cunningham?«, will sie leise, mit Tränen in den Augen wissen.

»Das geht dich nichts an. Ich wünsche dir einen schönen Feierabend«, beende ich das Gespräch.

»Bye«, murmelt sie und geht.

# 19. Chandler

Erleichtert atme ich auf. Allerdings gehen meine Gedanken zu Avery und ich frage mich, ob sie noch im Gebäude ist. Kurzerhand gehe ich zu ihr hinüber und klopfe an. Zunächst bleibt alles still, darum klopfe ich erneut.

»Ja?!«, ruft sie und ich betrete ihr Büro.

»Oh, Chandler, mit dir habe ich nicht gerechnet.« Sie lächelt mich an.

»Hey, Avery, ich wollte nachsehen, wie es dir geht.«

»Alles gut, ich habe mich abgeregt und einiges aufgearbeitet. Morgen im Laufe des Tages müsste ich gut durch sein. Meine Vorgängerin hat mich sehr gut vertreten während meiner Abwesenheit.«

Ich setze mich ihr gegenüber in einen Sessel. »Das klingt gut. Ich habe Hunger und dachte mir, wir bestellen uns etwas vom Lieferservice.«

Nachdenklich starrt sie auf ihren Kugelschreiber, den sie zwischen zwei Fingern hin und her rollt. »So wird das nichts, mit ein paar Tagen Zeit für mich«, erinnert sie mich.

»Ich werde auch nicht beißen«, verspreche ich ihr grinsend.

»Da bin ich mir gar nicht so sicher, mein Lieber«, pariert sie und lacht. »Okay, mein Magen knurrt schon ewig und langsam kann ich auch kaum noch nachdenken.«

»Dann komm mit in mein Büro«, schlage ich vor und erhebe mich bereits.

»Und deine Ex?«

»Sie ist schon längst im Feierabend und ich habe ihr vorhin noch einmal deutlich ihren Stand klargemacht.«

Es ist Avery anzusehen, wie sie mit sich ringt.

»Na komm, du warst so frech und unkompliziert, als wir uns kennengelernt haben, ganz das Gegenteil von Liza übrigens, was auch der Grund ist, warum sie meine Ex ist.«

»Aber jede Frau ist auf ihre Weise kompliziert«, warnt sie mich und steht auf.

»Ja, das habe ich schon lernen müssen«, antworte ich amüsiert. »Trotzdem, du bist immer fröhlich und gutgelaunt, schlagfertig sowieso, ein echtes Texasgirl eben.«

»Ist sie das nicht?«, fragt sie ein wenig überrascht.

»Liza? Um Gottes willen nein, nichts davon. Sie ist eine Großstadtpflanze, die nur Wert auf Trends, Äußerlichkeiten und einen Status legt, den sie sich nicht erarbeiten kann, der nur durch eine passende Heirat möglich ist.«

»Und du bist nicht mehr an ihr interessiert«, stellt sie sachlich fest.

»Ganz genau, sie ist Vergangenheit.«

»Liza ist sehr attraktiv. Es werden ihr sicherlich bald geeignete Verehrer zu Füßen liegen«, mutmaßt sie.

»Davon gehe ich auch aus. Allerdings erst, wenn sie mich endgültig loslässt.«

»Wenn sie trotz der Trennung so klammert, liebt sie dich immer noch.«

Ich fahre mir nachdenklich über mein Kinn. »Ehrliche Gefühle will ich ihr gar nicht absprechen, aber sie war in unserer Beziehung immer sehr berechnend, weißt du?«

Avery sieht mich immer noch nachdenklich an. »Ich glaube, so genau möchte ich das gar nicht wissen. Wenn eine Beziehung scheitert, sind immer beide beteiligt. Du wirst auch deinen Anteil daran gehabt haben.«

»Sicherlich, davon kann und will ich mich gar nicht freisprechen.«

»Wichtig ist doch nur, dass du dir deiner Fehler bewusst wirst, um sie nicht zu wiederholen.«

»So siehst du das?«, wundere ich mich jetzt doch.

»Auch ich habe eine längere Beziehung hinter mir und ich habe definitiv nicht immer alles richtig gemacht«, erwidert sie.

»Es hat dein Herz aber sehr vorsichtig werden lassen«, stelle ich fest.

»Ja, trotzdem bin ich gerade dabei meinen Fehler zu wiederholen«, gesteht sie leise.

»Welchen denn?«

»Mich in meinen Boss zu verlieben«, flüstert sie.

»Mein Vorgänger war also ein Idiot?«, frage ich sie und schmunzle.

»Ich war die Idiotin, mich in diesen Vollpfosten überhaupt erst zu verlieben«, antwortet sie.

»Und nun hast du Angst, dass ich auch so ein Blödmann sein könnte.«

»Ja … also nein … also … Ich weiß es nicht, Chandler«, gibt sie zu.

»Dann werde ich dir beweisen, dass auf mich Verlass ist.«

»So?«

»Auf jeden Fall, Avery.«

Sie stellt sich auf Zehenspitzen und küsst mein Kinn.

»Okay, ich habe jetzt Hunger. Mir wäre nach Sushi.«

»Mein Texasgirl will keinen Burger?«

»Ich dachte an etwas Leichtes, aber ein Texas-Burger und Fries dazu wären eine sehr gute Alternative, allerdings das Gegenteil einer leichten Mahlzeit.« Jetzt lächelt sie wieder so bezaubernd, wie ich sie kennengelernt habe.

Mein Smartphone ziehe ich aus dem Jackett, wähle die Nummer meines Lieblingslieferdienstes und tippe meine Bestellung ein.

»Ich würde vorschlagen, fahr deinen PC herunter und dann gehen wir zu mir ins Büro«.

Sofort setzt sie sich an ihren Schreibtisch und erledigt die letzten Handgriffe. Kaum fertig, ziehe ich sie aus ihrem Bürosessel zu mir hoch, um sie zu küssen.

»Chandler«, flüstert sie und schiebt sich von mir ab, »deine Küsse sind immer wieder schön.«

»So, wie du das sagst, klingt es, als wäre es nicht gut«, stelle ich fest.

»Nein!« Jetzt lacht sie. »Oh nein, so habe ich das nicht gemeint.«

»Dann bin ich ja beruhigt«, antworte ich schmunzelnd, lege einen Arm um ihre Taille und führe sie in mein Büro. »Das ist also dein Reich«, stellt sie fest und sieht sich um.

»Ja, aber das hier ist noch nicht alles.« Ich nehme ihre Hand und führe sie weiter bis zu meinem Appartement.

»Wow, du lebst hier?« Mit großen Augen dreht sie sich um ihre eigene Achse und betrachtet alles.

»Nur wenn ich mal wieder zu lange gearbeitet habe.«

»Wo wohnst du eigentlich?«, will sie jetzt wissen, stellt sich ans Fenster und schaut hinaus.

»Auf der anderen Seite vom Fluss, mit Blick auf Dallas.«

»Das muss wunderbar sein, vor allem die Sicht auf Dallas bei Nacht, so wie jetzt von hier, wo wir mittendrin stehen.«

»Genau das ist der Grund, warum ich dort lebe.«

Mein Handy vibriert, die Burger sind da. Schnell gehe ich nach vorn ins Büro, um sie dort in Empfang zu nehmen. Als ich zurück bin, sitzt Avery bereits auf einem Sessel, mit Blick auf die Skyline. Das gedimmte Licht im Raum lässt sie besonders zart erscheinen und mir wird bewusst, wie zerbrechlich ihr Herz ist, wie behutsam ich sein muss.

»Genießt du den Ausblick?«, mache ich mich bemerkbar.

Sofort lächelt sie mir entgegen. »Ja, von hier auf die Lichter der Stadt zu sehen, ist wie eine Art Meditation. In mir wird es ruhig, meine Gedanken sind langsamer geworden. Es tut richtig gut.«

»Mir geht es genauso. Wenn mir alles zu viel wird, stelle ich mich ans Fenster und träume hinaus. Ich werde dann schnell ruhiger und finde oft eine Lösung für das Problem, was mich vorher belastet hat.«

Ich nehme in einem Sessel neben ihrem Platz und reiche ihr die Tüte mit dem Essen. »Sollen wir nicht besser an den Tisch gehen?«

»Nein, ich finde es hier sehr angenehm und ein Texasgirl wird seinen Burger wohl kaum am Tisch mit Messer und Gabel essen, oder?« Ihre Augen funkeln amüsiert und ich lache auf.

»Nein, das wohl kaum.«

Während wir essen, bleiben wir zunächst ruhig. Jeder von uns scheint in seinen eigenen Gedanken vertieft zu sein. In ihrer Gegenwart fühlt sich das sehr angenehm an.

Mit einem tiefen Seufzer knüllt Avery ihre Pappschachtel zusammen, reinigt Mund und Finger mit der Serviette und verstaut alles wieder in der Tüte. »Das war lecker.« Sie sieht mich an. »Hat deine Verlobte hier oft übernachtet?«

»Meine Ex-Verlobte«, korrigiere ich sie. »Manchmal, aber es war ihr zu eng hier. Wir waren öfter in ihrer Wohnung, die ganz in der Nähe ist.«

Ich sehe, wie Avery die Beine anzieht und sich selbst umarmt.

»Was genau ist dein Problem mit Liza?«, frage ich jetzt nach.

»Es ist wohl eher so, dass ich ihr Problem bin, oder?«, weicht sie aus.

»Ja, das könnte sein. Aber du bist eifersüchtig auf Liza.«

»Nur ein wenig, es ist mehr ... wie soll ich es ausdrücken ... Zu wissen, dass der Mann, in den man verliebt ist, eine Ex hat, ist völlig normal. Dieser Ex aber täglich zu begegnen, ist etwas ganz anderes.« Avery lehnt sich über die Sessellehne zu mir. »Kannst du das nicht verstehen? Zumal deine Ex mir klar gemacht hat, wie sehr sie dich noch will.«

»Hat sie das?« Ich ziehe erstaunt die Augenbrauen hoch.

»Ja, du warst doch dabei«, meint Avery jetzt. »Besonders subtil war sie nicht.«

»Okay, das war wohl eher euer Ding, ich habe das nicht bemerkt.«

»Lass es mich so ausdrücken: Du wolltest es lieber nicht bemerken, weil es für dich einfacher ist.« Jetzt lächelt sie.

Ich reiche zu ihr hinüber und streichle durch ihr samtweiches Haar. »Mein Texasgirl ist also auch noch eine Psychologin«, ziehe ich sie etwas auf.

»Wenn überhaupt, dann Hobby-Psychologin.« Mit geschlossenen Augen legt sie ihre Wange in meine Hand. »Chandler?«

»Mh?«

»Habe ich dir schon erzählt, dass ich früher in dich verliebt war?«

Mein Herz klopft plötzlich heftig gegen meine Rippen. »Das warst du? Aber nein, das hast du noch nicht erzählt.«

»Ja, du hast mich leider nie gesehen, weil ich ein kleines, dünnes Zahnspangenmädchen war. Die kleine Schwester meiner Brüder halt.« Noch immer hält sie ihre Augen geschlossen, so, als würde sie sich in die Vergangenheit träumen. Vorsichtig rücke ich meinen Sessel näher und umfasse ihren Hinterkopf.

»Ich erinnere mich an deine Brüder, auch noch daran, dass sie eine kleine Schwester hatten, aber mehr leider nicht. Man erzählte sich allerdings, dass

202

du eine wilde Hummel gewesen bist. Ein kleiner, süßer Wirbelwind eben.«

»Als ich dich das letzte Mal gesehen habe, standest du auf einem Siegertreppchen, was meinen Brüdern natürlich gar nicht passte.« Sie lacht bei dieser Erinnerung. »Du musst ungefähr achtzehn gewesen sein und hattest einen Bart, auch deine Haare waren länger und ziemlich zauselig.«

»Ich erinnere mich, damals hatte ich eine wilde Zeit. Der Bart stand für meine Freiheit als Student.«

»Du hast so erwachsen und männlich ausgesehen«, erzählt sie weiter. »Wie lange ist das jetzt her?«

Schnell rechne ich nach. »Na ja, es muss gute fünfzehn Jahre her sein.«

»Kein Wunder, dass ich dich nicht wiedererkannt habe. Korrekt gekleidet, leicht versnobtes Verhalten, glattrasiert und perfekte Kurzhaarfrisur. Du siehst sogar noch besser aus als damals.« Sie setzt sich jetzt auf meinen Schoß und legt ihre Arme um meinen Nacken. »Als ich mich bei Bennett's bewarb, habe ich überhaupt nicht mit dir gerechnet. Es hat noch nicht die Runde gemacht, dass du der CEO geworden bist. Selbst auf eurer Website stand nichts davon, nicht einmal dein Name taucht dort auf. Warum eigentlich?«

»Das war mein Wunsch. Ich wollte mich erst einmal positionieren, bevor es offiziell wird, weil ich durch Dads schlechte Gesundheit alles viel früher übernehmen musste, als wir es ursprünglich geplant hatten.«

»Ich habe deinen Dad ja schon kennengelernt, er scheint sehr nett zu sein.«

»Das ist er und wir verstehen uns wirklich gut.«

Ihr Gesicht ist meinem jetzt sehr nahe.

»Avery, ich bin froh, dass du mich nicht erkannt hast«, stelle ich fest.

»Warum?«

»Du hättest mir sonst keine Chance gegeben, dich näher kennenzulernen.«

»Das stimmt, ich hätte mich mit Händen und Füßen gewehrt.«

»Hätte es denn geholfen?«

»Ach Chandler, ich glaube nicht.« Zärtlich legt sie ihre Lippen auf meine.

Es berührt mich, bereits so lange einen Platz in ihrem Herzen zu haben.

»Es ist aber nie zu spät«, stoße ich unvermittelt aus.

Verwirrt sieht sie mich an. »Wie meinst du das?«

»Beim nächsten Rodeo werden wir uns verabreden«, plane ich bereits.

»Du meinst, wir gehen wie Fremde dorthin, begegnen uns und verlieben uns ineinander?«

»So ähnlich jedenfalls. Ich will dir beim Viehtreiben zusehen, wie du mit deinen Brüdern die Tiere bei der Auktion betrachtest …«, erträume ich mir dieses Treffen.

»Das klingt wirklich romantisch. Und obwohl wir uns dort erst begegnen, werde ich wissen, dass du mich schon die ganze Zeit beobachtest und ich natürlich heimlich auch dich. Unsere Blicke werden sich begegnen und ich werde verschämt zur Seite sehen«, spinnt sie meinen Faden weiter.

»So in der Art, ja. Wann?«, will ich jetzt konkret wissen, angetan von meiner eigenen Idee.

»Ich habe keine Ahnung, wann die nächsten Termine sind«, antwortet sie und legt ihren Kopf an meinen Hals.

»Morgen werde ich das herausfinden«, murmle ich in ihre Haare und schließe genüsslich die Augen. Mit jedem Atemzug werde ich ruhiger, spüre ihre Wärme an meinem Körper und genieße diese zärtliche Nähe.

# 20. Avery

Müde geworden, kuschle ich mich an Chandler und schließe meine Augen. Unter mir spüre ich seine Atmung, wie sich sein Brustkorb hebt und wieder senkt ... hebt und wieder senkt. Ich fühle mich geborgen und genieße die himmlische Ruhe.

Wach werde ich, als ich von ihm auf sein Bett gelegt und zugedeckt werde. »Das geht nicht«, murmle ich müde, »ich muss nach Hause.«

»Wartet dort jemand auf dich?«, höre ich ihn leise fragen.

»Nein, aber man wird über uns reden«, bringe ich mühselig hervor. Ich bin noch ganz benommen und werde nicht richtig wach.

»Niemand wird es mitbekommen.«

»Die Kameras und der Wachdienst werden es bemerken.«

Es raschelt neben mir und endlich öffne ich meine Augen. Chandler entkleidet sich und legt sich in seinen Boxershorts zu mir unter die Decke. »Du bleibst jetzt hier bei mir. Alles andere klären wir morgen.«

Gerade hole ich Luft, um etwas dagegen einzuwenden, verschließt er mir mit einem Finger die Lippen. »Keine Widerrede.«

»Du weißt doch gar nicht …«

»Doch, ich weiß«, widerspricht er mir, zieht mich fest in seine Arme und streicht durch meine Haare.

»Du hast mich ausgezogen«, fällt mir auf.

»Mh, schlaf schön, Avery«, murmelt er und gähnt verhalten.

»Schlaf schön«, wünsche ich ihm ebenfalls und merke, wie ich wieder schwerelos werde.

Am nächsten Morgen erwache ich von einem unverschämt guten Duft, der eindeutig zu Chandler gehört. Ich öffne meine Augen in dem Moment, als er sich über mich beugt und meine Stirn küsst.

»Guten Morgen, kleine Langschläferin«, begrüßt er mich zärtlich.

»Morgen, wie spät ist es denn?«, bringe ich hervor.

»Sieben Uhr«, antwortet er.

»Du riechst verboten gut, Chandler. So herrlich frisch und verführerisch. Mein Koffer ist noch in meinem Büro, würdest du ihn mir holen?«, bitte ich ihn.

»Schon geschehen.« Er setzt sich in Hüfthöhe aufs Bett und reicht mir einen Becher Kaffee. »Hier, werd' erst einmal in Ruhe wach.«

»Oh, danke«, antworte ich und lehne mich müde an die Wand im Rücken. »Wann kommt Liza?«

»Sie ist immer erst gegen neun Uhr hier«, beruhigt er mich. »Liza braucht ihren Schönheitsschlaf.«

»Oh Gott, den hätte ich auch nötig gehabt«, stöhne ich und verstecke mich hinter meiner freien Hand.

»Nein, du siehst bezaubernd aus, glaube mir.« Noch einmal beugt er sich vor und küsst mich. »Ich bin jetzt im Büro. Bis gleich, kleiner Wirbelwind.«

»Bis gleich, ich werde mich beeilen.«

»Das ist überhaupt nicht nötig. Lass dir bitte Zeit, okay?«

»Okay, Chandler«, bestätige ich.

Er erhebt sich und verlässt das Appartement.

Ich gönne mir noch ein paar Minuten, bevor ich aufstehe und mich umsehe. Mein Koffer steht bereits vorm Bett. Am Schrank hängt der Anzug, den Chandler gestern trug.

Da ich hier weg sein will, bevor Liza kommt, nehme ich mein Kulturköfferchen und verschwinde zunächst im Bad. Es überrascht mich nicht, dass es hier exklusiv ausgestattet ist.

Eine Stunde später, es ist Viertel nach acht, gehe ich zu ihm ins Büro, wo er sich gerade mitten in einer Videokonferenz befindet. Er gibt mir ein Zeichen, zu warten. Ich verhalte mich also ruhig und setze mich in den Sessel vor seinem Schreibtisch. Gerade verabschiedet er sich, macht ein paar Notizen, bis er mich ansieht.

»Jetzt duftest du sehr verführerisch.«

Ich lächle etwas verlegen.

»Wir haben um zehn Uhr eine Sitzung, in der alle Director's und Head of's zusammenkommen werden. Du bist also auch dabei. Ich habe auf meiner Undercover Mission interessante Einblicke und Ideen bekommen.« Er grinst mich an. »Du warst nicht ganz unbeteiligt daran.«

»Oh, ich bin ganz unschuldig, Mr. Bennett.« Mein Herz klopft gerade wie verrückt, weil ich ihn umwerfend und äußerst anziehend in seiner Position finde.

Jetzt wirft er den Kugelschreiber vor sich auf den Schreibtisch, erhebt sich und umrundet ihn. Vor mir lehnt er sich dagegen und betrachtet mich.

»Das ist genau das, was ich so anziehend an dir finde. Du hast tatsächlich etwas Unschuldiges an dir, obwohl du sehr selbstbewusst und offensiv auf mich zugegangen bist. Deine Küsse waren allerdings überhaupt nicht unschuldig, sondern die reinste Versuchung.«

Deutlich spüre ich die Hitze in meine Wangen steigen. Wie er da so auf der Schreibtischkante sitzt, im maßgeschneiderten Anzug, der perfekte CEO … Er gibt mir deutlich zu verstehen, dass er mich will. Ich glaube, er ist ehrlich, alles fühlt sich jedenfalls so an. Gestern Abend habe ich mich so wunderbar geborgen bei ihm gefühlt und heute früh – Chandler war wirklich sehr liebevoll.

Meine Angst baut trotzdem langsam wieder die Mauer um mich herum auf. Wahrscheinlich hat Liza recht und sie passt viel besser zu ihm, schließlich ist sie es gewöhnt in seinen Kreisen zu verkehren, die ich nicht einmal kenne.

»Du träumst, Avery«, höre ich seine Stimme, die wie durch Watte in meine Ohren dringt.

»Ja, stimmt, sorry. Okay«, ich erhebe mich, »dann gehe ich mal in mein Büro und bin pünktlich zum Termin wieder da.«

»Ich dachte eigentlich, wir besprechen noch ein paar Punkte der Tagesordnung, weil sie mit deinem Bereich zu tun haben«, hält er mich auf und steht auch schon vor mir. »Nicht wieder weglaufen, Avery.«

»Du denkst, ich bin feige?«

»Ja, ein wenig«, antwortet er nur.

»Da hast du leider recht«, stimme ich ihm zu.

Chandler umfasst mein Gesicht, fährt mit einem Daumen über meine Lippen, bevor er mich küsst. Sehr zärtlich und nachdrücklich, weswegen ich meine Bedenken zur Seite schiebe und mich auf ihn einlasse.


Es klopft und die Tür wird im gleichen Moment aufgerissen. »Guten Morgen, Chan!«, flötet Liza und bleibt wie erstarrt vor uns stehen.

Chandler sieht mir bedauernd in die Augen und lässt mich los.

»Guten Morgen, Liza, auf meinem Schreibtisch liegt die To-do-Liste für heute, kümmere dich bitte darum. Bereite die Sitzung um zehn Uhr vor, sorge für ausreichend Getränke und Gebäck«, gibt er ihr die Aufträge.

Beleidigt sieht sie ihn an. »Ich weiß, was meine Aufgaben sind, im Gegensatz zu manchen Personen hier im Raum«, ätzt sie und wirft mir einen wütenden Blick zu.

»Liza, kümmere dich um deine Aufgaben, alles andere geht dich nichts an«, weist er sie zurecht.

Wenn Blicke töten könnten, wäre er jetzt tot umgefallen.

Ich nutze die Gelegenheit und gehe hocherhobenen Hauptes an Liza vorbei und dann in mein Büro. Diese Frau ist unmöglich und ich befürchte, mit ihr werde ich noch so richtig aneinandergeraten.

Erstmal gehe ich in die Cafeteria, um mir Croissants und einen großen Kaffee zu besorgen. Da ich mit niemandem reden möchte, gebe ich mich sehr beschäftigt und verschwinde wieder.

In meinem Office seufze ich endlich auf, hört ja keiner. Versteck spielen, Heimlichtuereien und Aufsehen erregen – genau das, was ich nie wieder wollte. Und was mache ich? Ich begehe den gleichen Fehler noch einmal. Ich glaube Chandler, dass er Liza nicht mehr liebt, aber Liza liebt ihn. In ihren Augen habe ich nicht nur Wut gesehen, sondern auch ihre Verletztheit. Das hat mich schon irgendwie berührt, zugleich aber auch sehr gewarnt.

Mein Handy vibriert und ich gehe ran.

»Hey Süße, du bist eben sehr schnell verschwunden«, höre ich Chandler. Kurz schließe ich die Augen, seine Stimme klingt so sanft und schmeichelt sofort meinem Herzen.

»Oh, hey«, antworte ich, »ich werde pünktlich um zehn Uhr bei der Sitzung sein.«

»Du weißt genau, dass ich deswegen nicht anrufe.«

»Ja, sei mir bitte nicht böse, aber Lizas Gegenwart und ihr Verhalten mir gegenüber verunsichern mich sehr.«

»Wo bist du?«

»In meinem Büro natürlich«, antworte ich kopfschüttelnd, wo sollte ich denn sonst sein? Kaum zu Ende gesprochen, klopft es an meiner Tür und Chandler steht nach zwei großen Schritten direkt vor meinem Schreibtisch.

»Bist du etwa an meiner Assistentin wortlos vorbeimarschiert?«, frage ich ihn ungläubig.

»Ja, natürlich, ich bin schließlich der Boss und muss nicht erst um Erlaubnis bitten, zumal ich wusste, du telefonierst gerade mit mir.« Er grinst.

Langsam erhebe ich mich und umrunde den Schreibtisch. Kaum bei ihm werde ich fest in seine Arme genommen.

»Also gut«, murmelt er in meine Haare, »ich bin total verrückt nach dir, und du nach mir. Mir liegt das Geheimhalten so wenig wie dir. Also, wann bist du bereit, es öffentlich zu machen?«

Langsam löse ich mich aus seiner Umarmung, um ihn ansehen zu können. »Chandler, wir kennen uns noch keine zwei Wochen«, weiche ich ihm aus.

»Wie wäre es, wenn wir das Wochenende auf der Ranch verbringen?«

»Ich bei euch auf der Ranch?«

»Ja, ich lade dich offiziell ein, es wird eine große Party geben. Meine Eltern feiern ihren fünfunddreißigsten Hochzeitstag mit allem, was dazugehört, sogar einem neuen Eheversprechen.«

»Oh wow, das ist ja so romantisch!«, rufe ich aus. »Aber du kannst mich doch nicht einfach so einladen?«

Jetzt lacht er amüsiert auf. »Avery, natürlich kann ich das.«

»Darf ich mir das noch überlegen?«, will ich vorsichtig wissen.

»Nein«, antwortet er ernst. »Sag einfach ja.«

Ich atme tief durch, während ich mir nervös durch die Haare streiche. »Das sieht dann so aus, als wäre es mit uns bereits etwas Festes.«

»Klar, das sieht nicht nur so aus, Avery«, meint er ruhig und schaut mich an.

Nach seiner Antwort flattert es nervös in meinem Magen und ich zittere plötzlich.

Zärtlich streichelt er über meine Wange. »Hey, ich mache dir offensichtlich Angst.«

»Unsinn, alles okay«, schwindle ich.

»Du schuldest mir noch eine Antwort.«

»Chandler, du wirst eh keine Ruhe geben, bis ich zugesagt habe, nicht wahr?«

»Du kennst mich schon sehr gut.« Er greift nach meinen Händen und küsst die Fingerspitzen – eine nach der anderen, während er mir die ganze Zeit dabei in die Augen schaut.

»Okay, verrückter Kerl, du hast mich überredet.« Ich lächle ihn an.

»Mir wäre es lieber gewesen, wenn ich dich überzeugt hätte«, antwortet er, noch immer meine Hände haltend.

»Sie wollen zu viel auf einmal, Mr. Bennett«, tadle ich ihn verspielt. »Das ist wohl so, wenn man immer alles auf dem Goldtablett serviert, bekommt«, mutmaße ich nur.

»Nein, das liegt nur an dir, weil du die Frau bist, die mein Herz berührt.«

»Bitte, Chandler, keine Liebeserklärung, das geht mir dann wirklich zu schnell.« Mein Magen zieht sich regelrecht zusammen.

»Überfordern will ich dich nicht, und natürlich auch nicht drängen. Lass uns heute Abend in Ruhe darüber reden«, bittet er mich.

»Nein, heute geht es nicht. Lass uns das verschieben.«

Er nickt und haucht mir einen Kuss auf die Stirn. »Wie du willst. Bis gleich, kleiner Wirbelwind, der anscheinend gerade eine kleine Flaute hat.«

»Du bist ein verrückter Kerl«, pariere ich amüsiert und sehe ihm hinterher, wie er ins Vorzimmer geht und zu meiner Assistentin etwas sagt.

Zehn Minuten vor der Sitzung betrete ich den Sitzungsraum. Einige Kollegen unterhalten sich miteinander, während ich meinen Platz einnehme, mir einen Kaffee einschenke und gespannt warte.

Pünktlich erscheint Chandler. Alle setzen sich hin und es wird ruhig. Ich spüre, wie er meinen Blick sucht, und sehe ihn an. Das Lächeln in seinen Augen erreicht mein Herz und es klopft aufgeregt schneller. Okay, ich gebe es zu, diese süße Heimlichkeit ist schon ziemlich aufregend!

Mir fällt es schwer, ihm zuzuhören, weil seine Stimme die Erinnerungen der letzten Tage in mir wachruft. Alle unsere Wortgefechte, unsere Küsse, seine Küsse auf meinem Körper, sowie der aufregende Sex mit ihm.

Irgendwann merke ich, dass alle still geworden sind und mich ansehen. Hitze steigt in meine Wangen. Irgendetwas habe ich wegen meiner Träumerei nicht mitbekommen. Aber was?

»Ms. Cunningham?!«, höre ich Chandler jetzt zu meiner Überraschung direkt hinter mir.

»Sir?!« Ich drehe mich zu ihm um und sehe zu ihm hoch. »Sorry, ich war mit meinen Gedanken kurz woanders.«

»Was nicht zu übersehen war, Miss«, antwortet er, bemüht, sein Grinsen zu unterdrücken, was dennoch an dem winzigen Zucken in seinen Mundwinkeln zu erkennen ist.

»Würden Sie Ihre Frage bitte noch einmal wiederholen?« Mit einem süßen Lächeln und betont unschuldigem Augenaufschlag sehe ich ihn an.

»Natürlich, Cow, ähm«, er räuspert sich, »Ms. Cunningham«, antwortet er und stellt seine Frage noch einmal.

Es sitzen hier in dieser Runde neun weitere Kollegen und alle, wirklich alle, sehen uns an. Niemand sagt ein Wort.

»Oh ja, natürlich, Mr. Bennett«, fange ich an und erhebe mich, während ich in meinen Unterlagen herumblättere, bis ich finde, wonach ich gesucht habe. »Ich habe während der Busreise festgestellt, dass Bennett's in vielen Bereichen zwar den Luxusgedanken hervorragend ausgebaut hat, aber dabei ein wenig, wie soll ich es vorsichtig ausdrücken, in der Zeit zurückgeblieben ist.«

Chandler zieht eine Augenbraue hoch.

»Ja«, rede ich weiter, »es gibt ausschließlich männliche Busfahrer und weibliche Hostessen, also Tourguides, was dem modernen Zeitgeist in keiner Weise mehr gerecht wird.«

Meine Kollegen murmeln und einige der Männer schütteln missbilligend den Kopf. Aber Mrs. Wellington, Head of einer anderen Abteilung, stimmt mir zu. »Ich bin ebenfalls der Meinung, dass wir an dieser Stelle dringend moderner werden sollten, um nicht irgendwann von den Kunden abgestraft zu werden.«

Ihr zustimmend zunickend fahre ich fort: »Bevor ich zu drei weiteren Punkten komme, die ich vorbringen möchte, habe ich noch einen Einwand, was die Kleiderordnung der Tourguides betrifft.«

Chandler hört sich alles an, ohne etwas dazu zu sagen. Jetzt grinst er breit, genau wissend, was ich vortragen werde.

»Außerdem denke ich, dass es eine Zumutung für Frauen ist, bei Temperaturen über dreißig Grad im Schatten, Nylons tragen zu müssen.«

Ein paar der älteren männlichen Kollegen sehen mich an, als hätte ich etwas Unerhörtes vorgetragen.

»Ms. Cunningham«, fängt einer von ihnen an. »Sie sind noch jung und erst kurz in unserem Unternehmen.«

»Und?«, frage ich, »das berechtigt mich nicht, etwas in Frage zu stellen?«

»Doch, natürlich«, antwortet er.

»Ich sage einfach, wie es ist: Es ist unerträglich, bei hohen Temperaturen Nylonstrümpfe zu tragen. Die Hitze staut sich im Körper, was zu Kopfschmerzen und Schwindel führen kann. Dadurch werden die Damen unkonzentriert und können den Passagieren nicht in vollem Umfang gerecht werden.«

Eine kleine hitzige Diskussion entsteht, an der ich mich allerdings nicht beteilige. Ich habe hervorgebracht, was mir zunächst wichtig ist, alles andere überlasse ich meinem Boss. Es erfolgt eine Abstimmung, die eindeutig zu Ungunsten der Ladys ausfällt. *Männer!*, denke ich ärgerlich. Trotz meines Ärgers gehe ich meine Liste mit den von mir aufgeschriebenen Punkten durch, bis ich fertig bin.

Jetzt endlich meldet sich Chandler zu Wort. »Nun, ich werde noch einmal darüber nachdenken. Mir sind während der Tour nämlich noch folgende Gedanken gekommen ...«

# 21. Chandler

Nach knapp zwei Stunden beende ich die Sitzung.

Avery nickt mir zu und verlässt zügig den Raum. Sie möchte mir entkommen, bevor ich sie aufhalte. Obwohl zehn Menschen im Raum waren, hatte ich die ganze Zeit nur ihren Parfümduft in der Nase. Ihre Anwesenheit war für mich allgegenwärtig, sodass ich mich zusammenreißen musste, auch die anderen wahrzunehmen und meinen Posten professionell auszuführen.

Ich schiebe meine Unterlagen, Tablet und Kugelschreiber in meine lederne Tasche, stecke das Smartphone ins Sakko und verabschiede mich. Kaum draußen, rennt Liza hinter mir her. »Chan!«, ruft sie.

»Ja?«, frage ich und werde langsamer, damit sie mich einholen kann.

»Gehen wir in der Cafeteria einen Kaffee trinken, wie früher?«

»Aus welchem Grund sollten wir das machen, Liza?« Ärgerlich gehe ich weiter, doch sie bleibt mir auf den Fersen.

»Es ist nur, am kommenden Wochenende sind wir doch bei deinen Eltern eingeladen …«

»Nein, Liza, das sind wir nicht. Wir existieren nicht mehr als Paar. Allenfalls bist du eingeladen.«

»Deine Mom würde mich aber immer noch gern an deiner Seite sehen, Chan. Wir verstehen uns nach wie vor sehr gut, weißt du?« Sie stöckelt auf ihren High Heels neben mir her.

»Wie schön für euch«, antworte ich sarkastisch. »Vergiss aber nicht, warum wir uns getrennt haben.«

»Du hast dich von mir getrennt«, erinnert sie mich.

»Ja, darum solltest du es noch weniger vergessen. Liza, du bist eine ausgezeichnete Assistentin, bitte lass nicht zu, dass ich mich nach Ersatz für dich umsehe, weil du unsere Trennung nicht ertragen kannst.«

»Aber Chan!« Tränen schimmern in ihren Augen.

Leider zieht das bei mir gar nicht, darum werde ich ungeduldig.

»Spar dir deine Krokodilstränen, Liza. Und jetzt lass mich bitte allein.«

Gekränkt zieht sie an mir vorbei und schnappt mir vor meiner Nase den Fahrstuhl weg, indem sie schnell die Tür schließen lässt.

Ich bin allerdings erleichtert darüber und nehme nur zu gern die Treppen hinauf.


Auch heute wird es wieder ein langer Arbeitstag, sodass ich wieder im Appartement übernachten werde. Erst gegen elf Uhr entkleide ich mich, gehe unter die Dusche und setze mich mit einem

Feierabendbier auf einen der Sessel vor dem Fenster, um Dallas bei Nacht auf mich wirken zu lassen.

Nach wenigen Minuten fühle ich wohltuende Entspannung in mir aufkommen. Ich greife mein Smartphone und schreibe Avery.

**Ich:** *Gute Nacht, süßer Wirbelwind.*

Kurz darauf ihre Antwort:

**Sie:** *Gute Nacht, Mr. Arrogant, träumen Sie schön.*

Natürlich träume ich von ihr.


In den kommenden Tagen geht Avery mir so gut, wie es ihr möglich ist, aus dem Weg. Zum einen, um Liza nicht anzutreffen, aber vor allem, um mich nicht zu sehen. Sie ist sehr straight, Arbeit und Privatleben zu trennen. Bei allem Verständnis dafür, zitiere ich sie in mein Office.

Wenige Minuten später kündigt Liza mit starrer Mine Avery an.

»Guten Tag«, begrüßt sie mich beim Betreten des Zimmers.

»Avery, nimm bitte Platz«, fordere ich sie auf und mit Blick auf Liza. »Wir hätten gern zwei Kaffee und danach möchte ich nicht mehr gestört werden.«

»Wie Sie wünschen, Sir«, zischt sie und geht hinaus, um mit einem Tablett und meiner Bestellung zurückzukehren. Ihrem Gesichtsausdruck nach zu urteilen, ist sie kurz davor, mir das Geordnete auf den Schreibtisch zu knallen, aber mein ernster Blick hält sie wahrscheinlich davon ab.

»Danke, Liza, du kannst jetzt Feierabend machen«, verabschiede ich sie.

»Aber ich habe noch mindestens eine Stunde zu tun«, begehrt sie auf.

»Das reicht, wenn du es morgen erledigst. Schönen Abend für dich, Liza«, sage ich jetzt in einem so ernsten Tonfall, dass sie es nicht wagt, erneut zu widersprechen.

Endlich allein mit Avery stehe ich auf und setze mich vor sie auf die Schreibtischkante. »Jetzt läufst du mir aber nicht wieder davon.«

»Mir bleibt wohl keine andere Wahl, nicht wahr?«, fragt sie mit einem umwerfend bezaubernden Lächeln.

»Man hat immer eine Wahl, Avery. Da du sie aber nicht in Betracht ziehst, nehme ich das als einen Pluspunkt für mich.«

Mit einem entschlossenen Griff ziehe ich sie aus dem Sessel direkt in meine Arme. »Was war los, warum hast du mich so lange gemieden, hm?«

»Nichts war los«, nuschelt sie an meinem Hemd.

»Das glaube ich dir nicht«, flüstere ich in ihr duftendes Haar.

Leises Seufzen dringt in mein Ohr. »Liza hasst mich, und ich bin nicht bereit, mich dem täglich auszusetzen.«

»Und was noch?«

»Du lässt wohl wieder nicht locker!« Lachend schiebt sie sich von mir weg.

»Nein, natürlich nicht.«

»Also gut. Ich wollte wissen, ob ich dich weniger vermisse, wenn wir uns nicht so oft sehen.«

Das ist jetzt wirklich süß von ihr. Ich greife nach ihren Händen und halte sie fest. »Zu welchem Ergebnis bist du gekommen?«

»Leider vermisse ich dich viel mehr, als ich gedacht hätte«, antwortet sie mit umwerfender Offenheit. Dabei funkelt es in ihren haselnussbraunen Augen.

»Mehr nicht?«, frage ich, um sie ein wenig herauszufordern, denn ich möchte so gern wieder die Avery, die wie ein Wirbelwind über mich hinweggefegt ist, die mich beim Tanzen heiß geküsst hat und so herrlich aufregend und selbstbewusst war.

»Doch, eigentlich habe ich in Betracht gezogen, das Wochenende auf eurer Ranch abzusagen.«

»Also habe ich Glück gehabt?«

»Ja, von eurer Ranch habe ich als Kind immer nur gehört, und zu gern möchte ich sie einmal sehen.«

»Obwohl es dann recht offiziell aussieht, wenn wir zwei gemeinsam dort auftauchen, du als meine Begleitung?«

Sie lacht. »Meine Neugierde ist größer als meine Bedenken.«

»Mit mir hat das alles gar nichts zu tun?«, frage ich nach und muss mich beherrschen, sie nicht auf der Stelle zu küssen.

»Och«, macht sie, runzelt ihre Stirn und tut so, als müsse sie lange überlegen. »Ein wenig schon.« Kaum ausgesprochen, stellt sie sich auf die Zehenspitzen. »Boss, wenn du mich jetzt um meinen Verstand küssen würdest, dann wüsste ich, dass du doch der Grund bist, warum ich mit auf eure Ranch komme.«

Aber ich küsse sie nicht, sondern hebe sie mit einem Griff auf meine Arme und trage sie direkt in das angrenzende Appartement. Erst vor dem Bett bleibe ich stehen. »Du glaubst doch nicht, dass ich mich mit einem Kuss zufrieden gebe?«, raune ich an ihrem Ohr.

»Nicht?«, gibt sie sich unschuldig.

»Nein«, antworte ich nur, stelle sie auf ihre Füße und fange an, ihre Bluse aufzuknöpfen.

»Okay, Cowboy, ich wäre auch nicht mit einem Kuss zufrieden gewesen. Für den Anfang hätte es allerdings gereicht.« Sie lächelt und hilft mir, sich zu entkleiden, bis sie hüllenlos vor mir steht.

Ich betrachte sie voller Verlangen und schlüpfe aus meinem Sakko, öffne die Krawatte, die sie allerdings festhält.

»Die behältst du an«, fordert sie, also ziehe ich nur das Hemd aus.

Jetzt betrachtet sie mich eingehend. »Du bist wirklich sehr sexy, Chandler. Du wolltest doch wissen, ob ich einen Bullen mit einem Lasso einfangen kann, stimmts?«

»Mh.«

»Wie du siehst, ist es einfacher als gedacht.« Sie zieht mich an der Krawatte zu sich heran. »Du bist sogar noch viel leichter einzufangen«, wispert sie an meinen Lippen.

»Bisher wusste ich gar nicht, dass ich so leicht zu haben bin«, antworte ich. »Das liegt eindeutig nur an dir, Avery.«

»Das sagst du jeder Frau, oder?«, hakt sie nach.

»Würdest du mir glauben, wenn ich *nein* sage?«

»Mal sehen ...«, murmelt sie an meinem Mund, bevor sie mich küsst. Ihre zarten Lippen bewegen sich fordernd auf meinen, so, wie ich es mir gewünscht habe. Die forsche Art jedoch törnt mich total an, darum lasse ich mich nur zu gern auf diesen Kuss ein und antworte so nachdrücklich, wie sie es fordert, was mein Verlangen nach ihr nur noch mehr befeuert.

Ihre Lippen verlassen meinen Mund und wandern langsam von meinem Brustkorb gen Süden. Dort haucht sie ihren heißen Atem über meine Haut, bevor sie mit ihrer Zungenspitze um meinen Bauchnabel streift. Mein Schwanz schwillt an. Beherzt greift sie in meinen Schritt und schnurrt geradezu, als sie meine Erektion umfasst.

»Mhm ...«, höre ich sie, während sie mich durch die Hose nachdrücklich massiert. Genussvoll schließe ich meine Augen und gebe mich dem herrlichen Gefühl hin, von ihr verführt zu werden. Meine Süße hat mich, im wahrsten Sinne, voll im Griff. Langsam küsst sie sich wieder nach oben. Ich schiebe sie kurz von mir, entledige mich dem Rest meiner Klamotten und ziehe sie mit mir auf das Bett. Noch immer habe ich die lose Krawatte um den Hals liegen, an der sie mich über sich zieht.

»Chandler, ich habe dich sehr, sehr vermisst«, haucht sie an meinen Mund.

Mein Schwanz zuckt vor Freude, mein Herz schlägt aus dem gleichen Grund stärker.

»Wirklich?«, hake ich leise nach und reibe meinen Unterleib an ihrem.

»Ja«, haucht sie und will mich küssen.

Doch ich weiche etwas zurück.

Daraufhin zieht sie wieder an der Krawatte, aber ich halte gegen. »So einfach mache ich es dir dann doch nicht«, grummle ich.

»Och komm schon«, mault sie und zieht einen sexy Schmollmund, den ich auch sogleich küsse.

»Nur wenn du mir sagst, was genau du vermisst hast.«

»Deine Küsse habe ich vermisst«, fängt sie an, »deinen Parfümduft«, macht sie weiter. »Deine Hände, die mich packen, wenn du mich nimmst.« Mit ihren großen Augen sieht sie mich an. »Willst du noch mehr wissen?«

»Du meinst, wenn ich mit meinem Schwanz tief in dir bin, Cowgirl?«

»Oh ja …, auch das habe ich vermisst«, haucht sie.

Daraufhin packe ich ihre Schenkel, bringe sie in Position und schiebe mich stöhnend in ihren heißen Spalt. Ihr Seufzen daraufhin und ihr Unterleib, der sich mir entgegen wölbt, verstärken meine Lust.

»Ich habe es vermisst«, wispert sie erneut, »wie du dich in mir bewegst …«

Zunächst bewege ich mich genüsslich langsam in ihr, dabei bin ich schon knapp davor den Verstand zu verlieren.

»Und vermisst habe ich auch, wie du mich hart rangenommen hast«, erzählt sie weiter, stöhnt leise und krallt sich an meinen Oberarmen fest.

»Du meinst so?«, will ich wissen und werde schneller …

»Oh Gott ja«, seufzt sie, »bitte nicht aufhören, genau so«.

Auf meinen Ellenbogen gestützt, umfasse ich ihr Gesicht, um sie anzusehen. Sie ist so unglaublich schön in ihrer Lust.

»Außerdem«, haucht sie, »habe ich immer wieder daran gedacht, wie du in mich stößt – so hart und tief, wie es dir möglich ist.«

Ein lautes Stöhnen entfleucht mir bei ihren Worten. Um ihr zu zeigen, dass ich sie verstanden habe, stoße ich heftig zu.

»So, Cowgirl?«

Ihre sinnlichen Laute daraufhin sind eigentlich Antwort genug, aber ich will es von ihr hören. »Nun?«, frage ich streng und stoße erneut in sie.

»Ja, Chandler«, keucht sie. »Oh ja …, nicht aufhören, bitte, nicht aufhören …« Sie klingt fast ein wenig verzweifelt. Trotzdem werde ich wieder langsamer und genieße ihre nasse Enge. Sie fühlt sich so berauschend an, wie ich es bisher noch nie gefühlt habe.

Ihre Lippen suchen meine und während wir uns hingebungsvoll küssen, reiben wir uns aneinander und ich stoße immer wieder so stark in sie, dass ihr Stöhnen erregender und lauter wird, bis ihre Seufzer unkontrolliert in meinen Atem übergehen und ihre Pussy meinen Schwanz in Wellen umklammert. In diesem Moment überkommt es auch mich. Die Blitze hinter meinen Augen, die wie elektrische Ströme mein Rückenmark hinabfließen, direkt in meinen Schwanz, um mich tief in ihr zu entladen … Mein Stöhnen übertönt ihres.

Schwer atmend presse ich mein Gesicht an ihren Hals, während sie sich in meinen Haaren festkrallt.

»O mein Gott«, wispert sie, »das war heftig.«

»Zu heftig?«, frage ich.

»Genau richtig«, antwortet sie einem zufriedenen Stöhnen im Anschluss.

Vorsichtig entziehe ich mich aus ihrer heißen Mitte.

»Fuck«, stoße ich aus, was sie zusammenfahren lässt. »Sorry Avery, aber ich weiß jetzt, warum ich dich so extrem intensiv gefühlt habe – ich habe kein Kondom benutzt.«

# 22. Avery

Zunächst durchfährt mich ein Schreck! Wie konnte ich das nur vergessen? Im nächsten Moment fällt mir ein, dass ich mich am achten Tag in meinem Zyklus befinde und die Chance, schwanger zu werden, eher sehr gering ist, und mein Zyklus immer regelmäßig ist.

Also atme ich erstmal tief durch, erkläre ihm die Situation und streichle über sein Gesicht. Er sieht wirklich zerknirscht aus.

»Es geht ja um mehr als nur um Verhütung«, murmelt er und drückt einen weichen Kuss in meine Handinnenfläche.

»Das ist natürlich richtig. Wir könnten uns testen lassen und sind dann auf der sicheren Seite. Bis dahin nur mit Kondom. Ich werde es bestimmt nicht noch einmal vergessen. Jetzt schon Mutter zu werden, steht noch nicht auf meinem Plan.«

Er seufzt erleichtert aus. »So machen wir das.« Nachdenklich betrachtet er mich. »Aber falls du dennoch schwanger sein solltest, werde ich mich der Verantwortung nicht entziehen.«

»Ich denke, ich werde jetzt lieber eine Apotheke aufsuchen und mir die *Pille danach* besorgen.« Eine Schwangerschaft zu diesem Zeitpunkt wäre einfach nicht richtig. Ich will mir auch nicht meinen Boss angeln und ihn mit einem Kind an mich binden.

»Okay, wenn du möchtest, komme ich mit«, bietet er mir an, doch ich schüttle den Kopf. »Das musst du nicht, Chandler, wirklich. Nur könnte es sein, dass ich morgen besser zuhause bleibe. Ich habe das noch nie gemacht, weiß aber von einer Freundin, dass es ihr nicht besonders gut danach ging.«

Sofort trifft mich sein besorgter Blick. »Dann solltest du erst recht nicht allein bleiben.«

»Ich schaff das schon, wirklich«, weise ich ihn erneut ab.

»Das glaube ich dir sogar, du bist immerhin ein Wirbelwind mit mächtig viel Energie. Aber da ich an der ganzen Sache ja nun auch beteiligt bin, und mal ganz nebenbei, es war gerade hinreißend mit dir, ist es mir ein dringendes Bedürfnis, dich nicht allein zu lassen.«

Er sorgt sich wirklich um mich.

»Dann hätte ich jetzt gern eine Dusche, bevor wir losgehen.«

Erleichtert lächelt Chandler mich an. »Ich bin froh, dass du deine Meinung geändert hast.«

»Weißt du, ich vertrage weder die Pille noch andere Hormonbehandlungen zur Verhütung, von daher achte ich wirklich auf Kondome.«

Daraufhin umfasst er mein Gesicht. »Normalerweise achte ich ganz penibel darauf, ein Gummi zu benutzen. Ich glaube, wir haben uns beide eben um den Verstand geredet und dabei alle Vorsichtsmaßnahmen vergessen.« Er gibt mir einen sehr zärtlichen Kuss. »Ich weiß nicht, wie es dir geht, aber bei mir sagt das eine Menge aus.«

»Vielleicht«, antworte ich ausweichend, weil ich nicht zu viel in diese Sache hineinlegen will, senke aber dennoch sanft meine Lippen auf seine. Leider fühlt er sich wunderbar an, der Sex eben war sehr aufregend und alles an ihm wirkt grundehrlich – bis jetzt jedenfalls. »Okay, Chandler, ich dusche dann mal«, sage ich und stehe sogleich auf.

Als ich zurückkehre, sitzt er im Bademantel auf dem Bett und wartet auf mich, um ebenfalls im Bad zu verschwinden.

Nach einer halben Stunde stehen wir uns angekleidet gegenüber. »Ich wäre bereit, Avery. Du auch?«, fragt er und streichelt mit dem Fingerrücken über meine Wange.

»Ja, ich bin bereit.«

Daraufhin greift er nach meiner Hand und wir gehen zusammen den Gang entlang. Vor dem Fahrstuhl stehen noch Kollegen, die uns ansehen. Sein Griff um meine Finger wird fester. Neugierige Blicke verfolgen uns, während sie ihn begrüßen. Er nickt allen freundlich lächelnd zu. Als die Fahrstuhltür sich öffnet, steigen wir ein. Dicht aneinandergedrängt stehen wir alle zusammen drin. Chandler legt einen Arm um mich und zieht mich fest an sich. Das ist ein klares Statement seinerseits, was mich im Grunde glücklich machen müsste. Leider spüre ich noch zu viel Unsicherheit in mir, um es zu genießen.

Nachdem wir unten angekommen und ausgestiegen sind, hält er mich weiterhin umfangen, um unseren und meinen Status damit für alle klarzumachen. Ich traue mich kaum, die anderen anzusehen.

»Avery, lächle einfach. Sie denken eh, was sie wollen und werden über uns reden, was sie wollen«, raunt er mir zu.

»Über mich, meinst du wohl«, antworte ich und sehe zu ihm auf.

»Nein, über uns«, widerspricht er.

»Sie werden Wetten abschließen, wann du mich verlässt und ich daraufhin gekündigt werde.«

»Lass ihnen doch den Spaß. Sie werden sich noch wundern, glaube mir«, orakelt er und lächelt mich an.

»Aber wehe du küsst mich in aller Öffentlichkeit«, warne ich ihn.

»Was dann?«

»Dann … dann …, also ich weiß auch nicht. Aber bitte lass es.« Meine Wangen werden schon heiß, weil ich so herumstottere.

232

Mit einem breiten Grinsen drückt er mich fester an sich, während wir den Gehweg vor dem Bennett'-Tower betreten.

Erleichtert atme ich tief durch. Zielstrebig führt er mich die Straße hinunter, bis ich auch schon das blinkende Apothekenzeichen sehe. Jetzt bin ich doch froh, ihn an meiner Seite zu haben, darum schmiege ich mich dichter an ihn heran.

In der Apotheke werde ich gründlich beraten. Leider bin ich total durcheinander und bekomme kaum etwas mit. Mir ist schon ein wenig komisch bei dem Gedanken daran, das gleich einzunehmen.

»Lass uns ein Taxi zu dir nach Hause nehmen«, schlägt Chandler vor und ich nicke.

Später gehen wir zusammen die Treppen hinauf zu meinem Appartement. »Du musst nicht mitkommen«, erinnere ich ihn noch einmal.

»Avery, für mich stellt sich die Frage nicht. Natürlich komme ich mit und bleibe auch bei dir.«

In der Wohnung sieht er sich um. »Du hast es hübsch hier.«

»Danke, ich fühle mich hier auch sehr wohl.« Nervös bitte ich ihn, Platz zu nehmen, und hole die Packung mit der ›Pille danach‹ heraus. Noch einmal lese ich gründlich die Packungsbeilage. Zweifel kommen auf, das Richtige zu tun. Eigentlich bin ich im richtigen Alter Mutter zu werden. Beruflich müsste ich zurückstecken, aber alleinerziehend wäre es kompliziert. Will ich das?

Ist es richtig, mich jetzt dagegen zu entscheiden?

Vielleicht bin ich ja auch gar nicht schwanger und mache das nur aus reiner Vorsichtsmaßnahme. Achter Zyklustag ... die Spermien können bis maximal fünf Tage überleben. Dann wäre ich am dreizehnten Tag und am vierzehnten ist mein Eisprung. Eine knappe Sache. Was, wenn es sich aus irgendeinem Grund verschiebt? Ach, Scheiße.

Chandler steht plötzlich hinter mir und legt seine Hände auf meine Schultern. »Du zögerst?«

»Ja, irgendwie erschien es mir vorhin noch ganz einfach. Schließlich bin ich ja noch gar nicht schwanger, nehme einfach etwas, damit es auch nicht mehr passieren kann, und gut ist es.«

»Was fühlst du jetzt?«, fragt er sanft.

»Zweifel, ob es die richtige Entscheidung ist. Eigentlich will ich noch keine Kinder, aber wenn ich daran denke, ganz eventuell doch schon schwanger sein zu können ... Ach, ich weiß auch nicht. Sorry, dass ich dich damit belaste.«

Jetzt setzt er sich neben mich auf das Sofa. »Ich finde es gar nicht schlimm oder komisch, dass du zweifelst. Es ist ja schließlich eine weitreichende Entscheidung für dich, eine etwaige Schwangerschaft zuzulassen oder nicht.«

»Wie stehst du denn überhaupt dazu?«, frage ich ihn und bin gespannt auf seine Antwort.

Er fährt sich mit den Händen durch seine dichten, weichen Haare, durch die ich am liebsten ständig streicheln möchte.

»Weißt du, bis vor wenigen Tagen hätte ich eindeutig nein dazu gesagt. Es braucht für diese weitreichende Entscheidung schließlich die richtige Frau«, erklärt er.

»Ja, das ist doch klar«, entgegne ich. »Okay, ich hole jetzt mal ein Glas Wasser und nehme sie, dann habe ich es schnell hinter mir.«

Er packt meinen Unterarm, um mich festzuhalten. »Nein, warte, ich bin noch nicht fertig.«

Langsam setze ich mich wieder neben ihn.

»Vor ein paar Tagen, oder eher gesagt, bevor ich dich kennengelernt habe, wäre ich nicht bereit für diese Verantwortung gewesen«, erklärt er mir nun. Dabei ist er vollkommen ruhig und sieht mir in die Augen.

»Aber …, wir müssen uns doch überhaupt erst einmal richtig kennenlernen, oder nicht?«, flüstere ich, denn mir fehlt die Kraft für mehr, mein Herz rast sehr stark, nimmt mir damit fast den Atem.

Chandler ist schließlich nicht irgendein Mann, nicht nur einer der Bennetts, die in Texas sowie darüber hinaus äußerst bekannt sind – er ist der CEO von *Bennett's Luxe Travel Group*! Ich bin nur ein ganz kleines Licht dagegen, was Glück hatte, den Posten als DTO einnehmen zu können. Okay, ich habe immerhin mit summa cum laude abgeschlossen und …

Ich werde mit einem festen Griff in seine Arme gezogen. »Glaubst du nicht an die Liebe auf den ersten Blick?«, fragt er nun und wuselt mit seiner Nase in meinen Haaren herum.

»Weiß nicht?«, murmle ich mit geschlossenen Augen an seiner Schulter. Der glatte Stoff seines Sakkos duftet so wunderbar nach ihm.

»Bisher dachte ich eigentlich, dass die Idee von Liebe auf den ersten Blick nur eine romantische Fantasie von Leuten ist, die nach einem Partner suchen«, spricht er weiter, »aber da warst du noch nicht in mein Leben gewirbelt.«

»Und wie soll es diese Liebe auf den ersten Blick geben? Ich dachte bisher, das sind Mädchen-Märchen-Einhornträume à la Barbie und Hollywood«, erkläre ich ihm, woraufhin er lacht.

»Nichts für ein Cowgirl?«, fragt er und küsst sanft meine Schläfe.

»Mit Barbie konnte ich nie etwas anfangen und meine Pferde waren nicht aus Plastik, sondern aus Fleisch und Blut und hatten diesen unverkennbaren Duft und Wärme.« Ich lege einen Arm um seinen Nacken und sehe ihn an. »Außerdem hatte ich wenig Zeit für diese Puppen. Auf der Farm gab es immer viel zu tun.«

»War es nicht schön?«, will er wissen.

»Doch! Ich hätte es nicht anders haben wollen. Meine Brüder und ich haben uns zwar viel gezankt, aber sie waren immer für mich da und haben auf mich aufgepasst, wie zwei Wachhunde.«

Chandler lacht laut auf. »Das war bestimmt ein schwieriges Unterfangen auf dich aufzupassen.«

»Ja, ich habe es ihnen nicht leicht gemacht. Um ihnen entgegenzuhalten, musste ich ganz schön selbstbewusst sein«, erinnere ich mich gerade und muss lächeln. »Dadurch habe ich gelernt, wie man mit Männern umgehen muss. Manchmal ist es schwer, nicht in ihrer männlichen Energie zu bleiben, weißt du?«

»Nein, ich verstehe es nicht wirklich, erkläre es mir, bitte.«

»Wenn ich auf der Farm mit meinen Brüdern und den Farmarbeitern zusammen war, habe ich mich automatisch, so gut es eben ging, angepasst, sonst wäre ich gnadenlos untergegangen. Später, in meinen Praktika während des Studiums hatte ich wieder fast nur männliche Kollegen und Vorgesetzte, sodass man mich als Frau, die auch noch recht klein war, nicht immer ernst genommen hat.«

»Aber du bist eine kleine starke Frau«, meint er amüsiert.

»Jetzt ja, das musste ich ja schließlich werden, ich hatte doch überhaupt keine andere Wahl. Aber um von der Männerfraktion anerkannt zu werden, musste ich genauso maskulin auftreten und im Laufe der Zeit habe ich mir den Respekt meiner Kollegen und auch der Vorgesetzten redlich verdient.«

»Ich verstehe jetzt, was du meinst«, erwidert er ernst. »Aber wir schweifen ab, kleine Frau.«

»Chandler!«, rufe ich verzweifelt aus, »ich weiß gerade nicht, was ich machen soll.«

»Dann wirf die Packung in den Müll und lass es einfach darauf ankommen. Ich bin bereit für dich.«

»Auch bereit für ein Kind mit mir? Das ist eine große Verantwortung.«

»Das ist mir vollkommen klar.«

»Deine Eltern, was werden sie sagen? Wenn sie nicht mit mir einverstanden sind? Ich bin so ganz anders als Liza, ich habe bisher nicht in euren Kreisen verkehrt und sie werden mich vielleicht dafür verachten.« Ich erhebe mich und gehe im Wohnzimmer umher. »Sie werden doch denken, ich hätte es nur darauf angelegt, von dir schwanger zu werden. Chandler, ich bin keine Goldgräberin.«

»Das weiß ich doch, Avery und das macht dich so unglaublich anziehend. Du hast dich schließlich in mich verliebt, als ich für dich noch Nolan Morrison war.«

Wir kuscheln einen Moment, was ich sehr genieße. Ich merke jedoch, dass ich, um eine klare Entscheidung treffen zu können, allein sein muss. Aus diesem Grund schiebe ich mich etwas von ihm weg und sehe ihn an.

»Chandler, es ist wirklich sehr süß von dir, dass du hier bist, um mich zu unterstützen. Mir wäre es jetzt aber lieber, wenn ich für mich sein könnte. Ich muss nachdenken, alleine. Sei mir bitte nicht böse.«

Grübelnd werde ich von ihm angesehen. »Avery, denk bitte daran, dass du mich immer sofort anrufen kannst, zu jeder Tages- oder Nachtzeit, versprich mir das.«

»Chandler, ich verspreche es dir hoch und heilig«, antworte ich ernst und nicke, um meine Antwort zu bekräftigen.

Wir stehen auf und ich bringe ihn zur Tür, wo er mich fest in seine Arme nimmt. »Auch eine starke Frau muss nicht alles allein durchstehen, schon gar nicht, wenn ihr eine Schulter zum Anlehnen angeboten wird.«

Ich ziehe ihn am Nacken zu mir herunter und küsse zärtlich seinen Mund. »Danke, für dein Verständnis.«

»Mh«, murmelt er, »ich gehe jetzt, aber nur sehr, sehr ungern.«

»Ich werde mich melden, wenn ich dich brauche«, verspreche ich ihm noch einmal. »Bye, Chandler, bis bald …«

»Nimm dir morgen auf jeden Fall frei, und noch ein paar Tage, wenn es nötig sein sollte, gib mir dann aber bitte kurz Bescheid.«

»Das mache ich.«

Noch einmal küsst er mich. Als er sich von mir abwendet, kann ich ihm deutlich ansehen, wie ungern er mich jetzt allein lässt. Als ich die Wohnungstür hinter ihm schließe, seufze ich erleichtert auf. Seine Gegenwart war mir gerade zu viel, so lieb er auch zu mir war.

Bevor es mir möglich ist, durchzuatmen, trudelt eine Nachricht von ihm auf meinem Handy ein.

**Chandler:** *Avery, welche Entscheidung du auch triffst, sie wird richtig sein, auch für mich.*

**Ich:** *Danke, das gibt mir ein gutes Gefühl.*

Als erstes schnappe ich mir meinen Laptop und setze mich damit aufs Bett. Dann google ich nach dem Präparat, welches ich aus der Apotheke mitgenommen habe. Das liest sich doch gar nicht so schlimm, wie ich dachte. Mit dieser Pille wird der Eisprung um ein paar Tage verzögert, damit keine Befruchtung stattfinden kann. In der Apotheke wurde ich zwar aufgeklärt, aber mit Chandler an meiner Seite und in der Aufregung, habe ich das alles gar nicht so richtig mitbekommen.

Mit diesem Wissen stellt sich für mich die Frage gar nicht mehr, ob ich die Tablette nehme, oder nicht, darum stehe ich auch wieder auf und gehe in die Küche. Dort nehme ich mir ein Glas Wasser, drücke die Tablette aus dem Blister und nehme sie ein. Ich trinke das Glas Wasser aus und mache mir anschließend einen Kräutertee. Mit der heißen Tasse gehe ich dann wieder ins Bett und kuschele mich gemütlich ein. Erleichterung macht sich in mir breit. Ich habe mich schließlich in meinem Leben nicht umsonst so angestrengt, um dahin zu kommen, wo ich jetzt bin, um dann von einem Mann abhängig zu sein, den ich kaum kenne, sei er auch noch so attraktiv und liebevoll wie Chandler. Wenn ich so überlege, war er ja wirklich sehr süß vorhin. Mein Herz wird ganz weich, wenn ich an ihn denke. Unser Sex ist sensationell, und noch nie habe ich mich so sinnlich und frei dabei gefühlt. Chandler gibt mir immer das Gefühl, etwas Besonderes für ihn zu sein.

Ich greife nach meinem Smartphone und tippe ihm eine Nachricht.

**Ich:** *Ich habe das Präparat gerade eingenommen. Es fühlt sich total richtig für mich an.*

Sofort erhalte ich seine Antwort, als hätte er darauf gewartet:

**Er:** *Dann ist es auch genau richtig, Avery. Soll ich jetzt vorbeikommen?*

**Ich:** *Nein, ich liege schon im Bett mit einer Tasse Kräutertee. Mir geht es wirklich gut und wir sehen uns übermorgen. Morgen bleibe ich zu Hause.*

**Er:** *Wie du möchtest, Kleines. Schreib mir, wenn du mich brauchst.*

**Ich:** *Das werde ich ganz bestimmt, versprochen ist versprochen. Gute Nacht, ...*

**Er:** *In Gedanken bin ich bei dir, gute Nacht.*

Langsam trinke ich meinen Tee aus und lege mich schlafen. Es ist ein unruhiger Schlaf mit wirren Träumen.

## 23. Chandler

Nach dem kurzen Nachrichtenaustausch mit Avery gehe ich ins Bett, finde aber keine Ruhe. Es ärgert mich, dass ich in der Hitze unserer Lust nicht an das Kondom gedacht habe, und frage mich, wie das passieren konnte? Schließlich ist das ein absolutes No-Go für mich.

Wie auch immer – als ich von der *Liebe auf den ersten Blick* sprach, wurde mir klar, dass meine Gefühle für sie echt und tief sind. Mit Avery könnte ich mir das volle Programm vorstellen, was mir bei Liza nicht möglich war. Alles in mir sträubte sich bei ihr dagegen.

Bei Avery allerdings träume ich von einem gemeinsamen Ausritt bei Sonnenuntergang auf unserer Ranch. Ich sehe sie und mich auf einer Viehauktion, beim Treiben der Longhorns vom Weideland in den Paddock.

Natürlich mag ich auch Partys, mich amüsieren und den Luxus genießen, der mich umgibt. Es wäre gelogen, wenn ich etwas anderes behaupten würde.

Doch Avery zeigt mir auf ihre Weise, wie viel wichtiger Bodenständigkeit ist. Und jetzt verstehe ich auch meinen Dad, warum er schneller als ursprünglich geplant die ganze Verantwortung auf mich übertragen hat. Er wollte sich einfach früher auf unsere *Lone Star Ranch* zurückziehen. Dort hat er jetzt die Möglichkeit, wieder in aller Ruhe bei sich selbst anzukommen. Es ist ja nicht so, dass dort keine Arbeit auf ihn warten würde, aber es ist die Art von Arbeit, die ihn erfüllt und auch sehr glücklich macht.

Jetzt muss ich nur noch dieses süße, quirlige Cowgirl davon überzeugen, wie ernst es mir mit uns beiden ist. Ich wünsche mir, dass sie erkennt, dass sie mein perfektes Gegenstück ist und wir eine wunderbare Einheit bilden.

Über all diese Gedanken schlafe ich ein und werde am nächsten Morgen vom Telefon geweckt.

»Mh?«, brumme ich müde in den Hörer.

»Chan!«, ruft Lizas schrille Stimme in mein Ohr.

»Mh?«

»Wo bleibst du denn? Hier warten Termine auf dich!«

»Wie spät ist es denn?«, schaffe ich endlich, eine konkrete Frage zu formulieren.

»Bereits zehn Uhr. So spät kommst du sonst nie. Unsere Neue hat dir anscheinend den Kopf so verdreht, dass du alles vergisst, sie ist schließlich auch nicht an ihrem Arbeitsplatz.« Die Eifersucht ist deutlich an ihrem Tonfall zu hören. Seufzend lege ich auf, weil ich keine Lust auf eine Rechtfertigung habe.

Eine Stunde später betrete ich das Vorzimmer zu meinem Büro. Augenblicklich springt Liza auf und kommt auf mich zu. Sie hat sich heute besonders stark zurechtgemacht. Ihr Kostüm sitzt erstklassig, ihr Parfümduft hängt im Raum und ihre Frisur ist irgendwie anders als sonst.

»Na endlich, Chan!«, begrüßt sie mich vorwurfsvoll. »Ms. Cunningham ist immer noch nicht da.« Ihr triumphierender Blick sagt alles. Innerlich seufze ich und verdrehe die Augen. Es ist wohl doch keine gute Idee gewesen, sie weiterhin als meine Assistentin zu behalten. Es ist anstrengend ihre ewige Eifersucht zu ertragen.

»Ms. Cunningham habe ich für heute beurlaubt«, informiere ich sie knapp. »Ich arbeite jetzt meinen Kalender durch, bring mir bitte einen Kaffee.«

»Gern, Chan«, säuselt sie und streicht durch ihre Frisur. »Ist dir nichts an mir aufgefallen?«

Ich zwinge mich zu einem Lächeln. »Doch, Liza, du siehst hübsch heute aus.« Sofort verschwinde ich in meinem Office.

Irgendwann am Nachmittag lege ich eine Pause ein. Nach zwei anstrengenden Videokonferenzen brauche ich frische Luft für klare Gedanken.

Ich melde mich bei Liza ab und bitte sie, mir keine Telefonate durchzustellen.

»Natürlich, Chan. Wir könnten zusammen etwas essen, was meinst du?«

»Nein danke, ich möchte allein sein.«

»Na, die kleine Director of Tourism Operations wartet bestimmt auf dich.«

»Liza, ich wiederhole mich nur ungern: Mein Privatleben geht dich nichts an.«

Kaum im Flur wähle ich Averys Nummer, doch sie hebt nicht ab, was mich sofort unruhig macht. Kurzerhand schnappe ich mir einen der Elektroroller und fahre den recht kurzen Weg zu ihrer Adresse. In dem Moment, als ich bei ihr klingeln möchte, wird die Haustür geöffnet und Avery steht überraschend vor mir.

»Chandler!«, ruft sie verwundert aus und lächelt erfreut.

»Hey, Kleines, ich wollte wissen, wie es dir geht.«

Sie dreht sich vor mir um die eigene Achse. »Wonach sieht es denn aus?«, fragt sie und zwinkert mir zu.

»Ich sehe eine wunderschöne Lady, die anscheinend shoppen gehen möchte.«

Jetzt lacht sie. »So ähnlich. Ich möchte ein wenig spazieren gehen und dann irgendwo eine Kleinigkeit essen.«

»Darf ich dich begleiten?«

»Ja, gern.«

Daraufhin umfasse ich ihre Hand und gemeinsam bummeln wir durch den nahegelegenen Park. Zunächst schweigen wir, bis ich sie frage: »Wie war die Nacht für dich, gab es Probleme, hattest du Schmerzen?«

»Ich habe tatsächlich gut geschlafen, weder Schmerzen noch sonst irgendetwas. Nachdem du gestern gegangen bist, habe ich über diese Pille gegoogelt und mir war klar, dass ich sie nehmen werde. Weißt du, ich war gestern Abend ziemlich neben der Spur und habe dabei einen großen Denkfehler gemacht, in dem ich die *Pille danach* mit einer *Abtreibungspille* gleichgesetzt habe.

Nachdem ich mich noch einmal gründlich informiert habe, gab es für mich keinen Zweifel mehr«, erklärt sie mir sichtlich erleichtert. »Wie geht es dir denn jetzt mit meiner Entscheidung, Chandler?«

Ich lege einen Arm um ihre Schultern und drücke sie an mich. »Du siehst so zufrieden aus, da geht es mir gleich viel besser. Aber noch mal im Ernst, Avery, was ich gestern gesagt habe, meinte ich wirklich, auch heute stehe ich noch dazu.«

Nun schmiegt sie sich an mich, sodass wir stehenbleiben. »Chandler, wenn du nicht dieser heiße CEO von BLT-Group wärst, wäre es sehr viel einfacher, sich wieder auf unsere fröhliche und leichte Beziehung einzulassen.«

»Frauen sind schon manchmal kompliziert, oder?«, seufze ich. »Manche suchen genau aus diesem Grund meine Nähe, um mich zu treffen, und andere, so wie du, schrecke ich ab. Ich kann nicht ändern, wer ich bin, Avery.«

Avery lacht. »Chandler, es liegt doch nicht an deinem Job. Es ist nur momentan schwierig für mich, zwischen dem CEO und dem Kerl, mit dem ich Netflix gucken möchte, zu unterscheiden, verstehst du das?«

Ich grinse. »Okay, das ist fair. Vielleicht sollten wir uns einen Geheimplan überlegen, wie wir unsere Beziehung vor der Welt verstecken können, während wir in unserem eigenen kleinen Universum leben.«

Avery lacht und stimmt zu: »Ich mag diese Idee! Doch vergiss nicht, gestern hast du schon ein offizielles Statement in deiner Firma abgegeben, in dem wir Hand in Hand durch dein Unternehmen gegangen sind«

»Unser eigenes kleines Universum können wir trotzdem noch errichten«, überlegt er.

»Vielleicht. Etwas anderes, Chandler. Übermorgen hast du mich zu deinen Eltern eingeladen. Steht das noch?«

»Na klar, nichts und niemand wird mich davon abhalten können.«

»Auch Liza nicht?«

Ich runzle die Stirn. »Warum Liza?«

»Na ja, sie rief mich heute Morgen an und wollte wissen, wo ich denn bleibe. Sie erzählte mir, dass sie das Wochenende mit dir auf der *Lone Star Ranch* verbringen würde.«

»Tatsächlich, *das* hat sie gesagt?« Wut macht sich in mir breit. »Ich habe sie vor wenigen Tagen ausgeladen, weil ich meinen Eltern kein falsches Bild vermitteln wollte. Es könnte aber sein, dass meine Mutter sie gebeten hat, dennoch zu kommen. Sie hält Liza leider immer noch für eine gute Wahl.«

»Na großartig!«, ruft sie mit einem übertriebenen Enthusiasmus aus. »Da freue ich mich ja schon richtig darauf, zwischen deiner Ex und deiner Mutter zu lavieren. Aber hey, das wird bestimmt ein Megaspaß für alle.« Avery lacht und boxt mich spielerisch gegen die Schulter.

»Wir schaffen das, schließlich bin ich bei dir.« Ich grinse. »Außerdem kannst du mir dabei helfen, das Kuchenbüffet zu überleben. Du musst wissen, meine Mutter ist berühmt für ihre Kuchen.«

Avery schlingt ihre Arme um meinen Nacken.

»Vielleicht wird es ja doch ganz unterhaltsam.«

»Na, da bin ich mal gespannt. Aber im Ernst, ich freue mich darauf, das Gesicht meiner Eltern zu sehen, wenn ich dich ihnen vorstelle.«

»Gut, dass sich wenigstens einer von uns darauf freut«, amüsiert sie sich mit einem Augenzwinkern. »Ehrlich, ich bin auch gespannt, wie es auf eurer Ranch sein wird.«

»Ich muss langsam wieder zurück, sonst verpasse ich einen wichtigen Termin mit unserem Marketing-Chef.«

Wir küssen uns zärtlich und mit einem Glücksgefühl mache ich mich auf den Weg in den Bennett'-Tower.

# 24. Chandler

Das Wochenende auf der *Lone Star Ranch* mit der Feier meiner Eltern steht an. Darum lasse ich mich am Freitag von meinem Chauffeur dorthin fahren. Zunächst wollte ich selbst fahren, aber mir gefiel dann der Gedanke, mit Avery auf dem Rücksitz entspannt die Fahrt zur Ranch zu genießen.

Vor ihrer Haustür steige ich aus, um sie abzuholen. Doch kaum will ich klingeln, öffnet sie auch schon die Tür. »Hey, Chandler«, begrüßt sie mich mit einem fröhlichen Lächeln. Avery ist lässig in Skinny Jeans sowie einer weißen Bluse gekleidet, abgerundet mit einem naturfarbenen Ledergürtel und dazu natürlich Cowboystiefel. Ihre Figur sieht umwerfend darin aus.

»Du siehst einfach nur bezaubernd aus«, stelle ich voller Bewunderung fest.

»Danke« antwortet sie und lässt sich von mir küssen. »Du duftest wieder so verführerisch, Chandler«, raunt sie mir in einem Tonfall zu, der heftiges Verlangen in mir auslöst. Seit dem Abend, der so unbeschreiblich schön und so unglücklich zugleich war, haben wir uns aufs Kuscheln und Küssen beschränkt.

Wir setzen uns auf die Rücksitzbank und der Chauffeur fädelt den Range Rover in den fließenden Verkehr ein.

Anfänglich schweigen wir beide. Da Avery sich aber an mich schmiegt wie ein Kätzchen, genieße ich die Stille zwischen uns.

»Chandler, erzähl mir bitte etwas von eurer Ranch. Ich weiß eigentlich nur, dass es sie gibt. Irgendwann habe ich mal Bilder in einer Zeitung gesehen, aber mehr auch nicht, außerdem gibt eure Website nicht wirklich viel von euch preis.«

»So, so«, amüsiere ich mich. »Du hast also schon ein wenig recherchiert?«

Sie lacht. »Natürlich! Ich muss doch wissen, auf welchen Kerl ich mich einlasse.«

»Dann kann ich dir ja auch sagen, dass ich ebenfalls nach deiner Familie geforscht habe. Das Internet gibt da aber auch nicht viel her. Aber die Bilder deiner Familie haben mich sehr angesprochen. An deinen Dad und deine Brüder erinnere ich mich sogar noch. Weißt du, dass du das Ebenbild deiner Mom bist?«

»Ja, das sagen alle. Mein Dad war immer sehr stolz auf Mom und ist es noch.«

»Das verstehe ich sehr gut«, antworte ich und drücke zärtlich meine Lippen auf ihre Schläfe. »Es heißt, dass die Mutter deiner Liebsten ein Vorbild dafür ist, wie sie im Laufe der Zeit mal aussehen wird.«

»Ach ja? Das wusste ich gar nicht.«

»Es reicht, dass ich es weiß«, schmunzele ich. »Ich finde den Gedanken sehr schön, besonders wenn ich an das Bild deiner Mom denke.«

»Deine Mom ist aber auch sehr attraktiv, ich finde allerdings, sie sieht sehr streng aus. Ist sie das?«

»Ja, sie war es und ist es geblieben, ich war nicht einfach als Kind.«

»Du warst ein wilder, kleiner Cowboy, schätze ich, der in der Schule im Unterricht gestört und später den Mädels den Kopf verdreht hat.«

»Das denkst du von mir?«, rufe ich aus und lache laut auf.

»Ja, liege ich denn falsch?«

»Teilweise«, gebe ich zu. »In der Schule war ich brav und sehr fleißig.«

»Wirklich?«

»Ja, es war meine Granny, die mich immer dazu ermunterte, fleißig zu sein. Sie hatte eine wunderbare Art mit mir umzugehen, es war das richtige Mittelmaß von Nachgiebigkeit und Strenge.«

»Das hatte deine Mom nicht?«

»Nein, sie war wirklich sehr streng, aber ich liebe sie.«

»Deine Grandma, lebt sie noch?«, fragt Avery neugierig und ich merke, wie sie ganz interessiert bei meinen Erzählungen zuhört.

»Ja, sie lebt noch, worüber ich sehr dankbar bin. Mit ihren 81 Jahren ist sie noch recht fit. Ich glaube, ihr werdet euch sehr mögen.«

»Mochte sie Liza?«, fragt sie jetzt und sieht mich aufmerksam an.

Ich grinse. »Nein, vom ersten Augenblick an konnte sie Liza nicht ausstehen.«

»Wie lange seid ihr eigentlich ein Paar gewesen?«

Seufzend lehne ich mich zurück, nicht, ohne Avery weiterhin an mich zu drücken.

»Wir waren vier Jahre zusammen. Anfänglich war ich wirklich von Liza fasziniert. Sie ist hübsch und weiß, wie sie Männern den Kopf verdreht. Meine Mutter und sie verstanden sich auf Anhieb sehr gut. Liza erschien mir auf ganz konventionelle Weise passend, unsere Familie und das Unternehmen an meiner Seite zu repräsentieren.«

»Warum ist es schief gelaufen?«, hakt sie jetzt leise nach und hält meine Hand umfasst.

»Meine Granny warnte mich vom ersten Tag an vor Liza. Sie hielt sie für eine waschechte Goldgräberin, die nur das Leben einer Milliardärsgattin führen will.«

»Aber sie kann sich doch trotzdem wirklich in dich verliebt haben. Du bist doch nicht nur ihr Geldbeuteschema, sondern jung und attraktiv. Und irgendwie scheint sie ja noch immer in dich verliebt zu sein«, denkt sie laut nach.

»Da bin ich mir nicht so sicher. Es gab einen Zeitpunkt, an dem sie ihre Maske immer öfter fallen ließ, weil sie sich schon am Ziel glaubte. Liza ist vor allem selbstverliebt.

Kurz davor, endlich mit mir verheiratet zu sein, zerplatzte ihr Traum wie eine Seifenblase. Liza fühlte sich schon als eine Bennett und sah sich schon im Jetset-Luxus-Leben mit mir.«

Avery seufzt schwer neben mir. »Puh, und der werde ich an diesem Wochenende ständig über den Weg laufen. Deine Mom, was ist mit ihr?«

»Sie hofft immer noch, dass ich wieder mit meiner Ex zusammenkomme, obwohl ich ihr schon mehrfach gesagt habe, dass die Trennung von Liza endgültig ist«

»Da kann ich nur eine schlechte Ausgangsposition haben, Chandler. Du kannst mich noch bei meinen Eltern absetzen und allein hinfahren.«

»Hast du Angst?«

»Angst nicht, aber wohl fühle ich mich nicht bei dem Gedanken das Wochenende mit ihnen zu verbringen.«

»Süßes Cowgirl, ich werde dich nicht aus meinen Augen lassen, meine Granny wird dich ebenfalls beschützen. Außerdem habe ich dir noch nicht von meiner Schwester erzählt.«

»O nein, ich habe sie ganz vergessen. Sie heißt Jody, nicht wahr? Ich erinnere mich vage an ihre blonden Haare und die strahlend blauen Augen.«

»Ja, das ist sie, meine kleine Schwester.«

»Was ist aus ihr geworden?«

»Sie hat sich ganz und gar der Farm verschrieben und teilt sich zurzeit noch die Leitung mit meinem Dad, bis er es ihr denn allein zutraut. Sie hat übrigens Ranch-Management studiert.«

»Wow, das ist kein einfaches Studium. Ich hatte das damals auch überlegt, mich dann aber für die Tourismusbranche entschieden. Also Agrarwissenschaften, Unternehmensführung, Tierpflege und Umweltmanagement sind große Aufgabengebiete.«

»Stimmt, aber sie wollte es und war mit Leidenschaft dabei.«

»Jody ist also eine starke Frau mit viel Manpower«, fasst sie zusammen.

»So wie du. Aber vielleicht sollte man aus Manpower lieber Womenpower machen? Jody steht uns Männern in nichts nach.«

»Wahrscheinlich nicht«, sinniert Avery und lächelt mich an. »Ich glaube, jetzt bin ich doch neugierig auf deine Family. Ach ja – und wie ist dein Dad so? Ich hatte bisher einmal das Vergnügen als Boss mit ihm und er war mir auf Anhieb sympathisch.«

»Mein Dad ist ein warmherziger Mann, mit konventionellen Idealen. Aber von meiner Schwester lässt er sich um den Finger wickeln und auch eines Besseren belehren.«

»Ah, das kommt mir bekannt vor!« Sie lacht so herzlich in diesem Moment, dass ich sie küssen muss.

»So? Bist du auch eine von den Töchtern, die ihren Dad in null Komma nichts auf ihre Seite bringen?«

»O ja! Wenn es um mich ging, war er weich wie Butter in der Sonne. Mein Dad war immer mein Ein und Alles.«

»Und du warst natürlich seine kleine Prinzessin?«

»... und das bin ich auch noch heute«, gesteht sie lächelnd.

In mir macht sich eine große Zufriedenheit breit, weil ich mir sehr sicher bin, dass Avery die Frau für mich ist, die mich vollständig macht.

# 25. Avery

$\mathcal{E}$s ist eine wunderschöne Fahrt mit Chandler. Meine Gefühle für ihn werden stärker und tiefer, je länger wir uns kennen. Es irritiert mich, dass er mir das Gefühl von *angekommen sein* vermittelt. Sein Verhalten mir gegenüber, als wir das Präservativ vergessen hatten, war einfach nur liebevoll. Chandler war bereit, Verantwortung zu übernehmen, weil er für mich bereit ist. Das waren nicht nur Worte, er zeigt es mir auch ständig mit seinen Taten. Er meint es definitiv ernst mit mir.

Ich schmiege mich an ihn und kuschle mein Gesicht an seinen Hals. Sein Aftershave, das sich mit seinem ureigenen Duft vermischt, dringt sanft in meine Nase. Wann konnte ich einen Mann so gut riechen wie ihn? Mein Herz setzt bei dieser Erkenntnis einen Schlag aus.

Der Verkehr gerät ins Stocken, weil es irgendwo vor uns einen Unfall gab. Da ich nicht selbst am Steuer sitze, sondern entspannt gefahren werde, macht es mir nichts aus. Chandler steigt aus, hantiert am Kofferraum herum und kommt mit einem

Picknickkorb zurück auf den Rücksitz des Range Rover.

»Wow, das ist aber eine schöne Idee!«, rufe ich erfreut aus. »Also einen Kaffee könnte ich jetzt gut vertragen.«

»Dazu einen Champagner und ein paar Häppchen?«

»Sehr gerne.«

Chandler reicht mir einen Thermosbecher mit Kaffee, ich öffne den Verschluss und augenblicklich wabert der herrlich belebende Coffeinduft in meine Nase. Auch er genehmigt sich eine Tasse Kaffee.

»Du hast das aber nicht alles selbst zubereitet, oder?«, frage ich ihn und bin gespannt auf seine Antwort.

»Nein«, gesteht er und grinst. »Das Picknick habe ich meiner Haushälterin in Auftrag gegeben.«

»Köstlich!«, stoße ich aus und greife nach einem Häppchen.

Im Stop-and-go-Verkehr rollen wir langsam weiter.

»Kleines, auf diese Weise habe ich noch nie einen Stau erlebt und muss sagen, dass es mir sehr gefällt.« Er beugt sich vor und küsst mich mitten auf den Mund, obwohl ich gerade eines der Köstlichkeiten in meinen Mund geschoben habe.

»Mh!«, mache ich und bringe ihn zum Lachen.

»Sorry, du hast gerade so hinreißend ausgesehen.«

Ich genieße diese Fahrt mit ihm sehr. Er wirkt total gelöst, seine Gesichtszüge sind entspannt und manchmal, wenn er erzählt und lächelt, zeigen sich sogar kleine Grübchen auf seinen Wangen. Oh Mann, das ist total sexy an ihm. Und dann erst sein Lachen … es ist ein warmes, tiefes Lachen, das mich mehr für ihn einnimmt, als ich es mir anfänglich eingestehen wollte. Okay, bevor ich mich ganz in ihm verliere – und ich bin kurz davor – muss ich dieses Wochenende nicht nur überstehen, sondern auch bravourös meistern. Ich werde starken Gegnerinnen gegenübertreten: Mrs. Bennett und Liza, die nur zu gern Mrs. Bennett werden würde.

Erst am Abend treffen wir auf der *Lone Star Ranch* ein. Schon die Auffahrt übertrifft meine Erwartungen. Der Rover fährt langsam durch die Allee, an dessen Ende ich das Anwesen bereits sehe. Das Gut, das an eine Hazienda erinnert, thront majestätisch auf dem herrlichen Grundstück der Bennetts. Es ist von solch beeindruckender Größe und Luxus, dass es mir regelrecht den Atem raubt. Auf zwei Etagen erstreckt sich das prächtige Gebäude. Elegante Arkaden bilden eine weitläufige Veranda, die das Haus umgibt. Ein malerischer Balkon erstreckt sich darüber. Ein kleiner Glockenturm und ein größerer, der einst als Aussichtsplattform diente, verleihen dem Anwesen einen zusätzlichen Charme. Während die Dachschindeln bereits ihre Jahre hinter sich haben, erstrahlt alles andere in frischem Weiß und anderen hellen Tönen. Auf dem gepflegten Rasen befinden sich einladende Sitzgruppen und die Wege sind wunderschön angelegt.

»Hey, Avery, du bist so still geworden«, raunt er mir ins Ohr.

»Ich bin absolut sprachlos«, antworte ich nur und schaue ihn an. »Mir ist klar, dass ihr sehr vermögend seid, aber es dann mit eigenen Augen zu sehen …«

Sein Blick wird eindringlich. »Du lässt dich davon aber nicht abschrecken?«

Ich schlucke und recke mein Kinn. »Nein, davon nicht. Die Einzigen, die das tatsächlich könnten, sind Liza und deine Mom.«

»Hey, wo bleibt denn mein süßer und vorwitziger Wirbelwind?«

»Der hat gerade Pause, Chandler, bevor er alles zerstört und nichts mehr zu retten ist.«

»Was sollte er denn zerstören?«

»Mein Herz …«, antworte ich leise. »Mein Herz, Chandler«

»Aber mein Herz habe ich doch schon längst an dich verloren«, gibt er zu bedenken.

Unwillkürlich lege ich meine Hände über mein Herz.

»Und du deines auch an mich«, stellt er liebevoll fest, umfasst meine Hände und küsst sie zärtlich. »Komm, du bist nicht allein und ich werde es nicht zulassen, dass sie dich nicht gut behandeln.«

Der Chauffeur öffnet die Tür und Chandler steigt aus. Kurz darauf hilft Chandler mir beim Aussteigen.

Kaum stehe ich vor ihm, umarmt er mich. »Herzlich willkommen auf der *Lone Star Ranch*, Cowgirl. Du wirst dich mit meiner Schwester und mit Grandma bestens verstehen und mit meinem Dad bestimmt auch. Trink mit ihm unseren Texas Whiskey, hergestellt aus unserer kleinen, aber sehr feinen Destillerie, ohne mit der Wimper zu zucken oder das Gesicht zu verziehen«, schlägt er vor und grinst. »Spätestens dann hast du bei ihm gewonnen.«

Nun muss ich herzlich lachen. »Den Tipp werde ich mir merken. Aber bevor wir in die Höhle der Löwen gehen, küss mich bitte.«

Chandler umfasst mein Gesicht und küsst mich sehr zärtlich, es rieselt warm und wohlig durch mich hindurch, wie ein warmer Sommerregen nach einer langen Trockenzeit. Belebend, reinigend und erneuernd, wenn die Luft erfüllt ist von den betörenden Düften der Blumen und des feuchten Grases. Jeder Regentropfen gleicht einer Liebesbotschaft seines Herzens.

Jetzt ist es unwiderruflich – ich bin nicht nur verliebt, nein, es ist so viel mehr. Seufzend lösen wir uns voneinander und sehen uns schweigend an. »Bist du bereit«, fragt er dann und lehnt seine Stirn an meine.

»Ja, ich bin bereit«, antworte ich ehrlich, obwohl vor Nervosität mein Magen heftig wummert.

Unbekümmert greift er meine Hand und steuert mit mir auf das Anwesen zu. Auf der Veranda steht seine

Mom, die hocherfreut seinen Namen ruft und die Arme für ihn ausbreitet. Bevor er zu ihr geht, küsst er meine Hand und zwinkert mir zu.

Ich beobachte ihn, wie er ihre Wangen küsst und sich von ihr am langen Arm betrachten lässt. »Gut siehst du aus, mein Junge, sehr gut sogar, und so ausgeglichen.«

»Das liegt eindeutig an meiner bezaubernden Begleitung, Mom«, antwortet er charmant und reicht mir seine Hand, damit ich zu seiner Mutter aufschließe. »Mom, das ist Avery Cunningham.«

»Guten Tag, Mrs. Bennett«, begrüße ich sie mit einem Lächeln und reiche ihr meine Hand.

»Ms. Cunningham«, antwortet sie kühl und übersieht einfach meine dargebotene Hand.

Na toll! Es verspricht ein wunderbares Wochenende zu werden. Kurz überlege ich, ob ich nicht doch auf der Stelle einfach verschwinde.

Da betritt Liza die Veranda.

»Chan!«, ruft sie laut und schrecklich überkandidelt aus, »endlich bist du hier.« Sie umfasst seine Schultern und küsst seine Wangen. Dann lässt sie ihn los und kommt auf mich zu. »Herzlich willkommen auf der *Lone Star Ranch*«, begrüßt sie mich, ganz die Gastgeberin. Diese Bitch.

Ich sehe, wie Chandler die Stirn runzelt.

Mich unbeeindruckt gebend, strahle ich sie freundlich an. »Ah, Sie sind auch hier, Liza. Als Mr. Bennetts Assistentin haben Sie wohl nie Feierabend?«

Das aufgesetzte Lächeln gefriert ihr augenblicklich auf den Lippen.

Ich sehe, wie Chandler sich bemüht, ein Grinsen zu unterdrücken. Es gelingt ihm auch, aber nur fast, denn das Zucken in seinen Mundwinkeln ist nicht zu übersehen.

Wir betreten jetzt einen großzügigen Wohnraum, der stilvoll eingerichtet ist.

Liza, die sich wieder gefangen hat, lächelt mich erneut an. »Ich habe Ihr Zimmer bereits herrichten lassen«, erklärt sie mir und nickt Mrs. Bennett zu. »Würden Sie mir bitte folgen?«

»Ich weiß ja nicht, was hier abgeht, Liza, aber Ms. Cunningham wird selbstverständlich kein eigenes Zimmer benötigen, weil sie, solange wir hier sind, bei mir wohnen und übernachten wird.«

»Aber ... ich dachte ... also ...«, stottert sie mit roten Wangen.

Doch Chandler übergeht das einfach. Eindringlich sieht er seine Mutter an. »Mom, lass es einfach. Ich habe Avery nicht als irgendeinen Gast bei dir angekündigt, sondern als meine Freundin. Ich erwarte, dass du sie akzeptierst und respektierst.«

Ohne ihre Antwort abzuwarten, nimmt er meine Hand und geht mit mir zu der großzügig geschwungenen Treppe. Wir nehmen die Stufen hinauf in die obere Etage und gehen die Galerie entlang, bis er plötzlich stehenbleibt.

Die ganze Zeit bin ich mir der Blicke seiner Mutter und Lizas bewusst. Doch Chandler kümmert es nicht, denn er küsst mich, bevor er die Tür öffnet und mich in seinen Wohnbereich führt.

Kaum sind wir allein, küsst er mich so wunderbar zärtlich, dass ich seine Mom und Liza vergesse, weil herrlich sinnliche Gefühle in mir erwachen.

»Avery«, flüstert er. »Ich entschuldige mich für das schlechte Verhalten von meiner Mom und von Liza. Das war ein eindeutiger Affront gegen dich, den ich nicht akzeptieren kann.«

»Du kannst doch nichts dafür«, antworte ich leise. »Lass uns jetzt nicht daran denken, sondern küss mich wieder«, bitte ich ihn, woraufhin er mir nur zu gern gibt, was ich mir wünsche.

Mit einem Handgriff fasst er hinter sich und schließt die Tür ab.

Dann packt er mich an den Hüften und hebt mich hoch. Sofort schlinge ich meine Beine um seine Mitte.

Er seufzt … »Daran musste ich die letzten Tage immer wieder denken, an unseren heißen Kuss auf dem Festival.«

»O ja, der war sehr heiß«, wispere ich und lege meine Lippen erneut auf seine. Chandler trägt mich durch den Raum in sein Schlafzimmer, um mit mir zusammen auf das Bett zu sinken.

»Du gibst mir keine Möglichkeit, mich bei dir umzusehen«, beschwere ich mich halbherzig.

»Das kannst du schon noch – später«, murmelt er und küsst sich meinen Hals hinunter, knöpft die Bluse dabei auf und fährt mit seiner Zungenspitze den Rand des BHs entlang.

Und schon bin ich schachmatt und butterweich.

Mit den Lippen knabbert er sich meinen Bauch hinunter und öffnet nebenbei meine Jeans. Ich helfe ihm, sie über meine Hüften zu schieben. Kurz verlassen seine Lippen meine Haut, weil er mir die Stiefel von den Füßen zieht und auf den Boden fallen lässt. Die Hose gleich hinterher. Erst dann macht er mit seinen Zärtlichkeiten weiter. Zwischendurch hört er auf und sein Blick schweift von meinem Gesicht über meinen ganzen Körper. In seinen Augen erkenne ich Bewunderung und heißes Begehren. Da greife ich seinen Hosenbund und ziehe ihn über mich.

»Meine Süße kann es nicht abwarten, mh?«, fragt er mit heiserer Stimme.

»Schlimm?«, will ich kokett wissen und schenke ihm einen verführerischen Augenaufschlag.

»Nein, ganz und gar nicht, ich finde es sogar sehr erregend.« Er schiebt sich von mir weg und entkleidet sich. Ich sehe ihm dabei zu und genieße seinen wirklich schönen Anblick, bis er in seiner ganzen Pracht vor mir steht. Bevor er sich wieder zu mir legt, greift er in die Schublade des Nachtschränkchens und holt eine Handvoll Kondome heraus, die er obendrauf ablegt.

»Du hast dir aber viel vorgenommen, Chandler«, necke ich ihn, was ihn zum Grinsen bringt.

»Warte es nur ab«, pariert er schmunzelnd und schiebt sich schon über mich.

Ich bin so heiß auf ihn, dass ich kein Vorspiel brauche oder gar wünsche. Nein, ich will ihn jetzt, wild und hart. Darum öffne ich meinen BH, der vorne einen Verschluss hat, natürlich habe ich ihn nicht ohne Hintergedanken angezogen. Chandler schiebt mir die bereits geöffnete Bluse samt BH von den Schultern, sodass ich ebenfalls nackt vor ihm liege. Sofort umfasse ich sein Gesicht und ziehe ihn zu mir herunter. »Ich hab dich so vermisst«, wispere ich, bevor ich ihn küsse. Seine Antwort kommt sofort, drängend und intensiv, dass ich unwillkürlich meine Schenkel für ihn öffne.

Stöhnend löst er sich von mir, greift neben sich, reißt den Blister des Kondoms auf und rollt es sich über seine bereits sehr beachtliche Erektion. Auch wenn ich ungeduldig auf seinen Schwanz warte, bringt Chandler mich vorher noch mit seinen Fingern fast um den Verstand. Nur mit Mühe halte ich mehrfach den aufkommenden Orgasmus zurück, spüre jedoch, dass ich es ein weiteres Mal nicht schaffen werde.

Also schiebe ich seine Hand von meiner heißen Mitte. Er senkt sich auf die Ellenbogen, umfasst mein Gesicht und küsst mich tief, so wunderbar tief … Während seine Zunge meinen Mund erforscht, schiebt er seine Männlichkeit in meine vor Lust pochende Pussy.

Kaum fühle ich ihn bis zum Anschlag in mir, kralle ich mich an seinen Oberschenkeln fest, bewege mich mit ihm in einem schnellen Rhythmus, bei dem wir uns mehr und mehr hochpushen, bis zu dem Punkt, an dem ich keine Kontrolle mehr habe. Weder über meinen Körper noch über die Laute, die mir entkommen. Chandlers harte Stöße nehme ich nicht nur in mir auf, nein, ich verlange noch nach mehr Härte, nach mehr Tiefe, nach seinem Stöhnen und seinem Höhepunkt, den er mir auch schenkt.

Meine Lippen kribbeln, alles in mir pulsiert und ebbt nur langsam ab … noch im Nachgang durchlaufen mich kleine Nachbeben. Das ist eine ganz neue, wunderbare Erfahrung für mich. Die ganze Zeit hält Chandler mich fest umfangen, küsst meine Schläfe und flüstert Zärtlichkeiten in mein Ohr. Erst als ich mich beruhigt habe, verschwindet er kurz im Bad, um anschließend mit mir unter der Decke zu kuscheln.

»Du warst einfach nur unglaublich, Cowgirl«, flüstert er mir zu.

Ich schmiege mich fester an ihn und antworte zufrieden: »Mhm … aber nur, weil du das in mir auslöst.«

Sein Lächeln spüre ich an meinem Hals.

»Bilde dir ja nicht zu viel darauf ein, Cowboy.«, lache ich jetzt zärtlich.

»Doch, Süße, ich kann gar nicht anders, als mir etwas darauf einzubilden.« Er streichelt durch meine Haare. »Weißt du eigentlich, dass ich dich liebe?«, fragt er mich unvermittelt und ich halte die Luft an.

»O. Bin ich jetzt wieder zu schnell?«, fragt er sanft, wobei er nicht aufhört seine Finger durch meine Haare gleiten zu lassen.

»Jein«, antworte ich. »Wir sind noch nicht wirklich lange zusammen.«

»Aber?«

»Nichts aber, meine Gefühle für dich sind intensiv. Sehr sogar, aber – ich traue mich noch nicht, weil für mich so viel mehr daran hängt, als nur deine Freundin zu sein.«

»Du meinst das Unternehmen, die Ranch …«

»Genau, und deine Mutter, das alles hier. Chandler, stell dich bitte nicht dumm, du weiß doch genau, was ich meine.«

»Ich kann es mir denken. Manches braucht halt einfach Zeit. Meine Mom wird schon noch erkennen, was für eine tolle Frau du bist.«

»Was ist mit Liza?«

»Das Problem werden wir auch noch lösen.« Er küsst mich. »Wie wäre es jetzt mit einer ausgiebigen Dusche und anschließend ein BBQ mit ein paar Gästen, die schon heute eintreffen.«

»Das hört sich sehr gut an«, antworte ich und löse mich aus der warmen Umarmung.

# 26. Chandler

Ich liebe Avery viel mehr, als ich es, bevor ich es aussprach, überhaupt wusste. Ihre Sorgen und Ängste bezüglich unserer Beziehung verstehe ich sehr wohl, sie wird sich mit der Zeit an alles gewöhnen, da ich ihr dabei helfe und sie bei allem unterstütze. Meine Freundin, das klingt viel zu wenig für das, was ich für sie empfinde. Aber nun, einen Schritt nach dem anderen.

Bereits geduscht und umgezogen warte ich am Schreibtisch auf Avery. Ich nutze daher die Zeit, Post durchzulesen und mir Notizen zu machen, für Dinge, die ich an diesem Wochenende hier erledigen muss.

Hinter mir raschelt es und eine sanfte Duftwolke umhüllt mich. Sofort drehe ich mich zu Avery um.

»Meinst du, ich kann so vor deiner Familie bestehen?«, fragt sie und dreht sich um ihre eigene Achse, damit ich sie von allen Seiten bewundern kann. Das kniekurze, auf ihre Figur geschneiderte Kleid, mit Mustern in Currygelb und dunklem Orange passt hervorragend zu ihren dunklen Haaren und der leicht gebräunten Haut. Dazu trägt sie knöchelhohe Westernstiefelletten. Das sieht ziemlich sexy aus.

»Liza wird vor Neid erblassen«, prophezeie ich ihr. »Du siehst einfach nur umwerfend aus.«

»Danke.«, sie lächelt.

»Bevor die Gäste kommen, möchte ich dir Granny und meine Schwester Jody vorstellen. Jody platzt schon vor Neugierde, dich endlich persönlich kennenzulernen.«

»Ehrlich?«, wundert Avery sich. »Du hast ihr von mir erzählt?«

»Ja, natürlich, warum auch nicht?«, wundere ich mich.

»Ja, warum auch nicht«, antwortet sie lächelnd. »Ich bin auch gespannt auf sie.«

»Bist du bereit?«, frage ich und halte ihr meine Hand hin, die sie nun ergreift.

»Bereit und sehr aufgeregt.«

Ich führe Avery hinunter. Alle befinden sich längst draußen auf dem Rasen, wo ein Pavillon und diverse Sitzgruppen aufgebaut wurden. Ein Catering sorgt für das BBQ und ein DJ untermalt alles mit Musik.

Meine Granny sitzt auf einem gemütlichen Gartensessel und hält einen Cocktail in der Hand. Als sie uns erblickt, lächelt sie erfreut.

»Chandler, schön, dich mal wieder zu sehen.« Das Glas stellt sie ab und erhebt sich, um mich zu umarmen. Ich knuddle sie liebevoll. Dann schiebt sie mich von sich und wendet sich Avery zu. »Ich freue mich sehr, Sie endlich kennenzulernen, Ms. Cunningham.«

Die Frauen reichen sich die Hand.

»Vielen Dank, Mrs. Bennett, ich bin ebenfalls erfreut Sie kennenzulernen.«

»Mein Enkel hat mir bereits von Ihnen vorgeschwärmt«, verrät sie und zwinkert mir zu. »Kommen Sie, ich zeige Ihnen, wo der Rest der Familie sich aufhält.« Granny sieht mich an. »Ich darf sie dir doch entführen?«

»Ungern, Granny, aber ich weiß, bei dir ist Avery gut aufgehoben«, antworte ich und grinse. Bevor ich sie allerdings gehen lasse, küsse ich sie noch zärtlich. »Viel Spaß, Kleines.«

Ich sehe Avery hinterher, bei Granny gibt es jetzt kein Entkommen mehr.

»Chan«, höre ich meinen Dad hinter mir.

»Oh, Dad, ich habe dich schon gesucht.« Wir begrüßen uns mit einem Handschlag.

»Wo ist denn deine bezaubernde Begleitung, von der Mom und Liza die ganze Zeit erzählen?«, fragt er und sieht sich um.

»Granny hat sie mir entführt. Du hast Avery aber doch schon kennengelernt.«

»O ja, eine kleine, quirlige und äußerst selbstbewusste junge Frau, die genau weiß, was sie will. Und hübsch ist sie auch noch.« Er schmunzelt anerkennend.

»Du magst Avery also?«, erkundige ich mich.

»Ich denke schon.«

Zusammen gehen wir zu den anderen Gästen, die sich schon um den großen Grill versammelt haben.

Mit großem Hallo werde ich von ihnen empfangen. Manche Cousins habe ich schon Jahre nicht mehr gesehen. Ich suche Avery, denn ich würde sie gerne allen vorstellen. Dann sehe ich sie mit meiner Granny und Liza im Gespräch. Auch das noch.

Bei ihnen angekommen, lege ich einen Arm um Avery. Dafür bekomme ich einen wütenden Blick von Liza. Unbekümmert gehe ich mit Avery zurück zum Grill, wo ich sie dem Rest der Gäste vorstelle.

Nachdem wir gegessen haben, fordere ich Avery zum Tanzen auf. Wir sind die Ersten auf dem kleinen Tanzparkett, was natürlich die Aufmerksamkeit auf uns zieht. Da mein süßes Cowgirl sich wie eine zweite Haut an mich schmiegt, vergesse ich diese Tatsache jedoch sehr schnell.

Erst als wir engumschlungen zu den anderen zurückkehren und mich Moms zorniger Blick trifft, erinnere ich mich wieder daran. Genervt schüttle ich den Kopf in ihre Richtung und lenke Avery zu Jody, die gerade in einem Gespräch mit jemandem ist.

Als sie uns auf sich zukommen sieht, strahlt sie übers ganze Gesicht.

»Hey, ihr beiden, endlich habt ihr Zeit für mich.« Doch bevor wir miteinander reden können, vibriert ihr Handy. Jody nimmt das Gespräch an und ihre Stirn runzelt sich immer mehr. »Ja klar, wir kommen, und ihr bleibt da, wo ihr seid!«

»Chan, wir müssen sofort auf die Ostweiden. Die Zäune sind niedergetrampelt und die Herde verteilt sich.«

»Sind das die Gertrudis?«, will ich wissen und sie nickt.

»Fuck«, stoße ich aus. »Dann nichts wie los.«

»Ich komme mit!«, bietet sich Avery an.

»Okay«, ruft Jody aus. »Wir ziehen uns schnell um und schwingen uns aufs Pferd. Chan, sattle Charly für deine Freundin.«

Jody umfasst Averys Hand und schon rennen sie ins Haus. Mittlerweile ist mein Dad am Telefon und trommelt unsere Farmarbeiter zusammen. Manche von ihnen fahren mit dem Pick-up zu den Ostkoppeln, ein paar mit geländegängigen Motorrädern, den Enduros.

Ich sattle die Pferde für die Mädels und für mich. Fünf unserer Cowboys warten schon auf uns.

Avery und meine Schwester kommen kurze Zeit später angerannt und schwingen sich auf die Pferde. Wir reiten den ausgebrochenen Rindern entgegen, die die anderen in unsere Richtung treiben.

Sowas passiert leider immer mal wieder. Manchmal übersehen wir einen Defekt an einem Zaun bei den regelmäßigen Zaunkontrollen, ab und an werden sie aber auch mutwillig zerstört. Es kann aber auch vorkommen, dass die Rinder aus irgendeinem Grund in Panik geraten und alles niedertrampeln, was sich ihnen in den Weg stellt.

Avery sitzt wirklich fest im Sattel und reitet auf meiner Höhe. »Bleib immer bei mir«, rufe ich ihr zu, und sie nickt. Als ich dieses Wochenende mit ihr bei meinen Eltern geplant habe, stand Viehtreiben definitiv nicht auf dem Plan. Aber sie jetzt so zu sehen, gefällt mir sehr. Ihre Augen funkeln, während sie zu mir blickt.

Wir bekommen die Nachricht, dass einige der Tiere schon eingefangen wurden, aber der größere Teil der Rinder rennt noch auf uns zu.

Jody ruft mir zu und zeigt vor uns. Es geht los. Wir verteilen uns, um sie von der Seite her zusammenzubringen. Zuerst muss ich hinter die Herde gelangen. Wir sehen die Staubwolken der Rinder und hören ihr Getrappel und Stampfen. Um nicht unter ihre Hufe zu geraten, weichen wir seitlich aus. Avery bleibt immer an meiner Seite. Sie zieht ihr Halstuch vors Gesicht, und ich mache es ihr gleich. Es staubt so stark, dass es kaum noch möglich ist, zu atmen.

Während wir die Rinder von der Seite her zusammentreiben, verschärft sich die Situation. Die aufgescheuchte Herde gerät in immer größere Unruhe, und die Staubwolken erschweren die Sicht. Plötzlich höre ich Avery hinter mir aufschreien. Ich drehe mich um und sehe, dass ihr Pferd scheut, als ein aufgeregtes Rind direkt auf sie zu stürmt.

In Sekundenschnelle realisiere ich die Gefahr. Avery hat Schwierigkeiten, ihr Pferd zu beruhigen, und das Rind kommt bedrohlich näher. Adrenalin schießt durch meinen Körper, und ich treibe mein Pferd zu Höchstleistungen an, um zu ihr zu gelangen.

Mit einem geschickten Manöver schaffe ich es, mich zwischen Avery und dem wildgewordenen Rind zu positionieren. Ich greife nach dem Zügel ihres Pferdes, während ich mein eigenes mit geübter Hand lenke. Die Situation ist angespannt, das Rind schnaubt und stampft, doch ich halte Avery fest im Griff.

»Alles in Ordnung?«, frage ich atemlos, während ich ihren erschrockenen Blick treffe. Sie nickt und übernimmt ihr Pferd wieder.

Wir setzen den Ritt fort, die Herde weiter in die gewünschte Richtung treibend.

Während wir die Herde erfolgreich zur Ruhe bringen, spüre ich eine tiefe Zufriedenheit. Als die Tiere endlich zum Stehen kommen und anfangen, das spärliche Gras zu fressen, springe ich aus dem Sattel. Bevor ich mich um meine Aufgaben kümmere, helfe ich Avery auf den Boden. Sie springt direkt in meine Arme.

»Alles gut bei dir, Cowgirl?«, frage ich.

»Ja, alles bestens, Chandler.«

»Du hast dich wirklich gut gehalten«, sage ich anerkennend.

»Na ja, bis auf den Moment, als das Pferd gescheut hat.«

»Charly kannte dich nicht und du kanntest ihn nicht, da kann das schon mal passieren, zumal die Rinder auch wirklich sehr wild heute waren.«

»Wie du meinst«, antwortet sie und lächelt mich zärtlich an.

Hinter uns kommen unsere Farmarbeiter mit ihren Pick-ups und Zweirädern an. Auf der Ladefläche stehen riesige Wasserkanister und diverse Hängeeimer, sodass wir die Pferde mit Wasser versorgen können.

Jeder packt an, auch Jody und Avery. Die Eimer werden den Pferden um den Hals gehängt, damit die Tiere ihren Durst nach dem anstrengenden Ritt löschen können.

Noch während wir uns um die Pferde kümmern, kommt Dad mit seinem Pick-up.

Er ruft zwei der Farmarbeiter zu sich heran und bittet sie, ihm zu helfen. Sie schleppen vier große Kühltaschen heran, in denen Getränke und Leckereien vom Buffet sorgfältig eingepackt wurden. Durstig und hungrig greifen wir alle zu.

»Ihr werdet es nicht schaffen, die Rinder vor Einbruch der Dunkelheit zurückzubringen«, stellt Dad fest.

»Stimmt, wir werden für heute Nacht ein Lager errichten. Wenn wir dann im Morgengrauen das Vieh zurücktreiben, schaffen wir es vielleicht sogar noch rechtzeitig zu eurem Fest.«

Dad nickt. »Ja, so machen wir das. Auf meinem Wagen findet ihr alles, was ihr für die Nacht braucht.«

Wir geben uns ein High-Five und nicken zufrieden.

Er wendet sich an Avery und Judy. »Und euch beide nehme ich wieder mit.«

»Aber Dad!«, ruft Jody aus, »ich bleibe hier.« Sie wendet sich an Avery. »Und du doch auch, oder?«

»Na klar, ich bleibe auch hier.«

Jetzt mische ich mich ein. »Dad, ich passe auf die Mädels auf«, beruhige ich ihn.

Ungern gibt er nach. »Avery, Sie sind also unsere neue DTO mit einem ziemlich eigenwilligen Kopf und ein echtes Texasgirl.« Er fährt sich über sein Kinn. »Eine interessante Mischung.« Jetzt grinst er. »Respekt, Junge, ich denke, deine Mom wird noch ein wenig Zeit benötigen, um über Liza hinwegzukommen. Avery, ich hoffe, Sie haben noch etwas Geduld mit meiner Frau.«

»Das kann ich noch nicht sagen, Sir«, antwortet sie ehrlich.

Ich kann es ihr nicht einmal verdenken.

»Avery, morgen trinken wir zwei einen Whiskey und lernen uns besser kennen. Ich freue mich schon darauf.«

»Danke, Mr. Bennett, ich freue mich auch.«

Später in der Nacht dösen wir beide in einem Schlafsack am Lagerfeuer, alle anderen liegen auch da. Jody hat sich dicht an mich gedrückt. So wie immer, wenn wir unterwegs waren.


Wir schaffen es tatsächlich, am nächsten Tag rechtzeitig auf die *Lone Star Ranch* zurückzukehren.

Schmutzig, verschwitzt und glücklich steigen wir von unseren Pferden und versorgen sie. Das ist die oberste Regel für einen Cowboy: Das Pferd kommt immer zuerst.

Noch während wir damit beschäftigt sind, erscheint Liza.

»Chan!«, ruft sie in ihrer schrecklich affektierten Weise meinen Namen. »Ich hab mir solche Sorgen um dich gemacht.«

Avery und ich sehen uns an. Ich rolle genervt mit den Augen, was sie zum Kichern bringt.

»Liza, dazu gab es aber gar keinen Grund.«

»Ihr seid alle so dreckig und«, sie schnüffelt an meinem Arm, »ihr stinkt auch noch.«

»Ja, Liza, das kommt beim Vieh treiben schon mal vor, es war heiß und dann schwitzt man nun mal.«

Ich blicke wieder zu Avery.

»Liza?« Avery wendet sich direkt an sie. »Komm doch beim nächsten Mal einfach mit«, schlägt sie vor.

»Oh ja!«, ruft Jody, »so eine Sause solltest du dir nicht entgehen lassen. Es würde wahrscheinlich deine Frisur zerstören, bei deinen Schühchen die Absätze abbrechen und deine Dessous könnten mal so richtig durchgeschwitzt werden. Außerdem könntest du den einen oder anderen aufgeklebten manikürten Fingernagel verlieren.«

*Ups!*, denke ich nur. Ich hatte keine Ahnung, wie wenig Jody Liza leiden kann.

»Danke!«, antwortet Liza und hebt ihr Kinn. »Kein Bedarf. Glaube mir, Jody, Männer stehen nicht auf Cowgirls«, führt sie weiter aus, mit einem giftigen Blick in Averys Richtung.

Und was macht *mein* Cowgirl? Sie lacht laut und schüttelt den Kopf. Dabei dreht sie Liza den Rücken zu und kümmert sich weiter um ihr Pferd Charly.

Es ist Jody anzusehen, dass sie es nicht dabei belassen möchte, doch ich lege meine Hand auf ihre Schulter und schüttle den Kopf.

»Chan, kommst du jetzt endlich?«, lässt Liza allerdings nicht locker. »Deine Mom wartet auf uns und sie lässt dir ausrichten, dass sie dringend mit dir sprechen will.«

»Avery und ich kommen gleich. Sag Mom, wir müssen erst einmal duschen.«

Beleidigt stolziert Liza davon.

Ich möchte wirklich gerne wissen, was meine Mutter so alles mit ihr bespricht, dass sie sich hier so siegessicher als zukünftige Mrs. Bennett aufspielt.

Da das Fest nicht schon zum Anfang mit schlechter Stimmung starten soll, werde ich die Aussprache mit meiner Mom auf morgen verschieben. Aber noch so ein Auftritt von meiner Ex, und ich platze vor Wut, feuere sie und werfe ihr die Klamotten aus dem Zimmer hinterher.

Nachdem wir ausgiebig geduscht und für den Anlass passend gekleidet sind, sehen Avery und ich uns über den Spiegel hinweg an.

»Es war ein heißer Ritt mit dir«, stelle ich belustigt fest, woraufhin sie lacht.

»Ja, das war es. Zwischendurch dachte ich kurz, das war es jetzt, als das Rindvieh Charly so in Panik versetzt hat …«

»Das hätte nicht passieren dürfen, ich dachte, er wäre ruhiger.«

»Ist er bestimmt auch, aber wir waren uns fremd. Er hatte keine Zeit mich kennenzulernen. Ich kam, saß auf und los ging's.«

282

# 27. Avery

»Chandler, eines sollst du wissen: Ich lasse mich nicht mehr von Liza oder deiner Mutter beleidigen oder kränken. Das ist mehr als nur unhöflich. «

»Da gebe ich dir vollkommen recht. Wäre heute nicht der Hochzeitstag meiner Eltern, hätte ich schon längst ein Gespräch mit ihr geführt.«

Ich stelle mich vor ihm auf die Zehenspitzen und küsse sein Kinn. »Um es in aller Deutlichkeit zu sagen: Wenn eine der beiden wieder so ein taktloses Verhalten mir gegenüber an den Tag legt, packe ich meinen Koffer und fahre zurück nach Dallas.«

»Avery, wenn das passieren sollte, werde ich sofort mit ihnen reden. Egal, was für ein Tag heute ist«, beruhigt er mich.

»Weißt du, meine Eltern sind nicht reich und mir wurde nichts einfach in die Wiege gelegt. Wir haben immer alle hart gearbeitet, und trotzdem habe ein sehr liebevolles Zuhause. Ich lasse mich von niemandem als ein Nichts abstempeln. Schon gar nicht von deiner Ex-Liza und auch nicht von einer hochwohlgeborenen Mrs. Bennett.«

Während ich rede, spüre ich, wie ich immer wütender werde. Ob das jetzt ratsam ist, weiß ich nicht, aber mich kränkt das Verhalten der beiden Frauen sehr.

Er umarmt mich liebevoll. »Uns kann niemand trennen, Avery, weder meine Mom noch Liza. Das werden die schon noch merken. Aber hey, dafür mag dich mein Dad umso mehr.«

Jetzt muss ich schmunzeln. »Ja, das habe ich schon bei deinem Dad gemerkt und deine Schwester mag mich auch. Sie ist echt sehr lieb.«

»Siehst du, so schlimm sind wir doch gar nicht. Ich liebe dich, und nur das zählt und ist wichtig.«

»Ja, nur das ist wichtig«, flüstere ich und küsse ihn.

Als wir uns voneinander lösen, betrachte ich mich noch einmal im Spiegel. Zu einem enganliegenden sandfarbenen Kleid mit Perlenstickerei trage ich Stilettos in gleicher Farbe. Meine Haare habe ich kunstvoll aufgesteckt und ein paar Strähnen mit einem Lockenstab in Form gebracht. Eine goldene, zarte Y-Halskette, dazu passende Ohrhänger runden alles ab.

»Du siehst so bezaubernd aus, Avery.« Chandler betrachtet mich mit einem Lächeln. »Ich habe noch etwas für dich, warte mal«, sagt er und öffnet seinen

Kleiderschrank, wo er zwischen den Shirts eine Schachtel hervorzieht. Eine samtene Schatulle, die er mir überreicht. »Bitteschön, das müsste hervorragend zu deinem Outfit passen.«

»Chandler ...« Mehr schaffe ich nicht zu sagen. Mein Herz hämmert aufgeregt. Vorsichtig öffne ich die Schatulle. Auf weißem, samtigen Stoff liegt ein feiner goldener Armreif, auf den zwei Charms gezogen wurden. Es ist ein Unendlichkeitszeichen, das mit kleinen Diamanten besetzt ist, und ein geschwungenes Herz.

Ich schlucke, denn vor lauter Rührung steigen Tränen auf. »Das ist ein wunderschöner Armreif«, hauche ich.

»Er gefällt dir?«

»Aber ja, sehr sogar, Chandler«, hauche ich, weil es mir regelrecht die Sprache verschlagen hat und ich heftiges Herzklopfen bekommen habe.

Er greift nach dem Armreif und legt sich das Unendlichkeitszeichen auf seinen Handrücken. »Ich habe lange nach etwas passenden gesucht, Avery«

»Du machst mich gerade sprachlos«, wispere ich und verliere in diesem Moment den Kampf gegen die Tränen. Mit einem Finger wischt er sie zärtlich von meinen Wangen.

»Das Unendlichkeitszeichen soll dir zeigen, dass ich es ernst meine.« Sein Blick ist sehr liebevoll, während er mir den Armreif um mein Handgelenk legt und verschließt. »Und jetzt, meine Süße, gehen wir runter zu den anderen und stellen uns den Herausforderungen.«

»Ja, das machen wir«, stimme ich ihm glücklich zu, ziehe ihn zu mir herunter und küsse ihn.

Hand in Hand gehen wir die Stufen hinab. Unten angekommen werden wir von seinen Eltern empfangen.

Sein Dad strahlt uns entgegen. »Kommt, ihr beiden, in zwanzig Minuten erneuern wir unser erneutes Eheversprechen.« Er sieht schon ziemlich aufgeregt aus.

Ich lächle in mich hinein. Obwohl sie schon so lange verheiratet sind, ist er nervös.

Seine Mom versucht sich an einem Lächeln, was ihr mir gegenüber definitiv nicht gelingt. Chandler übergeht das und drückt mir vor ihren Augen einen liebevollen Kuss auf den Mund.

Während ich an seiner Hand zum Pavillon geführt werde, sehe ich mich noch einmal um. Es ist fast wie in einem Film. Dieses große Anwesen, die illustren Gäste in ihren Designerroben.

Auch wenn Mrs. Bennett mir gegenüber mehr als unhöflich ist, muss ich zugeben, dass sie in ihrem champagnerfarbenen Seidenkostüm wirklich wunderschön aussieht. Das Ehepaar wirkt zusammen sehr glücklich.

Ich muss ehrlich gestehen, dass ich mir um das Ausmaß dieser Feierlichkeit nicht bewusst war, was im Nachhinein betrachtet, sehr naiv von mir gewesen ist.

Nach dem erneuten Ehegelübde, passender Musik und einer großartigen Sängerin, nimmt das Ehepaar Bennett die Glückwünsche von allen Seiten entgegen. Champagner und Fingerfood werden gereicht.

Jody kommt mit einem strahlenden Lächeln auf uns zu. »Da seid ihr ja, ihr zwei Turteltauben.« Sie greift meine Hand und wir drei gehen gemeinsam weiter.

»Jody, da hinten, die mit dem grellen Kostüm, das ist doch die Sängern Queeny, oder?«, frage ich sie.

»Ja, ist sie. Seit sie sich den Ölbaron Baxton geangelt hat, fehlt sie auf keinem Fest. Queeny ist eine nette Person, willst du sie kennenlernen?«

Ich schüttle nur verneinend den Kopf.

Chandlers Schwester nennt mir noch viele Namen, die meisten habe ich schon mal gehört oder in Zeitungen gelesen. Manche sind mir sehr bekannt, andere weniger. Irgendwann schwirrt mir der Kopf. Das ist der Moment, als mich Chandler einigen dieser Persönlichkeiten vorstellt. Zunächst lächle ich höflich, plaudere ein wenig und nippe von meinem Schampus. Dann merke ich, wie ich gedanklich immer mehr abschweife, bis Liza zu uns kommt.

»Avery, ich gebe es ungern zu, aber du siehst wirklich bezaubernd aus«, macht sie mir vollkommen überraschend ein Kompliment.

»Danke, Liza. Und du siehst aus wie ein Hollywoodstar.« Das meine ich wirklich ehrlich. Sie trägt heute den Look einer Hollywooddiva, der ihr ausgezeichnet steht. An ihr ist so ziemlich alles perfekt. Auch wenn ich mich bemühen würde – so hübsch würde ich niemals aussehen. Kein Wunder, dass Mrs. Bennett so sehr von ihr überzeugt ist. Und wer weiß, vielleicht hat sie Liza auch einfach nur ins Herz geschlossen.

Wir prosten uns stumm zu und nippen von dem Perlwein. Da sie mir bisher nur als äußerst unfreundliche Person gegenübertrat, habe ich gerade keine Ahnung, worüber ich mich mit ihr unterhalten könnte. Und wer weiß, vielleicht ist ihre Freundlichkeit auch nur gestellt.

Ich bekomme keine Zeit weiter darüber nachzudenken, denn Liza wird von einem attraktiven Mann angesprochen, dem sie sich sofort zuwendet.

»Mr. Harrington«, freut sie sich mit einem umwerfenden Lächeln. Sie kennt wirklich jeden hier mit Namen. Ich kenne hier eigentlich niemanden und den Namen schon gar nicht.

»Ms. Bronson, endlich habe ich das Vergnügen, mit Ihnen zu plaudern«, beginnt der gutaussehende Herr das Gespräch, woraufhin ich mich abwende.

Chandler bespricht gerade mit seinem Gegenüber Börsengeschäfte. Das ist ein Thema, wo ich mich ein wenig auskenne und was mich interessiert, also hänge ich regelrecht an seinen Lippen und sauge seine Erfahrungen und das Wissen in mir auf.

Der Wind nimmt langsam zu, was zunächst sehr angenehm ist, weil die stehende Hitze recht anstrengend ist. Ich atme tief durch und halte mein Gesicht in den Wind.

»Hallo, wunderschöne Frau«, raunt Chandler in mein Ohr und umarmt mich von hinten.

»Hey …« Ich lehne mich an ihn. »Genießt du das Fest?«

»Ja, weil ich dich an meiner Seite habe.«

»Schmeichler«, antworte ich und lache.

»Nein, im Ernst, Avery.«

Daraufhin drehe ich mich in seinen Armen zu ihm, umschlinge seinen Nacken und küsse ihn. Eine erneute Böe erfasst meine Frisur, ein paar feine Haarsträhnen lösen sich daraus, die mein Gesicht kitzeln.

Jody steht plötzlich neben uns. »Chan? Sorry, ich störe euch Turteltäubchen wirklich ungern, aber sieh mal dahinten«, sagt sie und deutet zum Himmel.

Mein Herz bleibt vor Schreck fast stehen, denn es ist sehr deutlich zu erkennen, dass sich ein heftiges Unwetter zusammenbraut. Und wenn ich das richtig deute, könnte es zerstörerisch werden. Die lokale Wettervorhersage hat nicht davon berichtet! Solche Pop-up-Stürme kommen leider ab und an vor.

Auch die anderen Gäste sehen jetzt das Unwetter, was große Unruhe verbreitet.

»Los, Avery«, fordert Jody mich auf. »Wir müssen ins Haus und alle Fenster verriegeln. Komm schnell!« Ich streife meine Stilettos von den Füßen und renne mit ihr los. Gäste verabschieden sich im Laufen und steigen in ihre Autos, um von hier wegzukommen.

Schwer atmend gelangen wir ins Haus und verriegeln Fenster für Fenster, nachdem wir zuvor die Fensterläden von außen zugeklappt haben. Die beiden Hausangestellten sowie Mrs. Bennett und Liza helfen auch mit.

Jody fordert mich auf, mein Kleid gegen Hose und Shirt zu tauschen, damit wir den Männern bei den Pferden helfen können. In Windeseile ziehen wir uns um. Auf dem Weg zu den Ställen greift sie zu Wettermänteln und reicht mir einen.

Mittlerweile ist das Unwetter bei uns angekommen, die Pferde laufen aufgeregt im Paddock herum.

Ich sehe Chandler, wie er im durchnässten Anzug eines der noch freilaufenden Tiere in den Stall bringt, wo es von jemandem in Empfang genommen wird.

Bevor ich ihn jedoch erreichen kann, rennt eines der Ponys auf den Hof und tritt in seiner Panik nach hinten aus. Ich gebe Jody ein Zeichen, und wir gehen von zwei Seiten auf das Tier zu. Jody nimmt ein Lasso, fängt das Pony ein und ich ergreife schnell das Halfter.

Noch ehe es uns gelingt, das ängstliche Tier in den Stall zu bringen, durchzuckt ein greller Blitz den Hof und schlägt mit ohrenbetäubendem Krachen ein. Der dumpfe, grollende Donner folgt im Bruchteil von Sekunden. Ich werde von dem Pony herumgerissen und mitgeschleift, bis ich mich mühsam von dem festgezurrten Leder befreien kann. Bevor ich mich aufrappeln kann, trifft mich ein dickerer Ast am Kopf und alles um mich herum wird schwarz.

# 28. Chandler

Als der Blitz direkt vor meinen Augen in den Boden einschlägt, greife ich über mein Herz, weil die starke elektrische Spannung kaum zu ertragen ist. Ich höre ein Pony vor Angst und Panik wiehern. Avery und Jody, die zuvor noch das Tier eingefangen hatten, sind plötzlich nicht mehr zu sehen. Nachdem das Donnergrollen aufgehört hat, höre ich nur noch den starken Wind und das Prasseln des Regens.

»Avery!«, brülle ich gegen den Sturm an. »Jody!«

Natürlich erhalte ich keine Antwort. Das Pferd ist auch verschwunden, worüber ich mich gerade am wenigsten sorge. Plötzlich steht Liza neben mir.

»Hast du zufällig Avery oder Jody gesehen?«, will ich von ihr wissen.

»Nein!«, ruft sie und hält mich am Arm fest. »Kann ich dir helfen, Chan?«

»Ja, hilf mir, die beiden zu finden, sie waren gerade noch hier und sind plötzlich verschwunden«, erzähle ich ihr und sie nickt.

Travis Harrington taucht auf, auch er ist nass bis auf die Haut. »Ist etwas passiert?«, fragt er und schaut sich um.

»Keine Ahnung, aber zwei Frauen sind plötzlich weg. Jody, meine Schwester und meine Freundin«, gebe ich ihm Auskunft.

»Jody kenne ich. Deine Freundin, ist das die Kleine mit den dunklen Haaren?«

Ich nicke.

»Okay, dann gehen wir die beiden mal suchen. Wo waren sie zuletzt?«

Ohne Worte ziehe ich Travis mit mir. Liza folgt uns. »Achtung!«, schreit sie und zieht mich am Arm. Sofort erkenne ich, dass eine gelöste Wellblechplatte vom Dach mit hoher Geschwindigkeit auf uns zukommt. Ich packe sie und Travis gleichzeitig an den Armen und zerre sie auf den Boden, dort werfe ich mich schützend über Liza und halte meine Arme über meinen Kopf, um mich selbst zu schützen. Nur wenige Meter neben uns, fällt die Wellblechplatte krachend zu Boden.

Ich stehe auf und ziehe Liza mit mir hoch. »Alles klar, bist du verletzt?«

»Nein«, ruft sie gegen den Sturm an, »alles okay.«

Auch Travis steht bereits bei uns. »Weiter?«

Ich nicke. Neben den Ställen tritt bereits der sonst so ruhige Bachlauf Vortex Creek, über die Ufer und ist mittlerweile zu einem reißenden Fluss geworden.

Ich brülle einem meiner Leute zu, dass sie ohne uns weitermachen müssen.

Wir durchsuchen zunächst die Ställe, nach den beiden Frauen, doch das bleibt erfolglos. Angst steigt in mir auf. Wo können sie denn sein? Ich habe sie doch gerade erst noch gesehen!

Travis nimmt Lizas Hand und zieht sie hinter die Gebäude und ich beobachte, wie er sie an sich presst und seine Arme über ihren Kopf hält, als ein Stück abgerissener Zaun an ihnen vorbeifliegt. Okay, er passt gut auf sie auf, was ich beruhigend finde.

Ich durchforste die andere Seite der Ställe und finde weder meine Schwester noch Avery. Fuck! Das verstehe ich nicht!

Vor mir tauchen wieder Travis und Liza auf. Sie schütteln beide den Kopf. Kurz schließe ich die Augen und überlege, aber mir fällt nichts ein.

In einem langen Regenmantel steht plötzlich mein Dad vor uns.

»Dad!«, brülle ich gegen die laute Geräuschkulisse an, »ist Jody oder Avery im Haus?«

Er schüttelt den Kopf. »Warum fragst du?«, brüllt er zurück.

Ich erzähle ihm knapp, was vorgefallen ist.

Mittlerweile habe ich das Zeitgefühl verloren, aber da es bereits dunkel ist, muss es schon Abend sein.

Derweil haben wir uns in den Stall zurückgezogen. Ich bin durchgefroren, mein Anzug klebt wie eine zweite Haut an meinem Körper.

»Chandler, wir gehen jetzt alle ins Haus.« Dad richtet seinen Blick auch auf Travis und Liza. »Der Sturm lässt langsam nach und ihr müsst euch dringend etwas Trockenes anziehen, sonst werdet ihr noch krank und das hilft niemandem.«

Mein Dad hat leider recht, ich folge ihm.

Im Haus werden wir von Mom empfangen. Angstvoll sieht sie uns entgegen. »Wo ist Jody?«

Dad berichtet ihr, was vorgefallen ist.

»Oh nein!«, ruft sie aus, »Avery ist auch nicht aufzufinden?« Schockiert lässt sie sich auf einen Sessel sinken. »Was nun?«

»Wir müssen den Sturm und die Nacht abwarten, Darling«, antwortet Dad ihr mit ruhiger Stimme. »Bei diesem Wetter bringen wir uns alle in Gefahr, wenn wir jetzt auf die Suche gehen. Chan, Travis und Liza waren bereits so unvernünftig. Jetzt nimmt jeder eine heiße Dusche – funktioniert das überhaupt noch?« Er sieht Mom an.

»Nein, wir haben schon das Notstromaggregat laufen.«

»Okay, ich gehe hoch, trockne mich ab und ziehe mich um. Für Warmwasser werden wir definitiv keine Energie verschwenden, die brauchen wir für eine kräftige Suppe für uns alle.« Ich nicke den Haushälterinnen zu und sie machen sich sofort ans Werk.

Mit großen Schritten, immer zwei Stufen auf einmal nehmend, renne ich hinauf, um mich in meinem Zimmer umzuziehen. Im Bad ziehe ich mir die enganliegenden Klamotten vom Körper und trockne mich ab. Dann schlüpfe ich in eine Jeans und einen Hoodie. Von großer Unruhe geplagt, würde ich am liebsten gegen alle Vernunft wieder nach draußen gehen, Avery und meine Schwester suchen. Um kurz meine aufgewühlten Gefühle und Gedanken zu kontrollieren, lasse ich mich aufs Bett fallen und schließe die Augen. Alles dreht sich, bis ich zur Ruhe komme und sofort erschöpft einschlafe. Irgendwann werde ich sanft an der Schulter berührt.

»Chan, wach auf«, höre ich Liza.

Verwirrt öffne ich die Augen und sehe sie an.

»Ist etwas passiert?«, frage ich und setze mich mühsam auf.

»Nein, ich habe vorhin draußen etwas gefunden und wollte dich fragen, ob du zufällig weißt, wem es gehört. Ich glaube schon, dass ich es weiß, möchte es aber von dir wissen.« Während sie spricht, angelt sie aus ihrer Hosentasche ein Schmuckstück und reicht es mir.

Kurz stockt mir der Atem und ich schlucke trocken.

»Das habe ich Avery heute geschenkt, bevor wir zum Fest gegangen sind«, bringe ich heiser hervor.

»Es ist wunderschön«, flüstert sie.

Ich lasse den goldenen Armreif durch meine Finger gleiten. »Wo hast du es gefunden?«

»Hinter dem großen Stall«, erklärt sie.

»Wo genau?«

»Ich kann es gar nicht so genau sagen«, antwortet sie, »es war so windig und der starke Regen, ein Teil des Reifs blinkte mir quasi entgegen, als erneut ein Blitz am Himmel zuckte.«

»Dann zeig es mir morgen.«

»Das mache ich, deine Mom lässt ausrichten, dass noch Suppe für dich da ist. Ich denke, du solltest etwas essen.«

»Danke, ich gehe gleich runter. Und danke, dass du beim Suchen mitgeholfen und mir den Reif gegeben hast.«

»Ich hatte das Schmuckstück heute an ihrem Arm gesehen … Chandler?« Liza zögert plötzlich und sieht mich an.

»Was?«

»Du liebst sie, oder?«, fragt sie leise und ich sehe Tränen in ihren Augen.

»Ja, Liza, sehr sogar.«

»Avery ist sehr hübsch, und ich muss sogar zugeben, dass ich sie auch mag«, gesteht sie mit einem Lächeln.

»Tatsächlich? Warum dann dein unschönes Verhalten ihr gegenüber?«

»Weil ich immer noch starke Gefühle für dich habe, Chan, außerdem war ich eifersüchtig.«

»Was ist das mit Mom und dir?«, will ich jetzt wissen.

Liza streicht sich durch ihre blonden Haare. »Wir mögen uns sehr, weißt du? Bevor du dich von mir getrennt hast, fühlte sie sich schon wie meine Schwiegermutter und ich mich wie ihre

Schwiegertochter. Sie sagte oft zu mir, dass sie mich lieben würde, wie eine Tochter.«

»Das wusste ich nicht«, murmle ich unangenehm berührt.

»Hätte es denn etwas geändert?«

»Nein, Liza, je länger wir zusammen waren, desto mehr war mir klar, dass wir nicht zusammenpassen.«

»Was ist denn falsch an mir?«

»An dir ist alles richtig, aber du passt nicht zu mir. Ich kann mir ein Leben mit dir einfach nicht vorstellen.«

»Liebst du Avery, weil sie mit Pferden umgehen kann?«

Unwillkürlich lächle ich. »Auch, ja, ich liebe es, dass sie so herrlich unkompliziert sein kann und Avery ist auch auf einer Farm aufgewachsen.«

»Sie ist mehr wie Jody, nicht wahr?«

»Stimmt, beide sind echte Cowgirls.«

»Und das magst du an ihr«, stellt sie fest.

»Liza, du weißt es doch bereits und ich will dir nicht noch mehr wehtun. Außerdem sind wir nicht erst seit gestern getrennt ...« Etwas hilflos blicke ich sie an.

»Ich weiß ...«

»Was ist eigentlich mit Travis und dir?«, frage ich, weil mir plötzlich wieder eingefallen ist, wie er sie im Sturm beschützt hatte.

»Was soll da sein? Wir haben uns heute vor dem Unwetter kurz unterhalten.«

»Es war nur eine Frage«, antworte ich und erhebe mich.

»Okay, ich gehe jetzt mal runter zu den anderen.«

Gemeinsam gehen wir in die Küche. Das erfreute Funkeln in Mom's Augen entgeht mir natürlich nicht, darum bitte ich sie um ein Gespräch.

»Mom«, beginne ich, als wir uns gesetzt haben, »ich habe vorhin mit Liza gesprochen.«

»Das habe ich mit großer Freude mitbekommen.«

»Liza und ich haben das zwischen uns endgültig geklärt. Sie wird niemals deine Schwiegertochter werden«, mache ich meiner Mom noch einmal deutlich.

»Aber Junge, denk doch mal nach!«, ruft sie aus.

Doch ich schüttle nur den Kopf. »Lass es einfach gut sein, dein Verhalten Avery gegenüber war wirklich desaströs und übergriffig. Du hast nicht nur sie, sondern auch mich damit vor den Kopf gestoßen.«

Es ist ihr deutlich anzusehen, wie es in ihr arbeitet.

»Mom, ich erwarte nicht von dir, dass du Avery wie Liza liebst, aber du musst dich ihr freundlich und respektvoll gegenüber verhalten, so, wie du jedem Menschen sonst auch begegnest. Ich habe dich gar nicht wiedererkannt, so bist du doch eigentlich gar nicht.«

Ich stehe auf und wende mich von ihr ab.

»Chandler?«, höre ich sie.

»Ja, Mom?«

»Jody mag Avery auch, nicht wahr?«

»Ja, Jody findet sogar, dass Avery gut zu mir passt.«

»Und Dad?«

»Ich glaube, er hält Avery für eine gute Wahl.«

»Obwohl sie nur eine Farmerstochter ist? Ich meine, Lizas Vater war wenigstens ein Diplomat ...«, versucht Mom mich doch noch zu überzeugen.

»Das macht sie aber nicht zur besseren Frau für mich. Mom, lass Avery bitte endlich in Ruhe und finde dich damit ab, dass ich mir meine Frau allein aussuche, eine Frau, die ich liebe.«

Ärgerlich gehe ich zurück ins Esszimmer, in dem alle versammelt sind, die nicht rechtzeitig weggefahren sind.

Sie sitzen bei Kerzenschein am Tisch, unterhalten sich und lachen.

Mir ist weder nach dem einen noch nach dem anderen zu Mute, darum fülle ich mir meinen Teller mit der kräftigen und heißen Suppe und denke nach. Wenn Liza den Armreif hinter dem Stall gefunden hat, nahe des Vortex Creek ... das Wasser ... Irgendwie hängt das zusammen, ich weiß nur noch nicht wie.

»Darf ich mich zu dir setzen?«, werde ich von Travis gefragt, woraufhin ich ihm zunicke. »Wie geht es dir?«, will ich von ihm wissen.

»Soweit alles gut. Ich habe wieder trockene Klamotten an, hier ist es warm und zu essen gibt es auch. Aber wie geht es dir, Chandler?« Travis sieht mich aufmerksam an.

»Ehrliche Antwort? Beschissen wäre noch geprahlt«, antworte ich nur. »Ich zerbreche mir die ganze Zeit den Kopf, wo die beiden sein können, und vor allem: Was ist mit ihnen passiert? Liza fand Averys Armreif nahe des Vortex Creek und hat ihn mir gerade gegeben.«

»Liza und du – ist da noch was zwischen euch?«

Ich grinse ihn an. »Nein, aber du hast ein Auge auf sie geworfen, stimmt's?«

»Wäre es denn schlimm?«

»Auf gar keinen Fall, Travis.«

»Gut zu wissen«, murmelt er und löffelt seine Suppe. »Morgen nach dem Sonnenaufgang werden wir Jody und Avery finden.«

»Nichts wünsche ich mir mehr«, brumme ich vor mich hin und starre wieder auf meinen Teller.

# 29. Avery

»Avery!«, höre ich eine Frauenstimme, »wach endlich auf.« Eine Hand streichelt mein Gesicht, mir ist kalt und ich spüre, dass ich komplett durchnässt bin.

Mühevoll öffne ich meine Augen und sehe direkt Jody vor mir, die sich tief über mich gebeugt hat.

»Was ist passiert?«, bringe ich nur heraus und versuche, mich zu bewegen.

»Bleib einfach liegen«, fordert Jody mich auf. »Ich habe dich aus dem Creek gezogen und wir sind hier in einer Art Erdunterschlupf.«

»Stimmt ja, da waren das starke Unwetter und das Pony!« Ich setze mich erschrocken auf. »Was ist mit dem Pony?« Frage ich, leicht panisch geworden.

»Ich weiß es leider nicht, nach dem Blitz hat es sich losgerissen und ist abgehauen, mehr weiß ich nicht.« Jody setzt sich neben mich. »Und als ich dich aus dem Wasser ziehen wollte, wurden wir beide mitgerissen. Keine Ahnung, wie ich es geschafft habe nicht zu ertrinken, aber irgendwann konnte ich einen Ast greifen.« Sie lächelt mich an. »Wie gut, dass du so ein Federgewicht bist, sonst hätte ich es wahrscheinlich nicht geschafft, dich herauszuziehen.«

»Mein Gott, war ich so lange bewusstlos?«

»Möglich, ich habe leider nichts gesehen, aber vielleicht hast du gerade auch nur einen temporären Blackout?«

»Mir ist so kalt, Jody, dir nicht?«

»Doch, und wie, ich zittere schon die ganze Zeit. Ich kenne den Unterschlupf, wir waren früher öfter mal hier.«

»Wir sollten mal rausgehen und nachsehen …«

»Das geht leider nicht. Durch den Starkregen wurde der Eingang versperrt.«

»O nein!«

»Leider doch.«

»Können wir nur hoffen und warten, dass sie uns finden, Jody?«

»Das könnten wir, Avery, oder aber wir versuchen mit unseren Händen einen Ausgang zu schaffen, bei der Bewegung wird uns bestimmt auch etwas wärmer werden.«

Okay, denke ich, alles ist besser, als nur zu warten, bis wir eventuell, vielleicht gefunden werden. Allerdings schmerzt mein ganzer Körper.

»Avery?«

»Ja?«

»Was macht dein Kopf, bist du verletzt?«

»Nein, ich denke nicht. Nur mein ganzer Körper tut irgendwie weh, so, als hätte ich überall Prellungen.

Nun lass uns aber endlich anfangen, ich erfriere hier gleich.«

Auf allen vieren bewegen wir uns auf den Ausgang zu. Angestrengt horchen wir nach draußen. Es regnet noch immer, aber der Sturm scheint vorbei zu sein, immerhin. Wir tasten uns dem Höhlenausgang entlang, bis wir aufgeschüttetes Geröll fühlen.

»Los, Süße«, höre ich Jody sagen, »dann lass uns anfangen. Wir müssen wenigstens etwas Licht in diese Dunkelheit bringen.«

Ich ertaste unter meinen Händen kleinere und größere Steine, die ich hinter mich werfe. Ebenso Hölzer, Äste und Zweige. Noch immer friere ich, obwohl durch die Anstrengung langsam Wärme in meinen Körper kommt.

»Jody, sieh mal!«, rufe ich aus, als ich einen größeren Geröllbrocken lockere. Es entsteht dabei ein kleines Loch, durch das der Mond zu erkennen ist.

»Ich glaube, wir sollten aufhören«, denke ich laut nach. »Es ist noch dunkel draußen und wir sehen, außer den Mond, nichts. Stell dir vor, das Geröll bricht über uns zusammen, nur weil wir an falscher Stelle graben?«

Jody lässt sich auf ihren Hintern fallen. »Du hast recht. Aber immerhin haben wir jetzt etwas Licht.«

»Jody, ich habe Durst und mir ist so arschkalt«, jammere ich, obwohl das richtig blöd von mir ist, denn ihr geht es ja auch nicht besser.

»Mir ist auch kalt, Avery«, seufzt sie nur und rückt an mich heran. »Komm, wir wärmen uns einfach gegenseitig«, fordert sie mich auf, woraufhin wir uns aneinander kuscheln.

»Weißt du«, fange ich an, von mir zu erzählen, »als ich noch ein kleines Mädchen war, habe ich mir immer eine Schwester gewünscht. Meine beiden Brüder waren zu sehr mit sich selbst beschäftigt.«

»Wenn wir Schwägerinnen werden, sind wir so etwas ähnliches wie Schwestern«, antwortet sie und ich höre ihr Lächeln.

»Aber Chandler hat mir noch keinen Antrag gemacht.« Mir fällt der Armreif mit dem Unendlichkeitszeichen ein. Sofort taste ich an meinem Handgelenk danach. Mist, ich habe ihn verloren.

»O nein!«

»Was ist denn?«, will Jody von mir wissen.

»Erst heute hat Chandler mir einen goldenen Armreif geschenkt, den ich wahrscheinlich im Creek verloren habe.«

»Oh, das tut mir leid. Wie sah der Armreif denn aus?«

Ich beschreibe ihn, so gut ich kann.

Jody lacht. »Okay, das war zwar kein Antrag, aber ein Bekenntnis zu dir mit dem Wunsch, dass es ewig mit euch dauern möge.«

Ich lächle sie an und denke verliebt an Chandler. »Dein Bruder küsst einfach traumhaft«, schwärme ich ihr vor und fühle heftige Sehnsucht.

»O Mann, genau das, was ich immer schon von ihm wissen wollte!« Jetzt lacht sie so sehr, dass ich gar nicht anders kann, als mitzulachen, bis mir der Bauch wehtut. »Aber lass nur«, sagt sie, nachdem wir uns langsam wieder beruhigt haben. »Ich glaube es dir jetzt einfach mal.«

»Jody, gibt es denn einen Mann in deinem Leben?«

Sie seufzt. »Nein, momentan nicht. Wahrscheinlich verschrecke ich die Kerle, weil ich es auf der Ranch gewöhnt bin, alle herumzukommandieren.« Sie amüsiert sich über sich selbst. »Nein ehrlich, ich denke, den Mann, der mich aushält, habe ich einfach noch nicht gefunden.«

»Hast du denn einen heimlichen Schwarm?«

»O ja, den habe ich und das schon seit Jahren. Ich schwärme von Chans bestem Kumpel Ben.«

»Und warum wird nix aus euch?«

»Hallo? Ich bin die kleine Schwester und somit tabu für ihn.«

»Ach Unsinn, wir leben doch nicht mehr im Mittelalter!«, rufe ich empört aus.

»Wenn er Chandlers bester Freund ist, muss dein Bruder doch glücklich sein, dass du in Ben einen tollen Kerl mit gutem Charakter gefunden hast, oder nicht?« Ich habe dieses Ding mit der Schwester, die tabu sein soll, noch nie verstanden.

»So habe ich das noch gar nicht gesehen«, antwortet Jody nachdenklich.

»Ben also, hat er dir jemals gezeigt, dass er an dir Interesse hat?«

»In seinen Augen funkelt es immer, wenn wir uns sehen und sein Lächeln für mich ist einfach nur umwerfend. Zumindest bilde ich mir das ein.«

»Okay, das sind leider keine handfesten Sachen, an denen man etwas erkennen kann.«

»Nope, kann man leider nicht«, amüsiert sie sich.

»Jody, ganz ehrlich, was meinst du, kommen wir hier wieder lebendig raus?« Zweifel kommen in mir auf. Ich friere, habe Durst, Hunger und ich muss mal …

»Da bin ich mir absolut sicher, mein Bruder würde niemals aufgeben. Es ist keine Frage, ob sie uns finden, sondern, wann sie uns finden.«

Fest aneinander gekuschelt lehnen wir an der Höhlenwand, werden stiller und ich döse vor mich hin, bis ich bemerke, dass Jody nicht nur zittert, sondern eine ungesunde Wärme ausstrahlt.

Verdammt, sie hat Fieber!

# 30. Chandler

In der Früh, noch vor dem Morgengrauen, stehe ich nach einer sehr unruhigen Nacht auf und bereite mich auf den Tag vor. Kaum unten in der Küche angekommen, kommt auch schon Travis rein.

»Morgen«, begrüßt er mich müde.

»Morgen«, gebe ich zurück. »Kaffee?«

»Mh.«

Während ich herum hantiere, taucht auch Liza auf.

»Hey, ihr seid ja schon wach. Ich wollte gerade Kaffee für alle zubereiten.«

»Danke, lieb von dir, ich bin schon dabei«, antworte ich und bin ein wenig erstaunt, sie von dieser Seite kennenzulernen.

Sie macht sich anderweitig nützlich, brät Eier und Speck und bereitet uns ein herzhaftes Frühstück vor. Hunger habe ich nicht, ich sorge mich viel zu sehr um Avery und meine Schwester. Da ich aber weiß, dass ein harter Tag vor uns liegt, esse ich trotzdem etwas.

Es ist still hier, jeder ist mit seinen eigenen Gedanken beschäftigt.

Es klopft und mein Kumpel Ben tritt ein.

»Hey«, brummt er nur und sieht verdammt müde aus.

»Hey«, begrüße ich ihn, »gut, dass du schon hier bist. Nimm dir Frühstück.«

Ben und ich haben noch in der Nacht telefoniert, er wird uns heute mit dem Hubschrauber unterstützen. Ich fliege mit ihm und wir werden die Mädels suchen, die Ranch auf Schäden kontrollieren, sowie aus der Luft schauen, ob sich Tiere von uns verirrt haben und ziellos herumstreifen.

»Chan, wir werden nicht aufgeben, bis wir die zwei gefunden haben, hörst du?«

»Natürlich höre ich dich«, bestätige ich ihm und spüre aber dieses megamiese Gefühl im Magen, das mir genau das Gegenteil sagt. Fuck!

Ben spricht weiter. »Travis, du übernimmst die Suchaktion im direkten Umkreis. Am besten mit einem Pferd. Nimm jemanden mit, der dich dabei unterstützt.«

»Ich könnte ihn unterstützen«, höre ich zu meinem großen Erstaunen Liza.

»Du?« Ich ziehe eine Augenbraue hoch. »Seit wann kannst du denn reiten? Ich glaube, das lässt du mal lieber.«

»Aber ich kann reiten!«, empört sie sich.

»In einer Reithalle im Kreis herum?« Ich schüttle den Kopf. »Sorry Liza, aber das reicht hier nicht. Geländereiten, zudem noch nach einem Unwetter, wo überall Zeugs herumliegt, der Boden aufgeweicht ist … Nein, das kann hier niemand verantworten.«

Sie sieht mich beleidigt an, was mich überhaupt nicht beeindruckt.

Travis wendet sich an sie. »Wir könnten einen der Geländewagen nehmen, die ich draußen gesehen habe. Der hat Platz für Decken, Versorgung und Notfallkoffer.«

Ben nickt. »Das ist eine gute Sache, ja, fahrt damit los und sucht sie. Wir müssen damit rechnen, dass wir kaum Handynetz haben, darum sollten wir alle zusätzlich noch ein Walkie-Talkie dabei haben. Dein Dad soll sich darum kümmern, dass wir die Erlaubnis dafür bekommen. Das müsste er mit einem Anruf regeln können.« Ben steht auf und sieht hinaus. »Chan, wir sollten jetzt los.«

Sofort schiebe ich mich vom Tisch ab. »Liza, bitte wecke meine Eltern und sorge dafür, dass wir die Walkie-Talkies uneingeschränkt nutzen dürfen.« An Travis gerichtet sage ich, »Komm mit, ich zeige euch, wo ihr alles findet.«

Während ich Travis die Funkgeräte zeige, sowie die Schlüssel für die Autos, erscheint Liza hinter uns.

»Den Rest zeige ich Travis, ich kenne mich ja immer noch ganz gut hier aus. Ben wartet auf dich.«

»Danke.« Ich hebe zum Abschied die Hand und renne los. Von Weitem höre ich schon den Heli und sehe die drehenden Rotoren. Eilig renne ich zu Ben und setze mich neben ihn.

Sofort hebt er ab, noch während ich die Kopfhörer aufsetze und mich anschnalle.

»Ich hoffe, Jody ist nichts passiert«, höre ich ihn etwas schnarrend über den Kopfhörer.

»Und ich hoffe, dass Avery und Jody zusammen sind und auf unsere Rettung warten«, drücke ich meine Hoffnung aus.

»Du hast dich in Avery richtig verknallt, oder?«

»Viel mehr als das«, antworte ich und schaue hinunter.

Ben fliegt einen Bogen um unsere Gebäude, die ich von oben betrachte. Die Scheunen sind fast alle abgedeckt, Seitenwände eingebrochen. Das Wohnhaus hat nur wenig abbekommen, das Dach ist schnell repariert. Ansonsten sehen wir von Weitem unsere Pferde auf einer Wiese grasen, die nicht unsere ist. Ich funke meinen Dad an und gebe ihm die Koordinaten durch. Er soll sich um den Rest kümmern.

Es sieht ziemlich verwüstet unter uns aus. Überall Schlammmassen, die sich über einen großen Teil des Landes ziehen. Der sonst so kleine Vortex Creek ist ein reißender Fluss geworden, in dem wir viele tote Rinder und Schafe erkennen können, gefallene Bäume und sogar Teile von Dächern, die aus unserer Umgebung hergeflogen sein müssen. Meine Beobachtungen gebe ich an Dad weiter.

Während Ben den Creek entlang fliegt, scanne ich geradezu die Umgebung ab, schaue nach noch so winzigen Hinweisen, aber es ist leider erfolglos. Ich funke Travis an, der mit Liza im Geländewagen fährt. Doch bisher haben auch sie keine Spur. Sie fahren ebenfalls entlang des Creeks, weil auch sie der Meinung sind, dass die beiden dort irgendwo sein müssen. Je schneller wir sie finden, desto größer sind ihre Chancen, noch lebend geborgen zu werden. Die Verwüstungen am Creek und die Zeit sind unsere Gegner.

Nach drei Stunden brechen wir zunächst die Suche ab, um einen neuen Lageplan zu erstellen, die anderen Suchtrupps anzufunken und kurz zu pausieren. Die Konzentration ließ bei mir schon deutlich nach, was sicherlich keinen Vorteil für uns bedeutet.

Auf einer Veranda, die keinerlei Schaden vom Unwetter genommen hat, haben meine Mutter und unterstützende Frauen aus dem Umkreis ein großzügiges Buffet aufgebaut, an dem sich jeder bedienen kann. Einige greifen hungrig zu.

Kaum sieht mich meine Mutter, kommt sie mit besorgtem Gesicht auf mich zu.

»Chan! Wo sind die Mädchen?«, ruft sie mir schon von Weitem entgegen.

Ich schüttle bedauernd den Kopf.

Sie presst sich die Hände über ihr Herz. »Was ist, wenn Jody etwas zugestoßen ist?«

Meinen Arm lege ich um ihre Schultern und drücke sie an mich. »Mom, noch können und müssen wir optimistisch sein. Bitte, glaub fest daran, dass

Jody und Avery nur irgendwo festsitzen und auf ihre Rettung warten.«

»Ja«, kommt es fast tonlos von ihr. In diesem Augenblick tut sie mir unendlich leid und ich verzeihe ihr das schlechte Verhalten von zuvor.

Zuerst brauche ich jetzt eine kräftige Mahlzeit. Der Stress macht sich bemerkbar. Im Stehen, mit einem gut gefüllten Teller in der Hand, esse ich schnell alles auf.

»Ben?«, frage ich meinen Kumpel, der mir gegenüber an eine Säule der Veranda gelehnt steht.

»Mh?«

»Vorhin am Creek, ist dir da irgendetwas aufgefallen, was als Unterschlupf für die beiden dienen könnte?«

»Nein, nicht wirklich. Ich glaube, wir sollten nachher am Creek noch tiefer fliegen.«

»Hast du einen bestimmten Ort im Kopf?«, frage ich und schiebe mir ein Stück gegrillte Wurst in den Mund.

»Mh«, macht er und schluckt schnell seinen Bissen hinunter, bevor er weiter spricht. »Ja, mir ist, als wir vorhin hier gelandet sind, eingefallen, dass es am Creek einen Unterschlupf gibt, eine Höhle, in der man sich verstecken kann.«

Zunächst grüble ich, wo das sein könnte. Da war doch irgendetwas …

»Erinnerst du dich etwa nicht mehr? Wir haben dort damals ein kleines Feuer gemacht und uns vorgestellt, dass wir richtige Cowboys sind, die abends am Lagerfeuer von ihren großartigen und mutigen Taten erzählen.« Er grinst bei der Erinnerung.

»Natürlich erinnere ich mich. Du meinst, diese Höhle gibt es noch?«

»Ich bin fest davon überzeugt.«

Mich von der Wand im Rücken abstoßend, stelle ich meinen Teller auf einen Tisch. »Dann sollten wir keine Zeit mehr verlieren.«

Mein Walkie-Talkie signalisiert, dass jemand mit mir sprechen will. »Ja? Bennett?«, melde ich mich.

»Travis hier«, höre ich.

»Wo seid ihr?«

»Liza und ich sind am Creek entlang gefahren, es sieht wirklich schlimm aus. Wir haben euren Hund dabei und werden Norris hier suchen lassen.«

»Perfekt, wir sind gleich bei euch.«


Wenige Minuten später sind wir bereits wieder in der Luft. Travis stellt sich als cooler heraus, als ich bisher dachte. Er ist Mitte vierzig und ein Selfmade Multimillionär. Irgendeine Mischung aus Börse, Öl und anderen Geschäften. So ganz genau blicke ich da nicht durch. Sein Interesse an Liza ist mir aufgefallen. Ich glaube, dass sie es bisher noch gar nicht richtig wahrgenommen hat. Aber er wäre für sie im Grunde die Erfüllung ihrer Träume.

Nach wenigen Flugminuten sehen wir den Wagen der Ranch unten stehen und nicht weit davon entfernt Travis und Liza mit Norris. Sie winken uns zu. Ben sucht und findet eine Stelle, an der wir landen können. Sofort springe ich heraus und laufe zu den beiden.

»Habt ihr irgendetwas gefunden?«

Travis schüttelt den Kopf. »Nein, noch nicht. Ich befürchte, dass Norris uns nicht helfen kann, weil der Regen alle Spuren verwischt hat. Wirklich, sieh dich um, wie verwüstet alles ist.«

Mein Magen zieht sich vor Angst um die beiden Mädels zusammen und ich erinnere mich, wie ich sie im grellen Blitz noch kurz gesehen habe, bevor mit einem Mal alles dunkel wurde.

Das Gelände in der Nähe der Erdhöhle, die wir suchen, ist vom Unwetter stark gezeichnet. Ich erkenne kaum die Gegend wieder, weil es nicht möglich ist, mich an bekannten Punkten zu orientieren.

Ben stupst mich an. »Wir müssen uns beeilen, die dunklen Wolken im Westen versprechen nichts Gutes.«

»Fuck, das hat uns gerade noch gefehlt«, stoße ich aus. Aufgeben ist keine Option und der Adrenalinüberschuss in mir würde das auch gar nicht zulassen. Die Angst um Avery und Jody ist einfach zu groß.

Travis und Liza beobachten Norris, der aufgeregt umherrennt, jedoch keine klare Spur findet. Immer wieder kommt er zu mir und sieht mich erwartungsvoll an. Doch ich kann ihm nicht helfen, außer, ihn erneut aufzufordern nach Jody zu suchen. Die Stimmung unter uns ist sehr angespannt, die Dunkelheit des erneut aufziehenden Unwetters verschärft die Situation. Wir beschließen, die Suche in der Umgebung zu intensivieren.

Der Hund scheint jetzt etwas gefunden zu haben, denn er steht vor einem Geröllhaufen und bellt wie verrückt, während er aufgeregt mit der Rute wedelt. Bei Norris angekommen, springt er an mir hoch. Jetzt höre ich ganz schwach Stimmen – Frauenstimmen! Norris ist so aufgeregt, dass wir nichts mehr hören, außer sein Bellen, bis ich ihm anzeige, still zu sein. Sofort setzt er sich neben mich hin und wartet geduldig.

»Avery!? Jody!?«, brülle ich, in der Hoffnung, eine Antwort zu bekommen.

Wir hören ein leises »hier«. Travis und ich geben uns ein High-Five und Ben klopft mir erleichtert auf die Schulter.

Die Freude über die Lebenszeichen wird jedoch rasch von der Erkenntnis gedämpft, dass der Ausgang total versperrt ist. Die Zeit drängt, da das neue Unwetter immer näher kommt und die Aussicht auf eine Rettung immer geringer wird.

Ohne viele Worte zu verlieren, legen wir los und räumen mit bloßen Händen das Geröll beiseite. Sogar Liza packt mit an. Größere und kleinere Felsen werden zur Seite geschafft, abgebrochene Zweige und mitgerissenes Geäst fliegen weg. Travis eilt zum Pick-up, kehrt mit einem Spaten zurück, und wir setzen unsere Räumaktion fort.

Der Wind wird stärker, der erste Regen setzt ein, und Verzweiflung breitet sich in mir aus. Dieses verdammte Unwetter gestern kam total unverhofft. Es wurde im Wetterbericht nichts erwähnt, wir hätten sonst die Feier abgesagt. Aber leider kann das in Texas passieren und es ist auch schon öfter vorgekommen. Diese Pop-up-Stürme schlagen meist besonders heftig zu.

Norris taucht bellend vor uns auf und fordert mich auf, ihm zu folgen. Travis ist ihm bereits dicht auf den Fersen. Ein paar Meter vom verschütteten Eingang entfernt, verschwindet Norris in einer weiteren Höhle. Sie ist so niedrig, dass man sich halb gebückt halten muss. Travis leuchtet mit einer Lampe in die Grotte, und wir stellen überrascht fest, dass dies scheinbar ein weiterer Eingang ist, den wir als Kinder nie bemerkt haben. Warum, darüber kann ich mir später den Kopf zerbrechen. Jetzt ist es nicht wichtig. Über das Walkie-Talkie ruft er Liza herbei, die kurz darauf bei uns ist. Gemeinsam mit ihr und Norris macht er sich auf den Weg, die Höhle zu erkunden, in der Hoffnung, zu Avery und Jody vorzudringen. In der Zwischenzeit graben Ben und ich weiter am vorderen Eingang, um das Geröll zu beseitigen.

Meine Muskeln brennen, meine Hände schmerzen, trotzdem graben Ben und ich unermüdlich weiter. Der Sturm gewinnt an Intensität. Wir sind fest entschlossen, die beiden Frauen zu befreien, als plötzlich eine neue Geröll-Lawine den Hang hinabstürzt.

»Beeeeen!«, brülle ich, packe seinen Arm und reiße ihn mit mir. Gemeinsam fallen wir in den nassen Dreck. Ein Stein trifft mich an der Schulter, der Schmerz schießt durch meinen Körper.

»Chan«, höre ich Ben unter mir, weil ich mich über ihn geworfen habe. »Alles okay?«

»Ja«, ächze ich, »ich lebe noch.«

Ben schiebt sich unter mir weg, dreht mich auf den Rücken. »Mann, Kumpel, was machst du für einen Scheiß? Kannst du dich bewegen, hat dich etwas am Kopf getroffen?« Sein besorgter Blick checkt mich ab.

»Gib mir deine Hand«, bitte ich ihn. Er packt fest zu, zieht mich hoch, bis ich sitze. Vorsichtig bewege ich meine Schultern und spüre einen stechenden Schmerz auf der linken Seite. Der Sturm peitscht uns Regen ins Gesicht.

»Die Mädels!«, rufe ich aus, »sie sind jetzt noch mehr verschüttet als vorher!«

Bens besorgtes Gesicht spiegelt meine Gefühle wider.

»Jody!«, ruft er aus, »hoffentlich ist ihr nichts passiert.«

Wir rappeln uns wieder auf, betrachten die neue Situation. Alles, was wir freigeräumt hatten, ist wieder zugeschüttet worden, sogar noch mehr als zuvor.

Mein Walkie-Talkie schnarrt, und ich gehe ran.

»Chandler!«, brüllt Travis hinein. »Wir haben sie!«

»Was!?«, rufe ich zurück.

»Wir haben sie, sie sind unverletzt, aber Jody hat hohes Fieber. Kommt zum Nebeneingang. Norris müsste euch schon entgegenkommen.«

Ben und ich fallen uns erleichtert in die Arme. Er klopft mir derb auf den Rücken, was mich vor Schmerz zusammenzucken lässt.

»Mann, das ist ja nochmal gut gegangen.«

»Können wir den Heli überhaupt nehmen?«, frage ich skeptisch.

»Die Mädels sind bestimmt total unterkühlt und müssen dringend ins Krankenhaus. Der Sturm hat gerade etwas nachgelassen. Ich schaffe das.«

»Sicher?«

»Dein Vertrauen ehrt mich jetzt aber wirklich«, knurrt er und grinst. Wir machen uns auf den Weg zum Nebeneingang, der von der Geröll-Lawine einiges abbekommen hat. Zunächst informiere ich Travis per Walkie-Talkie über den aktuellen Stand.

Auf einmal höre ich Norris bellen. Verdammt, wir müssen uns beeilen.

Nach ungefähr einer halben Stunde haben wir eine Öffnung freigelegt. Es ging nur so schnell, weil Travis und Liza von der anderen Seite geholfen haben.

Erleichtert helfe ich Avery heraus, die ich sofort in meine Arme schließe. Mit Verwunderung beobachte ich, wie Ben sich um Jody kümmert.

»Wo ist Liza?«, frage ich Travis, der ebenfalls aus der Öffnung herauskommt.

»Sie ist zum Pick-up gelaufen, um Decken zu besorgen.« Sein Gesichtsausdruck erhellt sich, als sie auf uns zu gerannt kommt, mit den Decken unter den Armen.

Zügig wickle ich Avery in eine Decke ein und helfe Ben, meiner Schwester eine umzulegen. Sie ist so unglaublich blass.

»Schnell, zum Hubschrauber!«, fordert er mich auf und schon geht er mit großen Schritten, Jody auf seinen Armen, zum Heli.

Kurzerhand nehme ich Avery auf meine Arme und laufe ihm hinterher. Sie lehnt sich ächzend an mich. Noch ist ihr kein Wort über die Lippen gekommen.

Norris springt freudig und bellend herum, froh, dass wieder alle zusammen sind.

Im Helikopter setzen wir die Frauen auf die Rückbank und schnallen sie an. Jody lehnt sich an Avery, die ebenfalls sehr erschöpft aussieht. Ich bin froh, dass der Sturm nachgelassen hat.

Dreißig Minuten später landen wir auf dem Dach des Klinikums, wir haben zuvor die Landeerlaubnis bekommen. Jody, die mittlerweile im Fieberdelirium liegt, wird sofort auf eine Krankentrage gelegt und von Pflegekräften in einen Schockraum gebracht.

Als Avery an der Reihe ist, legt sie sich ebenfalls auf eine Trage.

Ich gehe hinterher und Ben hebt sofort mit dem Heli wieder ab, um die Landeplattform freizumachen.

Auf dem Gang vor den Schockräumen warte ich nervös, bis ich von einer Ärztin angesprochen werde.

»Sir, ich beobachte jetzt schon eine ganze Weile, dass Sie Schmerzen in der linken Schulter haben müssen. Kommen Sie, ich sehe mir das einmal an.«

»Nein, das ist nichts, nur eine Prellung«, rede ich das klein, obwohl ich tatsächlich starke Schmerzen habe.

»Das sehe ich mir jetzt an. Kommen Sie«, fordert die Ärztin mich erneut auf.

Seufzend folge ich ihr.

# 31. Avery

Nach einer gründlichen Untersuchung werde ich auf ein Zimmer verlegt. Hier muss ich erstmal eine Nacht bleiben, bekomme Infusionen und werde mit vorgewärmten Decken zugedeckt, damit meine Körpertemperatur sich wieder normalisiert.

Ich sorge mich ernsthaft um Jody. Hohes Fieber hat sie erfasst. Es war so schlimm für mich, nichts, aber auch gar nichts tun zu können in dieser beschissenen und vor allem dunklen Höhle.

Als Norris plötzlich zu uns kam, hätte ich vor Glück heulen können, weil ich dann wusste, dass wir herauskommen werden. Norris leckte über mein Gesicht und ich war noch nie so glücklich darüber, von einem Hund abgeschleckt zu werden.

Irgendwann tauchte Liza mit einem Mann auf. Wie letztendlich alles abgelaufen ist, habe ich nicht mehr richtig mitbekommen – nur, dass ich plötzlich draußen in Chandlers Armen lag. Er war genauso durchnässt wie ich, fühlte sich aber trotzdem irgendwie warm an.

Über meine Gedanken hinweg schlafe ich ein, bis ein Bett in mein Zimmer geschoben wird. Jody liegt darin. Sofort bin ich hellwach!

»Was ist mit ihr?«, frage ich die Krankenschwester.

»Ms. Bennett wird sich hier bei Ihnen erholen. Sie müssen sich keine Sorgen machen«, antwortet die Krankenschwester und lächelt mich an. »Wie geht es Ihnen?«

»Okay, glaube ich. Mir ist nur noch kalt.«

»Ich bringe Ihnen gleich eine neue Wärmedecke, das wird helfen. Ist sonst noch irgendetwas anders? Zum Beispiel Kribbeln in den Fingern oder Füßen?«

»Nein, sie sind nur noch sehr kalt.«

Wieder lächelt mir die Schwester zu und eilt davon.

»Avery«, höre ich jetzt Jodys leise Stimme.

»Jody, wie schön, dich zu hören«, antworte ich und schaue zu ihr rüber. Sie liegt blass in einem der Krankenhausflügelhemdchen an einem Tropf und in die gleichen Decken eingewickelt wie ich.

»Danke«, flüstert sie.

»Wofür?«

»Du bist nicht von meiner Seite gewichen und hast mich umarmt, damit ich nicht erfriere. Es war so kalt und so heiß zugleich.«

»Du hattest hohes Fieber und Schüttelfrost. Es war schlimm für mich, nichts für dich tun zu können«, erzähle ich ihr.

»Du hast aber alles gegeben, Avery – nämlich dich. Danke.«

»Sehr gern«, antworte ich warmherzig.

Einige Augenblicke schweigen wir. Krampfhaft überlege ich, wie wir überhaupt in diese Höhle gekommen sind.

»Jody?«

»Mh?«

»Ich habe keine Ahnung, wie ich ins Wasser gekommen bin und wie es dann weiter ging. Danke, dass du mein Leben gerettet hast.«

»Das ist doch selbstverständlich«, murmelt sie nur.

»Trotzdem danke, Jody.«

»Na hör mal«, kommt es jetzt amüsiert von ihr. »Ich muss doch schließlich auf die Liebste meines Bruders aufpassen, wenn er dich doch so himmlisch küsst.«

Ich lache leise. Leider schmerzt es mich dabei an meinem ganzen Körper. Mir wurde gesagt, ich hätte diverse Prellungen und Hämatome.

Es klopft.

»Herein«, rufe ich verhalten.

Die Tür wird geöffnet und Chandler betritt unser Krankenzimmer. Er trägt einen Klinikbademantel und um seinen linken Arm eine Schlinge.

»Oh hey!«, freue ich mich und versuche, mich aufzusetzen.

Mit wenigen Schritten ist er bei mir am Bett, beugt sich über mich und küsst mich voller Zärtlichkeit.

»Was bin ich froh, dass wir euch gefunden haben«, murmelt er, bevor er mich erneut küsst.

»Hallo?«, kommt es von Jody. »Ich bin auch noch da!«

Chandler lacht auf. »Und ich bin heilfroh, dass meine nervige kleine Schwester ebenfalls hier liegt, und bald wieder putzmunter ist.«

»Mir geht es schon viel besser. Ich weiß nicht, was man mir hier gegeben hat, aber es hilft. Nur warm muss mir noch werden. Selbst das Fieber ist nicht mehr so hoch.«

»Was ist eigentlich mit dir, Chandler?«, frage ich ihn und berühre seine Hand, die sanft meine Wange streichelt.

»Ach, nichts Schlimmes. Ich erzähle euch ein anderes Mal gerne davon. Den schicken Bademantel trage ich nur, bis Dad mit neuen Klamotten für mich hier ist. Meine Kleidung war komplett nass, sodass ich sie nicht länger anbehalten konnte, ohne ebenfalls zu unterkühlen. Die Schlinge brauche ich nur für eine kurze Zeit. Ich habe eine Prellung und ein paar andere Kleinigkeiten, die nicht der Rede wert sind.«

»Einen echten Cowboy bringt halt so schnell nichts aus der Ruhe«, stelle ich lächelnd fest.

Plötzlich überkommt mich das große Heulen. Erst jetzt, wo wir drei hier im Krankenzimmer zusammen sind, wird mir plötzlich klar, was alles hinter uns liegt und was für ein großes Glück wir hatten. Ich weine zunächst nur leise, bis Chandler flüsternd »hey,

Avery« zu mir sagt, da bricht es schluchzend aus mir heraus. Er legt sich zu mir ins Bett, umarmt mich mit seinem gesunden Arm und lässt mich weinen, bis ich mich beruhigt habe. Mit seinem Bademantelärmel trocknet er meine Tränen liebevoll. Ich drücke mein Gesicht an seinen Hals, während er mich festhält.

Seine Körperwärme hilft mir, mich endlich aufzuwärmen.

»Chandler, ich bin so müde«, murmle ich an seinem Hals.

»Schlaf nur, Kleines, ich bleibe bei dir«, antwortet er.

Ein tiefes Gefühl von Sicherheit macht sich in mir breit und ich gleite sanft in den Schlaf.

Ich erwache am nächsten Morgen, als Kaffee in das Krankenzimmer gebracht wird. Chandler trägt ein Tablett mit drei großen Bechern vor sich her.

»Guten Morgen, Ladys, ich habe euch was mitgebracht«, begrüßt er uns.

»Mh … morgen«, brummelt Jody noch ziemlich müde, während ich mich schon wieder viel besser fühle.

»Guten Morgen, Chandler. Du siehst schon wieder richtig gut aus. Zum Verlieben«, mache ich ihm augenzwinkernd ein Kompliment.

»Mein süßer Wirbelwind hat seinen Humor zurück«, meint er amüsiert, beugt sich über mich und gibt mir einen Kuss.

»Hör mir bloß auf mit Wirbelwind, davon hatten wir die letzten Tage echt genug«, antworte ich, was ihn zum Schmunzeln bringt.

»Chan!«, ruft Jody von der anderen Seite des Zimmers, »bekomme ich auch einen Kaffee?«

»Natürlich, Schwesterherz.« Sofort reicht er ihr einen Becher.

»Danke, und nur den Kaffee bitte, keinen Kuss.«

»Ach, wieso denn nicht, Schwesterherz?«, kommt es nun von Chandler.

»Nein, kein Bedarf, aber von Avery weiß ich jetzt, wie gut du küssen kannst.« Sie lacht.

»Du möchtest bestimmt lieber von Ben geküsst werden, oder?«, fragt er sie jetzt ernst.

Sofort bekommt Jody rote Wangen. »Wie kommst du denn darauf?«

»Ach, nur so, nenn es männliche Intuition«, murmelt er. »Aber Ben wird sicherlich auch gleich hier aufkreuzen.«

»Chandler, warst du die ganze Nacht hier bei mir?«, frage ich, weil ich mich an fast nichts erinnere.

»Ja, du bist so selig in meinem Arm eingeschlafen, da bin ich natürlich bei dir geblieben«, antwortet er mir. »Wie fühlst du dich denn heute Morgen, Avery?«

»Viel besser, ich denke, dass ich heute hier rauskommen werde. Chandler?«

»Was ist los?«

»Ich weiß nicht, wie ich es dir sagen soll …«, stammle ich unbeholfen und merke, wie mir Hitze in die Wangen steigt.

Sofort setzt er sich zu mir aufs Bett und greift meine Hände. »Was bedrückt dich?«

»Eigentlich war ich ja nur zu Besuch auf eurer Ranch – für dieses Wochenende. Im Grunde müsste ich schon in Dallas an meinem Schreibtisch sitzen …« Ich merke selbst, dass ich um den heißen Brei herumrede.

»Nun sag's doch einfach, Avery. Du willst wissen, ob du nach der Entlassung aus der Klinik direkt nach Dallas ins Büro musst?« Er grinst breit. »Das glaubst du doch nicht wirklich, oder?«

»Nicht …?«

Jody mischt sich jetzt ein. »Mein Gott, das kann man sich ja nicht mit anhören. Unsere Avery will wissen, ob du sie gleich mit zu uns nach Hause nimmst, oder ob sie sich von ihren Eltern abholen lassen soll.« Jody lacht leise. »Avery, wirklich, wenn mein Bruder dich so wunderbar küsst, dann wird er dich sicherlich nicht einfach so gehen lassen.«

Jetzt, wo sie meine Zweifel laut ausgesprochen hat, schäme ich mich. Meine Wangen glühen regelrecht, und ich sehe ihn unsicher an.

»Na ja, bei euch gibt es bestimmt Aufräum- und Reparaturarbeiten, und ich soll mich noch ein paar Tage schonen. Deine Mom hat mich nicht gerade mit offenen Armen empfangen, und … ach verdammt, Chandler – sag endlich was!«

Zunächst bleibt er still und sieht mich ernst an, bis er fragt: »Wo ist denn meine kesse, süße und selbstbewusste Avery geblieben, in die ich mich Hals über Kopf verliebt habe?« Dabei umfasst er meine Hände und streichelt sie mit seinen Daumen. »Das müssen die Nachwirkungen der letzten zwei Tage sein, oder?«

»Vielleicht«, antworte ich mit heftigem Herzklopfen. »Ich verstehe mich im Moment selbst nicht.«

»Das sind die typischen Zweifel und Ängste einer total verliebten Frau«, kommt es von Jody.

Jetzt grinst Chandler breit. »Ist das so?«

Mein Blick geht zu Jody, die mich ebenfalls angrinst, aber aufmunternd nickt. Daraufhin wende ich mich ihm wieder zu. »Wäre das denn schlimm?«, antworte ich mit einer Gegenfrage.

»Ganz furchtbar sogar«, antwortet er trocken. »Was kann ich machen, um dich zu überzeugen?«

»Küss mich endlich«, antworte ich spontan und ziehe ihn zu mir heran. »Bitte.«

Er lässt sich nicht zweimal bitten und legt sanft seine Lippen auf meine. Seine Wärme dringt liebevoll in mich. Als er sich wieder von mir gelöst hat, meint er nur, »Avery, lass mich eines bitte ein für alle Mal klarstellen: Ich liebe dich, und daran kann meine Mutter auch nichts ändern, egal, wie sie sich dir gegenüber verhält. Du wirst nachher selbstverständlich mit mir fahren. Wir werden uns aber nicht lange auf der Ranch aufhalten, Ben wird uns zurück nach Dallas fliegen, und dort werde ich dich bei mir gesund pflegen. Okay?«

Chandlers Blick ist so zärtlich, und ich weiß, dass er jedes Wort ernst meint.

»Okay«, antworte ich nur und küsse ihn. »Ich bin schon sehr gespannt auf dein Appartement.«

»Ein Luxus-Appartement«, höre ich Jody vom Nachbarbett. »Eigentlich finde ich es sehr schade, dass du Avery so schnell entführen wirst. Gerade habe ich in ihr eine neue Freundin gefunden.«

Ich lächle zu ihr hinüber. »Danke, Jody – ich auch in dir.«

»Also meine Schwester hast du schon überzeugt, meinen Dad und Granny ebenfalls. Mom schaffen wir auch noch.«

Es klopft, und herein kommen Ben, Travis und Liza.

»Hallo!«, werden wir von ihnen begrüßt.

»Hey«, bringt Jody mühsam heraus, als sie Ben sieht. Ihre Wangen haben sich gerötet, und Ben selbst steht etwas befangen an ihrem Fußende.

Leider kann ich ihnen nicht weiter zusehen, weil Liza mich umarmt. »Mein Gott bin ich froh, dich hier so munter zu sehen. Wir haben uns solche Sorgen um euch gemacht.«

Wir sehen uns an. »Danke, Liza, dass du geholfen hast, uns zu finden. Ihr habt uns wirklich das Leben gerettet und dabei hättet ihr selbst draufgehen können.«

»Ach«, gibt sie sich locker, »darüber haben wir nicht einmal nachgedacht.«

»Trotzdem danke.«

»Sehr gern.«

»Obwohl es auf der Ranch einiges zu tun gibt, werden wir in den nächsten Tagen ein großes BBQ veranstalten. Zum Dank an alle, die geholfen haben, und als Ausdruck unserer Dankbarkeit dafür, dass wir alle wohlbehalten zurückbekommen haben«, beschließt Chandler.

Ich ziehe ihn zu mir heran, lehne mein Gesicht an seinen Hals und atme seinen maskulinen Duft ein. Bei ihm fühle ich mich geborgen. Er rückt ein wenig von mir ab.

»Avery, ich hatte zwar keine Zeit Blumen zu pflücken, aber ich habe etwas anderes für dich.«

Ich hebe eine Augenbraue und frage leicht verwirrt: »Wirklich?«

Er zieht aus seiner Bademanteltasche eine handgefertigte Rose heraus. »Für die schönste Frau im Krankenhaus.«

Ich lache leise. »Eine Papierblume? Wie kreativ!«

»Und ich dachte, es wäre mal etwas anderes«, sagt er mit einem breiten Grinsen, während er mir die Blume reicht. »Als ich auf unseren Kaffee warten musste, habe ich einen Schokoriegel verdrückt – und da kam mir die Idee.«

»Danke, Chandler. Das ist wirklich süß«, sage ich, die Papierblume bewundernd.

»Nicht süßer als du«, erwidert er und beugt sich zu mir herunter.

Ich schmunzle. »Du schmeichelst mir, Cowboy.«

»Das ist nur der Anfang«, sagt er und küsst mich zärtlich.

Daraufhin kichere ich. »Aber nicht hier, mein Lieber.«

»Auf gar keinen Fall«, bestätigt er.

# 32. Chandler

*Vier Wochen später ...*

**N**ur noch eine halbe Stunde und ich mache endlich Feierabend. Avery sitzt ebenfalls noch in ihrem Büro, darum schreibe ich sie an.

*Ms. Cunningham,*
*bitte kommen Sie sofort in mein Büro.*
*Beste Grüße,*
*Chandler Bennett*
*CEO, Bennett's Luxury Travel Group*

Kurz darauf erscheint ihre Antwort.
*Natürlich, Sir!*
*Gruß,*
*Avery Cunningham*
*Director of Tourism Operations*
*Bennett's Luxury Travel Group*

Es klopft und Liza tritt ein. »Ich gehe gleich, gibt es noch etwas zu erledigen, bevor ich Feierabend mache?«

»Nein, du kannst beruhigt ins Wochenende gehen. Ich wünsche dir viel Spaß mit Travis.«

»Woher weißt du das?«, fragt sie erstaunt.

»Seit unserer Rettungsaktion stehe ich in regelmäßigem Kontakt mit ihm. Ich würde sagen, wir haben uns angefreundet.«

»Aber ihr redet nicht über mich, oder?«

Ich lache. »Nein, habe ich mich dir gegenüber jemals unfair verhalten?«

»Nein, das hast du nicht, sorry, das wollte ich dir auch nicht unterstellen.«

»Hab einfach viel Spaß. Er schwärmt von dir und ich glaube, mit ihm hast du das große Los gezogen. Gib mir bitte rechtzeitig Bescheid, wenn du deinen Job bei mir aufgibst.«

Jetzt lacht sie. »Warum sollte ich den Job hier aufgeben?«

»Weil er einer der reichsten Männer im Land ist, der dir all das bieten kann, was du dir erträumst.«

Liza nimmt mir gegenüber in dem Sessel Platz. Elegant legt sie ihre Beine übereinander. »Du hast keine Ahnung von meinen Träumen, Chan.«

»Ich glaube schon, oder magst du ihn nicht?«

Jetzt lächelt sie. »Doch, ich mag ihn sogar sehr und genieße es, von ihm so verwöhnt zu werden.«

»Na dann, du passt zu ihm und in seine Gesellschaft, Liza. Wenn ich das richtig sehe, werden wir uns auch, wenn du nicht mehr hier arbeitest, regelmäßig begegnen. Wie wäre es, wenn wir endlich Freundschaft schließen?«

»Sehr gern, Chan, schließlich sind sogar Avery und ich Freundinnen geworden. Auch wenn ich sie anfänglich aus lauter Eifersucht nicht leiden konnte, muss ich ehrlich gestehen, dass sie wirklich eine sehr warmherzige, fröhliche und zudem wunderschöne Frau ist. Deine Frau, Chan.«

»Noch ist sie nicht meine Frau.«

»Aber sicherlich bald, so wie ich das sehe.« Liza erhebt sich. »Danke, Chan, danke für die Jahre mit dir, die Zeit mit deiner Familie und hier bei *BLT-Group*. Noch würde ich gern bleiben, wenn es okay ist.«

»Ist es. Ich will dich nicht loswerden.«

»Dann hab einen schönen Abend, Chan.«

»Du auch und richte Travis herzliche Grüße aus.«

Sie lächelt mir zu und öffnet die Tür, in diesem Augenblick betritt auch Avery den Raum.

»Oh!«, ruft sie aus und lacht. »Mr. Bennett zitierte mich gerade per Mail in sein Office.«

Liza schmunzelt. »Na, da will ich euch mal nicht stören. Bye!«

Kaum sind wir allein, fordere ich Avery auf: »Ms. Cunningham, nehmen Sie bitte Platz.«

Sofort folgt sie meiner Anweisung und schlägt, wie zuvor auch Liza, ihre Beine übereinander, zieht dabei jedoch mit einer kleinen Geste den Rock ein wenig höher.

Ich unterdrücke mir ein Grinsen.

»Sir?«, fragt sie nun mit einer unschuldigen Mine und einem sehr verführerischen Augenaufschlag. Schon allein dafür könnte ich sie stundenlang küssen.

Ich lege meine Hände auf den Schreibtisch und beuge mich etwas vor. »Ms. Cunningham, ich schätze Ihre Professionalität sehr, aber wir sollten doch ehrlich zueinander sein, oder?«

Sie spielt mit einer Haarsträhne und lächelt mich verschmitzt an. »Natürlich, Sir. Ehrlichkeit ist schließlich das A und O in unserer Geschäftsbeziehung.«

Ich lasse meinen Blick über sie gleiten. »Aber wir haben doch beide dieses kleine Geheimnis, das nur uns gehört, nicht wahr?«

Sie beugt sich ebenfalls vor, ihre Lippen kommen meinen gefährlich nah. »Natürlich, Sir. Ein Geheimnis, das uns vielleicht die Arbeit versüßt.«

Ich kann nicht anders und ziehe sie zu mir heran. »Da bin ich ganz Ihrer Meinung, Ms. Cunningham.« Unsere Lippen treffen sich in einem leidenschaftlichen Kuss, den ich unterbreche. Verwirrt sieht sie mich an.

»Ms. Cunningham …« Mit einem Handzeichen bedeute ich ihr, zu mir zu kommen, woraufhin sie sich erhebt und um den Schreibtisch herumgeht, um vor mir stehen zu bleiben.

»Sir?«, fragt sie und streicht sich mit einer verführerischen Geste den Hals bis hin zu ihrem Dekolletee entlang. Dann zieht sie ihren schmalen

Rock einige Zentimeter höher und setzt sich rittlings auf meinen Schoß.

»Mh!«, mache ich, »da ist sie wieder, mein kleiner Wirbelwind.«

»Ja«, haucht sie, »ich bin zurück.« Daraufhin beugt sie sich vor und fährt mit ihrer Zungenspitze über meine Oberlippe. Dieses sanfte Kribbeln, welches sie damit in mir auslöst, durchfährt mich wie ein Blitz direkt in meinen Schwanz, der voller Vorfreude anschwillt. Genussvoll schließe ich meine Augen und lasse sie gewähren … Ihre zarten Finger streicheln meinen Hals entlang und landen auf der Krawatte, die sie geschickt löst, um dann die Knöpfe meines Hemdes zu öffnen. Währenddessen saugt sie an meiner Unterlippe und schiebt ihre Zunge in meinen Mund, wo ich sie leise stöhnend empfange. Ein wenig verlagert sie ihr Gewicht, bis sie direkt über meiner Erektion sitzt und sich darauf in kleinen Bewegungen vor und zurückbewegt. Ihr Seufzen an meinen Lippen nehme ich direkt mit meinem Atem auf.

»Chandler«, haucht sie, ohne von meinen Knöpfen abzulassen, um beim letzten angekommen sofort mit dem der Hose weiterzumachen. Sie macht mich wirklich verrückt mit ihren wilden Küssen, darum umfasse ich sie und erhebe mich mit ihr auf den Armen. Sofort umschlingt sie mich mit ihren Armen und Beinen. Ihr Rock rutscht über ihren kleinen, knackigen Hintern, den ich mit beiden Händen packe.

»Und jetzt, Süße, will ich dich«, raune ich, schiebe mit einer Hand den Konferenztisch frei und setze sie drauf.

Avery zieht scharf die Luft ein. »Kalt«, haucht sie, um allerdings sofort mit einem verführerischen Lächeln ihre Bluse zu öffnen und über ihre Schultern gleiten zu lassen. Ihren Rock habe ich schon längst bis zu den Hüften hochgezogen und es zeigen sich ihre wunderschönen Beine in halterlosen Nylons.

Langsam streichle ich an einem Bein über das seidige Material ihrer Strümpfe, berühre sanft ihre Oberschenkelinnenseite, was Avery dazu veranlasst sie für mich zu öffnen. Ein roter String leuchtet mir entgegen.

»Gib es zu, Avery, du hast es geplant, mich zu verführen.«

»Vielleicht?«, antwortet sie und öffnet mit wenigen Handgriffen ihren BH, den sie sofort zur Seite wirft. Dann rutscht sie von der Tischkante, zieht meine Hose von den Hüften, geht in die Hocke und umschließt meinen Schwanz mit ihren Lippen. Sofort schließe ich genussvoll die Augen.

Ihre Zunge umspielt meine Eichel, fährt den kleinen Spalt ab, umzüngelt meine gesamte Länge und saugt heftig daran. Mit einem tiefen Stöhnen umfasse ich ihren Kopf und habe Mühe, nicht zu kommen, denn ich will mich in ihrer Pussy tief versenken, sie zum Seufzen und um den Verstand bringen. Darum schiebe ich sie von mir und drehe sie um. Sofort legt sie ihren Oberkörper auf die Platte des Tisches und streckt mir ihren Hintern entgegen. Zunächst packe ich ihn und knete ihn mit festen Bewegungen. Ihre Seufzer erfüllen den Raum. »Komm schon«, fordert sie mich auf.

»Du bist ungeduldig«, raune ich, ziehe den Präser im Blister aus meiner Hemdtasche, öffne ihn und rolle ihn über meine Erektion.

»Ja«, stöhnt sie, weil ich meinen Finger in ihre heiße, nasse Pussy schiebe und sie damit an ihrer tiefsten und empfindlichsten Stelle necke.

»Bitte«, seufzt sie erneut und schiebt sich mir entgegen. In ihrer Ungeduld greift sie zwischen ihren Beinen hindurch und packt meinen Schwanz, massiert ihn mit festen Bewegungen und positioniert ihn direkt an ihrem Eingang.

Zunächst dringe ich vorsichtig in ihre herrliche Enge, doch sie ist so erregend nass und bereit für mich, dass ich meinem dringenden Wunsch nachgebe und tief in sie hineinstoße. Wir beiden stöhnen laut auf. Da ich viel zu aufgeladen bin, reize ich ihre Klit mit dem Daumen, während ich mich ein wenig zurückziehe, um wieder zuzustoßen … rein und raus … rein und raus …

»Ich komme, Chandler«, stöhnt sie mit einer so sexy rauen Stimme, dass ich geradezu in ihr explodiere. Pumpend entlade ich mich in ihr und kann nicht aufhören, sie zu penetrieren, während sie vor mir zuckend kommt. Obwohl ich schon einen Orgasmus hatte, bin ich immer noch hart. Wie im Rausch ficke ich sie, bis sie »Chandler, ich kann nicht mehr«, seufzt.

Erst da höre ich auf, mich in ihr zu bewegen, beuge mich über sie und hauche ihr Küsse ans Ohr und in den Nacken. Nachdem wir wieder ruhiger geworden sind, ziehe ich mich aus ihr zurück, umfasse ihre Taille und umarme sie fest.

»Kleines, ich habe dich so dringend gebraucht.«

Leise kichert sie. »O Mann, und ich dich erst!«

Nach einem zärtlichen und ausführlichen Kuss sammeln wir unsere Klamotten auf und begeben uns in das Appartement, wo wir gemeinsam duschen und uns umziehen. Auf meinen Wunsch hin liegen im Badezimmer einige von Averys Utensilien. In meinem Kleiderschrank ist auch schon einiges an Klamotten von ihr.

Um ehrlich zu sein, wäre ich schon mit ihr zusammengezogen, aber sie war noch nicht bereit dazu. Für sie ist es immer noch ein Problem, dass ich ihr Boss bin. Nicht privat – unter uns, sondern hier im Unternehmen.

»Sag mal, Avery, wo lebst du eigentlich am liebsten, falls du es dir aussuchen könntest – in Dallas oder auf einer Farm?«

Sie bürstet sich gerade ihre wunderbaren dichten Haare. Nachdenklich hält sie inne. »Das kann ich gar nicht sagen. Das Leben in Dallas ist auf besondere Weise irgendwie sehr frei.«

»Tatsächlich?«, frage ich erstaunt. »Ich dachte, auf einem Pferd durch die Prärie reiten wäre Freiheit.«

Lächelnd streicht sie die seitlichen Haarsträhnen aus dem Gesicht und steckt sie mit einer Klemme am oberen Hinterkopf zusammen. »O ja, das ist wunderbar und ich liebe es! Aber in der Stadt bin ich anders frei. Ohne die Pflichten, die eine Farm bedeutet, hier bin ich trotz des Jobs weniger gebunden. Aber warum willst du das wissen?«

»Ach, nur so«, antworte ich vage.

»Wie ist es bei dir, Chandler?«

»Hier habe ich viel Verantwortung und Pflichten, auf der Ranch fühle ich Freiheit.«

»Das verstehe ich. Du wolltest doch die Leitung hier übernehmen?«

»Ja, doch, mein Dad hat mich von Kindesbeinen an daraufhin vorbereitet.«

»Klingt irgendwie unfreiwillig.«

»Nein, am Ende habe ich es auch gewollt. Aber genug von mir«, füge ich hinzu, um das Thema zu wechseln frage ich. »Wie siehst du deine Zukunft in unserem Unternehmen, Avery?«

Avery beendet gerade das Styling ihrer Haare und schaut mich mit einem nachdenklichen Ausdruck an. »Ich habe definitiv Karriereambitionen, Chandler. Hier zu arbeiten, hat mir viele Möglichkeiten eröffnet, aber ich frage mich manchmal, ob ich nicht auch etwas Eigenes aufbauen sollte.«

»Eigenes?«, frage ich interessiert.

»Ja, vielleicht eine eigene Firma oder etwas im kreativen Bereich. Schreiben, vielleicht?«, schlägt sie vor und lächelt ein wenig.

Ihre Antwort überrascht mich. Ich wusste, dass sie talentiert ist, aber nie hätte ich gedacht, dass sie solche Ambitionen hegt. »Schreiben? Das klingt interessant. Hast du schon etwas Geschriebenes, das ich lesen kann?«

Sie zögert kurz, bevor sie antwortet. »Nicht wirklich. Ein paar Gedichte und Notizen hier und da.«

»Du solltest darüber nachdenken, Avery. Wer weiß, vielleicht entdecken wir hier eine neue Bestsellerautorin im Unternehmen«, überlege ich ernsthaft.

Avery lacht. »Das wäre etwas, oder? Aber im Ernst, ich dachte eher an Reiseberichte, Fotos – sowas in der Art.«

Ich nicke nachdenklich. »Du hast mir einmal gesagt, wie sehr du die Idee magst, dass jeder Gast seine eigene Geschichte hat. Vielleicht könntest du daraus etwas machen?«

»Eine sehr gute Idee. Ich werde darüber nachdenken, es eilt ja nicht.«

Während wir miteinander reden, machen wir uns für das Dinner in einem Restaurant fertig, in dem ich für heute Abend einen Tisch reserviert habe.

»Ich finde den Gedanken, dass du Reiseberichte schreiben möchtest, sehr interessant. Du könntest dazu einen Vlog errichten und unsere Reiseangebote damit bewerben«, schlage ich, wirklich angetan von ihren Ideen, vor.

»Das wäre dann aber nichts Eigenes, Chandler.«

»Doch, das wäre es, schließlich würde dein Name das Buch zieren, deinen Vlog schmücken …«

Mittlerweile gehen wir Hand in Hand die Straße entlang. Es ist warm und neben uns rauscht der Feierabendverkehr vorbei.

»Ich überlege es mir. Aber nicht mehr heute Abend«, antwortet sie auf meine Vorschläge und schmiegt sich an mich.

»Du hast recht, Cowgirl. Für diesen Abend habe ich auch etwas völlig anderes geplant.«

»Ach, wirklich? Was denn? Erzähl schon!« Neugierig geworden sieht sie mich an.

»Du wirst es abwarten müssen.«

»Ach komm schon!«, ruft sie lachend aus und geht rückwärts vor mir her, während sie meine Hände hält. Dabei sieht sie wirklich bezaubernd aus.

»Nein, du wirst es abwarten müssen«, bleibe ich konsequent und grinse, weil sie eine Schnute zieht.

Um sie zu trösten, lege ich meinen Arm um sie und drücke sie an mich. Ich führe sie heute in den Country Club aus.

Kurz darauf betreten wir den Club. Man kennt mich hier und sofort werden wir vom Personal freundlich empfangen. Ich brauche nicht einmal zu sagen, was ich für heute geplant habe. Sogleich werden wir in das exquisite Gourmetrestaurant geführt. Der reservierte Tisch wurde nach meinen Wünschen gedeckt.

»Wow, Chandler, das sieht aber sehr einladend aus«, freut Avery sich. Galant helfe ich ihr auf ihren Platz, bevor ich mich ihr gegenüber hinsetze. Ich habe ein ganz klassisches *Dinner for two* geordert.

Zunächst wird uns der Champagner gereicht.

Ich hebe meinen Champagnerkelch. »Auf dich Avery, und auf diesen Abend.«

Sie hebt ebenfalls ihren Kelch und sieht mir tief in die Augen. »Auf diesen Abend.«

Wir nippen vom Champagner, während wir uns ansehen.

»Avery, ich muss dir etwas gestehen«, fange ich an und habe sofort ihre volle Aufmerksamkeit. Ich erhebe mich, greife in meine Sakkotasche und ziehe eine kleine Samtschatulle hervor. Mit einem Schritt bin ich neben ihr und gehe ritterlich auf die Knie. Sofort werden ihre großen dunklen Augen noch größer und bevor ich nur ein Wort gesprochen habe, schwimmen sie bereits in Tränen.

Ich selbst bin aufgeregt und mein Herz hämmert in meiner Brust.

»Du bist wie ein Wind in mein Leben gewirbelt, völlig unerwartet und das mit einer ziemlich großen Windstärke.«

Sie lächelt mich abwartend an.

»Du hast mich sofort verzaubert und … Ach Mist, jetzt habe ich all meine zurechtgelegten Worte vergessen. - Avery Cunningham, ich liebe dich mehr, als ich es je ausdrücken könnte. Ich schenke dir mein Herz und meine Seele und lege dir meine Welt zu Füßen. Willst du meine Frau werden?« Bei den letzten Worten öffne ich die Schatulle und präsentiere ihr einen Platinring mit einem Brillanten in Herzform. Nicht zu groß, damit er zu ihren zarten Fingern passt. Die Gravur im Innern des Rings zeigt das Unendlichkeitszeichen und unsere Initialen A & C.

»O Chandler, der Ring ... Du bist verrückt!«, bringt sie hervor und sieht mich an. Überwältigt von diesem Moment, hält sie eine Hand vor den Mund und kämpft sichtlich mit den Tränen.

»Willst du?«, hake ich nervös nach. Eigentlich bin ich mir sicher, dass sie ja sagen wird, aber plötzlich überkommen mich doch Zweifel, weil Avery so lange zögert.

Jetzt nickt sie und schluchzt einmal auf.

»Ja«, bringt sie leise hervor, umfasst mein Gesicht und küsst mich zärtlich. »Ja, ich will deine Frau werden, Chandler.« Erneut drückt sie ihre Lippen auf meine.

Ich bin so erleichtert und glücklich zugleich, dass auch ich mit den Tränen kämpfe. Als sie mich wieder frei gibt, halte ich ihr den Ring hin. »Ich hoffe, er gefällt dir?«

Andächtig greift Avery den Verlobungsring und hält ihn zwischen Daumen und Zeigefinger, um ihn genau anzusehen. »Er ist wirklich traumhaft schön,

Chandler. So einen perfekten Ring habe ich noch nie gesehen.«

Ich nehme ihr das Schmuckstück ab und schiebe es über ihren Ringfinger. Erleichtert nehme ich wahr, dass der Ring an ihr nicht nur perfekt aussieht, sondern auch ebenso passt. »Ich habe ihn eigens für dich von *Celestino Marcelli* anfertigen lassen.«

Wieder hält sie ihre Hand vor den Mund. Der Brillant funkelt im Kerzenschein. »Du bist verrückt, mein Liebster.«

»Bin ich, und zwar nach dir.« So langsam wird meine kniende Haltung unbequem und ich erhebe mich. Dabei ziehe ich Avery mit mir, um sie zu umarmen und erneut zu küssen. »Ich liebe dich«, murmle ich zwischen zwei Küssen. »Ich liebe dich«, haucht sie und umschlingt fest meinen Nacken. »So sehr.«

Ein paar Gäste an den Nachbartischen applaudieren und wünschen uns viel Glück. Wir heben unsere Gläser dankend in ihre Richtung und trinken von dem prickelnden Champagner. Noch nie habe ich den Schampus so passend gefunden, wie zu meiner Verlobung mit Avery.

# 33. Avery

*Drei Monate später ...*

Seit zwei Stunden fliegen wir bereits Richtung Australien in unsere Flitterwochen. Entspannt und müde lehne ich dösend an Chandler.

Es war eine wunderbare Hochzeit auf der *Lone Star Ranch*, die seine Familie für uns ausgerichtet hat.

Ich sehe direkt noch einmal Chandler vor mir, wie er vor dem Altar steht und ihm die Tränen laufen, als er mich in meinem Brautkleid im Boho-Style gesehen hat. Er sah so umwerfend attraktiv aus in seinem Smoking.

Ich seufze.

»Alles okay?«, will Chandler von mir wissen.

»Bestens, Liebster.«

Einen Arm um mich legend, küsst er meinen Scheitel. »Ich liebe dich und kann mein Glück immer noch nicht fassen, dass mein süßer Wirbelwind jetzt meine Frau ist.«

Schmunzelnd sehe ich zu ihm hoch und streichle sein Kinn.

»Ach, und ich kann es kaum glauben, dass dieser überhebliche Mr. Arrogant jetzt mein Mann ist.«

Er grinst breit.

»Ich liebe dich, du verrückter Kerl.«

Er beugt sich zu mir und küsst mich zärtlich, dann kuscheln wir uns zufrieden aneinander und dösen ein wenig.

Eine Stewardess bringt uns Kissen und erkundigt sich, ob wir Decken brauchen. Dankbar nehmen wir beides an. Chandler bittet außerdem um Champagner. Die Flugbegleitung nickt lächelnd und bringt ihn uns wenige Augenblicke später.

»Auf meine Ehefrau. Auf Mrs. Avery Bennett«, hebt er zärtlich lächelnd sein Glas an.

»Auf meinen Ehemann, Mr. Chandler Bennett«, antworte ich und küsse ihn, bevor wir vom perlenden Wein nippen.

Dann kuschelt er uns unter die Decke, bringt die Lehne in eine angenehme Position nach hinten und umfängt mich erneut. Mein Gesicht schmiege ich an seinen Hals und genieße ihn.

Bis seine Hände auf Wanderschaft gehen, meine Brüste sanft umkreisen und meinen Hintern packen. Er greift meine Hand und legt sie über seinen Schritt. Leise seufze ich auf. Seine Männlichkeit ist groß und hart. Mit trägen Bewegungen massiere ich ihn durch den Stoff seiner Hose. Langsam zieht er mein Kleid hoch. Seine Finger gleiten zwischen meine Schenkel und schieben den String zur Seite.

»Chandler«, flüstere ich ein wenig vorwurfsvoll, um mich doch seiner Hand entgegenzudrängen.

Die Stewardess beugt sich zu uns und möchte wissen, ob wir noch etwas brauchen. Ich lasse meine Augen lieber geschlossen, und mein Mann schafft es, ein »Nein danke« von sich zu geben.

Wieder allein, bewegen sich zwei seiner Finger langsam, aber sicher in meinen feuchten Spalt. Sein Daumen umkreist meine Klit. Ich drücke mein Gesicht fester an ihn, um ihm zu zeigen, wie gut es mir gefällt, denn das Stöhnen muss ich mir leider unterdrücken. Seine Finger bewegen sich rhythmisch immer wieder gegen den empfindsamen weichen Punkt tief in mir, wodurch mein Herz schneller schlägt, mir wird ziemlich warm. Um es ihm nicht zu einfach zu machen, massiere ich seine Härte durch den festen Stoff seiner Jeans. »Mmh«, brummelt er an meine Schläfe und jedes Härchen meiner Haut richtet sich auf.

Seine Lippen knabbern an meinem Ohr, er haucht sanft über die Ohrmuschel, wobei seine Finger und der Daumen nicht aufhören, mich zu reizen. Langsam steigt der Höhepunkt in mir auf. Sehr langsam. Meine Hände verkrampfen sich an der Knopfleiste seines Hemdes und ich lasse mich von meiner Lust überrollen. Mein Herz rast wie wild.

Zärtlich streichelt er noch meine Pussy, bis ich mich beruhigt habe und ich genieße das Gefühl, bis er meinen String zurechtrückt und das Kleid sorgfältig über meine Beine zieht. Sanft drückt er immer wieder seine Lippen auf meine Schläfe und flüstert mir Liebeserklärungen ins Ohr.

Zur Antwort lege ich eine Hand in seinen Nacken, ziehe ihn zu mir heran und küsse seinen Mund. »Ich werde mich revanchieren, Darling«, wispere ich zwischen zwei Küssen.

»Der Flug dauert noch ein paar Stunden, ich werde dich daran erinnern«, raunt er.

Wir kuscheln uns eng aneinander und schlafen dann ein.

Langsam werde ich wieder wach. Chandler atmet noch tief und gleichmäßig.

Ich freue mich auf Australien, denn es geht zunächst nach Sydney und dann entlang der Golden Coast. Wir werden uns dort verwöhnen lassen und gegenseitig verwöhnen. Vor allem werden wir uns Zeit für unsere Liebe nehmen.

Neben mir bewegt sich Chandler. Leise gähnt er und drückt mich an sich. »Meine Überraschung in Australien ist die Filmranch deiner Lieblingsserie.«

»Im Ernst?«, frage ich. »Das ist jetzt ein Luxushotel.« Aufgeregt löse ich mich aus seiner Umarmung und sehe ihn an.

»Natürlich im Ernst. Und wir werden dort Seite an Seite dem Sonnenuntergang entgegen reiten.«

»Wow«, freue ich mich mit aufgeregt klopfendem Herzen.

»Das soll symbolisch dafür sein, dass wir ab jetzt für immer Seite an Seite sein werden, gleichgültig was in unserem Leben passieren wird.« Mit einer Hand fasst er meinen Nacken und zieht mich zu sich heran. »Weil ich dich für immer lieben werde, Cowgirl«, raunt er und küsst mich voller Zärtlichkeit.

*Happy End*

Band 2: My Hidden Boss – Florida Kisses (ganz neu!) erscheint am: 26.1.25 – Leseprobe nach „Über mich".

# Danksagung

Von Herzen Danke!

Liebe Leserinnen und Leser,

ihr seid der Grund, warum Geschichten zum Leben erwachen. Eure Begeisterung und eure Unterstützung sind für mich die schönste Bestätigung, dass meine Worte etwas bewirken können. Danke, dass ihr meine Bücher zu einem Teil eurer Welt macht und mich immer wieder inspiriert, neue Abenteuer zu schreiben.

Ein großer Dank geht an die Blogger:innen, die meine Geschichten mit viel Engagement begleiten. Ihr sorgt dafür, dass sie ihre Wege in die Herzen der Leser:innen finden – dafür bin ich unendlich dankbar.

Ein besonderes Dankeschön gilt dir, Brigitte – für deine ehrliche Meinung, deine Unterstützung und dein offenes Ohr. Du machst so vieles leichter, und dafür schätze ich dich sehr.

Und an meinen Mann: Du bist mein sicherer Hafen, mein größter Unterstützer und meine beste Erinnerung daran, warum ich tue, was ich tue. Mit dir an meiner Seite fühlt sich jeder Erfolg doppelt so groß an. Danke für alles – ich liebe dich. ❤

Von Herzen fürs Herz,

*Eure Sandra*

# *Weitere Bücher von mir*

# Hörbücher

# Neuauflagen 2025

Weitere Bücher von mir erscheinen 2025 in einer Neuauflage als Self-Publishing-Edition.

Hier eine Vorschau auf die Titel, die euch im kommenden Jahr erwarten:

1. Candice Chocolat: Nur Liebe schmeckt süßer (Candice-Chocolat-Reihe 1)

2. Candice Chocolat: Dein Anker in meinem Herzen (Candice-Chocolat-Reihe 2)

3. My Hidden Boss: Texas Whispers

4. My Hidden Boss: Florida Kisses
5. Doc Heartbeat: Ian Hathaway (Chelsea-Hospital-Reihe 1)

6. Doc Heartbeat: Jean Leroy (Chelsea-Hospital-Reihe 2)

7. Doc Hearbeat: Jack Washington (Chelsea-Hospital-Reihe 3)

8. Doc Heartbeat: Christmas Special (Chelsea-Hospital-Reihe 4)

9. California INK: Under my Skin 1

10. California INK: Bound by Soul 2

# Über mich

Seit September 2017 schreibe ich Liebesromane: sinnlich, knisternd, mit genügend Drama und garantiertem Happy End.

In jeden meiner Romane habe ich ein Stück von mir selbst hineingegeben. Etwas aus meinem Leben, etwas aus meinem Herzen, ein Stück meiner Seele. Manchmal ist es die Hauptmotivation der Protagonistin, meistens nur ein Teil ihrer vielen Facetten.

Aber vor allem gebe ich all meine Liebe in jeden meiner Romane. Egal, ob sie 700 Seiten lang sind oder Shortys, wie in Anthologien. Und ich bin in jeden meiner sexy Protagonisten verliebt!

Ich schreibe Von Herzen fürs Herz,
Sandra Cugier 💕

Shine Romance – Liebesromane, die deine Seele berühren und zum Strahlen bringen. ✨